FUSION FANTASTIC STORY

가프 장편 소설

# 9급 공무원 포에버 Forever

# 9급 공무원 포에버 8

가프 장편 소설

초판 1쇄 찍은 날 § 2015년 5월 6일
초판 1쇄 펴낸 날 § 2015년 5월 13일

지은이 § 가프
펴낸이 § 서경석

편집책임 § 한준만

펴낸곳 § 도서출판 청어람
등록번호 § 제387-1999-000006호
등록일자 § 1999. 5. 31
어람번호 § 제1-2119호

주소 § 경기도 부천시 원미구 부일로 483번길 40 서경B/D 3F (우) 420-822
전화 § 032-656-4452  팩스 § 032-656-4453
http://www.chungeoram.com
E-mail § chungeorambook@daum.net

ISBN 979-11-04-90226-0 04810
ISBN 979-11-04-90071-6 (세트)

8

FUSION FANTASTIC STORY

가프 장편 소설

9급 공무원
포에버
Forever

도서출판
청어람

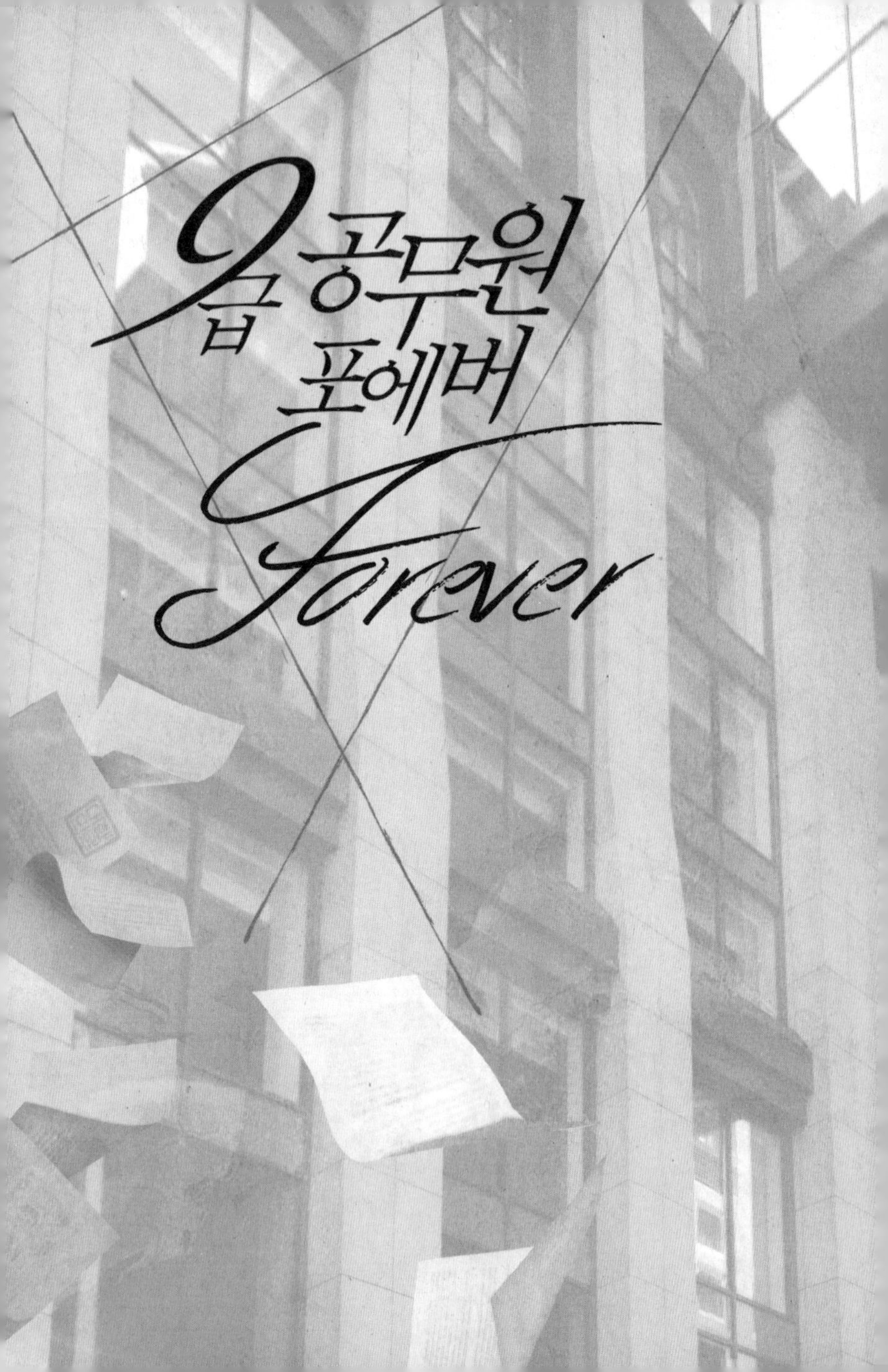
9급 공무원
포에버
Forever

# CONTENTS

# 1장
## 진실이여, 국민이 바라노니!

하늘이 거꾸로 도는 것 같았다.

방 검사의 한마디는 모든 것을 바꾸어 놓았다. 이제 백영규를 잡을 수 있다는 희열과 감격은 어디로 갔을까? 탁대는 심한 어지럼증을 느끼며 휘청거렸다.

But!

오래 흔들릴 시간도 없었다. 어느 틈에 탁대의 차 뒤에 급정거하는 두 대의 차량. 차 안에서 염 수사관을 필두로 윤 검사와 이 수사관이 뛰어나왔다.

"조탁대!"

탁대를 발견한 염 수사관이 소리쳤다. 윤 검사와 두 수사관은 기민하게 움직였다. 두 수사관이 좌우 퇴로를 차단하는 사이에 윤 검사가 탁대에게 다가왔다.

'이렇게 빨리?'

탁대는 당황스러웠다. 어떻게 알았을까? 그러나 지금은 그게 급한 게 아니었다.

'여기서 잡히면 모든 게 수포로 돌아갈지도 몰라.'

탁대의 뇌리에 고 기자가 스쳐 갔다. 방 검사를 만나지 못한다면 그라도 만나야 했다. 그래야만 진실을 알릴 수 있으니까.

"조탁대, 꼼짝 마!"

윤 검사의 목청이 탁대에게 날아왔다. 탁대의 시선이 좌측으로 향했다. 염 수사관이 보였다. 그런데 사무실에서 보던 것과는 움직임 자체가 달랐다. 빈틈이 없는 것이다. 범인 체포에 이골이 난 그는 탁대의 동선을 막으며 느긋하게 포위망을 좁혀왔다.

'미안하지만 뜻대로는 안 돼.'

탁대는 염 수사관을 향해 순간 접착 마법을 날렸다.

"엇?"

발이 제압되자 염 수사관의 얼굴에서 여유가 사라졌다. 탁대는 그쪽으로 뛰었다.

"막아!"

윤 검사가 악을 쓰지만 염 수사관의 발이 떨어질 리는 없었다. 탁대는 염 수사관을 지나 차를 향해 달렸다.

"조탁대, 거기 서!"

이번에는 이 수사관의 협박이 따라왔다. 탁대는 그를 향해 한 번 더 마법을 날렸다. 달리던 발 하나가 지면에 붙자 이 수사관은 넘어지지 않으려고 팔을 휘저었다. 그 사이에 탁대는 차에 올랐다. 그러자 윤 검사가 권총을 꺼내들었다.

'설마?'

했지만 그건 탁대의 헐렁한 기대에 불과했다.

탕탕!

두 발의 총성이 울렸다. 윤 검사가 차를 향해 진짜 사격을 한 것이다.

'장난이 아니다.'

아무리 검사라고 해도 아무 데서나 권총을 쏘지 않는다. 발사까지 한다는 것. 저들이 최악의 경우까지 작정하고 나섰다는 반증이었다.

'사악한 인간들……'

시동을 건 탁대는 미친 듯이 가속기를 밟았다.

바아앙!

총소리는 두어 번 더 들렸다. 그리고 뒤를 이어 경찰차의 사이렌 소리가 허공을 덮었다. 힐금 백미러를 본 탁대는 차마 믿기지 않았다. 그를 추격하는 경찰 차량은 자그마치 10여 대였다.

쿡쿡쿡!

다급하게 방 검사 번호를 터치했다. 신호가 가지 않았다.

'무슨 일이 생겼군.'

그 사이에 신호가 바뀌었다. 탁대는 이면도로를 향해 급히 핸들을 꺾었다.

끼아아악!

직진과 좌회전 동시 신호를 받고 방향을 틀던 트럭 한 대가 반원을 그리며 브레이크를 밟았다. 탁대 차는 아슬아슬하게 충돌을 면했다.

'접착, 접차악!'

탁대는 두 개의 차선에 비스듬히 걸친 트럭을 향해 필사적인 마법을 날렸다.

빵·빵·빵!

"비켜, 차 치우란 말이야!"

추격하던 경찰들이 악을 썼지만 트럭은 쉽게 움직이지 않았다. 그 사이에 탁대의 차는 까마득히 멀어졌다.

'주유소 현장!'

탁대는 오직 한 가지만을 생각했다. 방 검사와 사전에 정한 약속 장소. 어떻게든 그곳까지 가야만 했다.

"저깁니다!"

길을 막은 트럭이 움직이자 전력을 기해 달려온 윤 검사 일행은 탁대의 핸드폰 발신자 위치를 좁혀갔다. 탁대의 차량은 작은 교량 밑에 있었다.

"어떻게 됐나?"

둔덕 위의 도로에 도착한 권태술이 물었다.

"독 안에 든 쥐입니다."

윤 검사는 잔뜩 상기된 얼굴로 검거 명령을 내렸다. 수사관들과 경찰들이 좌우에서 좁혀들었다. 탁대의 차량은 깜박이등을 반짝이며 움직이지 않았다.

'쥐새끼 같은 놈이……'

윤 검사는 치를 떨었다. 교묘하게 자신을 속인 탁대. 그러고는 뒷구멍으로 백영규 의원 수사를 감행했다. 그건 용서 못 할 일이었다.

"저항하면 발포해도 좋다. 모든 책임은 내가 지겠다."

윤 검사가 명하자 수사관들도 권총을 뽑아들었다. 선봉에 선 염 수사관이 이동륜과 함께 차량으로 다가갔다.

창!

염 수사관이 손이 허공을 가르자 조수석의 유리가 깨져 나갔다.

"꼼짝 마!"

염 수사관이 운전석을 향해 권총을 들이밀었다.

"……!"

탁대는 차에 없었다.

쾅!

이번에는 경찰들이 뒷 문짝을 걷어찼다. 거기도 탁대는 보이지 않았다. 그들이 찾아낸 건 운전석 아래에 떨어져 있는 깨진 핸드폰이 전부였다.

"속았습니다!"

염 수사관이 보고하자 윤 검사가 길길이 날뛰었다.

"주변 수색하고 다른 통로 전부 열어. 가족과 친인척들에게도 수사팀 급파하고!"

"예!"

명령을 받은 염 수사관이 차량으로 뛰었다.

"튀었나?"

상황을 지켜보던 권 차장이 다가왔다.

"죄송합니다."

윤 검사가 고개를 조아렸다.

"서두르게. BH에서 알기 전에 우리 선에서 해결해야 하네."

권 차장의 눈에서 살광이 새어 나왔다.

그 시간 탁대는 봉황 시내를 벗어나 질주하고 있었다. 그가 탄 차량은 봉황타임스 마해종 기자의 자가용이었다. 고 기자가 필요했지만 그의 신문사는 멀었다. 하는 수 없이 마해종의 힘을 빌었다.

"젠장, 그 총소리가 조 실장님을 노린 거란 말입니까?"

운전하는 마 기자가 식은땀을 흘리며 물었다.

"그렇게 됐습니다."

탁대는 앞만 보았다. 아직 주유소 쪽은 꽤 남은 상태였다.

"대체 어떻게 되는 겁니까? 검사가 실장님께 권총을 쏘다니?"

"나중에… 나중에 알게 될 겁니다."

"으아, 나라가 완전 개판되는군요. 조 실장님 같은 분이 쫓기는 신세가 되다니……."

"죄송합니다."

"뭐가 죄송입니까? 다른 데는 몰라도 우리 봉황시에서는 조 실장님이 영웅입니다. 지나가는 자가용을 잡아도 다 태워드렸을 거라고요."

마 기자의 말은 큰 힘이 되었다. 초조하던 탁대의 마음도 조금씩 진정이 되었다.

"여기서 내려주세요."

탁대는 약속된 주유소를 한참 지나서 내렸다. 혹시라도 검찰들이 약속 장소를 선점하고 있을지도 몰랐다. 그렇게 되면 마 기자도 범인은닉이니, 도주니 하는 혐의를 뒤집어쓸 수 있었다.

"제 번호 아시죠? 언제든 전화 때리세요. 이 근처에 있겠습니다."

"괜찮으면 고 기자님께 연락해 주세요. 자료는 확보되었는데 부패 검사들이 눈치를 챘다고."

"조 실장님……."

"가세요. 어서!"

탁대는 조수석 문을 밀었다. 잠시 주저하던 마 기자는 비분강개를 씹으며 출발했다. 주변을 슬쩍 돌아본 탁대는 언덕 아래로 내려가 둑길을 따라 뛰었다. 얼마나 왔을까 저만치 어둠 속으로 약속장소가 보였다.

탁대는 몸을 낮춘 채 접근했다. 방 검사는 아직 보이지 않았다.

'검거된 걸까?'

다시 조바심이 엄습해 왔다. 그가 검거되었다면 남은 처리는 모두 탁대의 몫이었다. 그건 더욱 어려운 길이었다.

한참을 기다려도 방 검사는 나타나지 않았다. 무심한 밤바람이 깊어가자 탁대는 방 검사를 포기했다. 둘이 아니면, 혼자라도 해야할 일이었다.

'이제 대안은 고 기자님뿐!'

결단을 내리고 돌아설 때 뒤쪽의 숲이 출렁 흔들렸다.

'검찰?'

긴장한 탁대가 두 손에 화염을 피워 올렸다. 이제 누구든 막아서면 뭉갤 판이었다.

"조 실장님?"

막 화염을 날리려 할 때 수풀 뒤에서 반가운 음성이 들려왔다.

"방 검사님?"

숲 속의 인적은 방 검사의 것이었다. 탁대는 반가운 마음에 한달음에 뛰었다.

"무사하셨군요?"

이렇게 반가울 수가 있을까? 아침만 해도 데면데면하게 만나던 얼굴이 아닌가?

"어떻게 된 겁니까?"

탁대가 거듭 물었다. 방 검사는 뒤를 의식하더니 숨을 고르며 이야기를 시작했다.

"권태술 차장 방에 몰카가 있었습니다."

'몰카?'

탁대의 뇌리에 벼락이 스쳐 갔다.

"우리가 그쪽에서 서성이는 걸 염 수사관이 본 모양입니다. 그게 윤 검사 귀에 들어가자 권 차장에게 보고가 되었는데 하필이면 몰카가 있어서 그걸 확인하는 바람에……."

"어이가 없군요. 뭐가 구리길래 차장 방에 몰카까지……."

"왜 조사실 잠꼬대 사건 있잖습니까? 그 일로 송무과와 사건과 직원들이 수군거린 모양입니다. 때마침 브로커 일당에게서 압수한 시계형 몰카가 있었는데 권 차장이 그걸로 수군거리는 직원들을 알아내려고 가져다둔 게 작동이 되고 있었던 것 같습니다."

"그, 그럼 그 시계가?"

탁대의 뇌리에 손목시계가 스쳐 갔다. 권 차장 책상에 있던 시계… 어쩐지 기분이 좋지 않던 그 시계…….

"그걸 보고 나서야 우리 행동이 뒤통수를 친 거란 걸 알게 되자 바로 우리 두 사람 검거에 나섰습니다. 나는 다행히 3억을 추가로 주고받은 회원사 시찰 현장에서 보강 수사를 하던 중에 친분이 깊은 수사관의 사전 연락을 받아서……."

"그렇게 된 거로군요."

"제기랄, 운까지 개자식들 편이었으니……."

"그럼 우리가 그 방에서 한 행동과 말을 다 알고 있겠군요."

"그나마 소리만 잡히는 도청형 몰카였던 모양입니다."

'소리만?'

"문기찬에게 정보가 나왔다고요?"

"예. 로비 자금을 은닉한 곳을 알아두었습니다."

"그럼 검찰청으로 갑시다."

"예?"

의외의 제안에 탁대가 눈을 동그랗게 뜨고 되물었다.

"위 부장님을 만나야 합니다. 그분께 상황을 말하면 우리 편이
되어주실 겁니다."

"하지만 거긴……."

"그 길밖에 없어요. 일반범이라면 아직 검사 신분인 내가 긴급체
포를 할 수도 있지만 국회의원은 현행범이 아니면 그것도 불가능합
니다. 그러니 어설프게 우리 둘이 문기찬을 데리고 씨름하다가는
그 사이에 증거도 사라지고 저들이 입을 맞춰 우리에게 죄를 덮어
씌울 겁니다."

"……."

"어서요. 지금쯤 위 부장님도 상황 보고를 듣고 검찰청에 나와
계실 겁니다. 이 사태를 해결할 사람은 그분밖에 없어요."

"그러죠."

탁대는 동의했다. 다른 누구보다 구국의 신념에 불타는 위윤재

부장. 그라면 권태술에게 놀아나는 검찰의 위상을 바로 세워줄지도 몰랐다.

"갑시다!"

탁대가 먼저 도로 위에 올라섰다. 순간, 앞쪽에서 느닷없이 강력한 라이트가 비춰왔다.

'윽!'

탁대는 반사적으로 눈을 가렸다.

"조탁대!"

섬광 사이로 윤 검사의 겁박이 들려왔다. 이번에는 확성기까지 동원한 모양이었다.

"……?"

눈을 가린 손을 치우자 몇 대의 수사관 차량이 탁대 옆으로 달려와 멈췄다. 완전 포위. 그 형국이었다.

"방 검사는 어디 있나?"

확성기를 든 윤 검사가 다그쳐 물었다. 그제야 탁대는 방 검사가 옆에 없음을 알았다. 그나마 다행이었다.

"손 들어. 여차하면 발포할 테니 꼼짝 말라고!"

윤 검사는 계속 목청을 높였다. 약간의 거리를 두고 탁대를 포위한 차량은 여섯 대. 그 중에는 권태술 차장의 자가용도 보였다.

"이 쥐새끼 같은 놈. 감히 내 지시를 어기고 검찰 기강을 농락해?"

확성기를 염 수사관에게 넘긴 윤천수가 또다시 권총을 뽑아들었다.

"검사도 검사 나름이지."

탁대는 담담하게 응수했다. 끝 간 데 없이 곤두선 긴장감이지만 비리 검사 따위는 겁나지 않았다. 그건 그냥 개니까. 그것도 권력의 똥이나 주워 먹는 똥개.

"야당 쪽의 사주를 받았나?"

"사주?"

"그렇지 않고서야 무고한 여당 의원 흠집내기 모략에 이토록 집중할 수 없는 일."

"사주를 받긴 했어."

"흐음, 역시 그렇군. 국민영웅이니 뭐니 하더니 네놈도 헛된 영웅심리에 가득 찼을 뿐."

"착각도 심하시군. 나에게 사주를 한 건 국민들이야."

"국민?"

"그래. 부패한 검사들이 자신의 영달과 출세를 위해 눈먼 수사를 하고 있으니 나라도 제대로 기강을 잡아달라는 국민의 명령!"

"가소로운!"

윤 검사가 냉소를 뿜었다. 뒤에 있던 권태술도 그냥 넘어가지 않았다.

"이 새끼! 뒈지고 싶나?"

권태술은 윤 검사의 권총을 가로채 탁대의 정수리에 겨누었다.

"……!"

정통으로 이마를 겨눈 총구의 느낌은 섬뜩했다. 순간적으로 '죽는가?' 하는 절망이 탁대의 뇌리를 스쳐 갔다.

"감히 내 방을 뒤져?"

끄릭!

권태술의 손가락이 방아쇠에 닿았다.

'어떻게 할까?'

탁대는 빠르게 주변을 스캔했다. 몇 미터 앞의 어두운 도로에는 오가는 차량들. 자신을 둘러싼 여섯 대의 경찰과 검찰 수사관 차량들.

'검찰 쪽이 10여 명, 무장경찰이 10여 명……'

상대는 이십 여명.

'가능할까?'

탁대는 손끝에 후끈 맺혀오는 화염탄의 기운을 느꼈다. 윤 검사와 권 차장을 화염으로 뭉개고 남은 사람들을 순간 접착으로 동여매면? 도로 좌우가 작은 숲이니 탈주할 가능성은 있어보였다.

'방 검사님은 일단 잡히지 않은 것 같고……'

결심을 한 탁대는 밤톨만 한 불덩이를 몇 개 슬쩍 권 차장의 발등에 떨어뜨렸다.

"앗, 뜨거!"

놀란 권 차장이 뒷걸음질을 쳤다. 그게 신호였다. 탁대는 윤 검사와 권 차장의 코앞에 쟁반만 한 불덩이 두 개를 터트렸다.

퍼엉!

"아악!"

느닷없는 불벼락을 맞은 윤 검사와 권 차장이 몸부림을 쳤다.

'순간 접착! 붙어라, 모든 것들!'

탁대는 사력을 다해 접착 마법을 펼쳤다. 윤 검사와 권 차장 쪽으로 달려오던 경찰들이 정지된 모습이 보였다.

'앞은 성공, 뒤쪽은?'

"……?"

수사관 쪽은 절반의 성공이었다. 몇 명은 정지되었지만 몇 명은 권총을 뽑고 있었다.

'정지, 모든 것은 정지!'

급박한 마음에 다시 마법을 펼치는 탁대. 다행히 총구를 겨누기 전에 수사관들도 정지되었다. 그럼에도 불구하고 탁대는 등 뒤에서 싸아하게 밀려드는 살기를 깨달았다. 윤 검사였다.

"이 새끼……"

불에 그슬린 그가 총구를 겨누고 있었다.

탕탕탕탕탕!

윤 검사는 무차별로 방아쇠를 당겼다.

'순간 접착!'

필사적으로 마법을 펼치는 탁대. 총알과 순간 접착 마법은 보이지 않는 힘과 힘으로 허공에서 충돌했다. 하지만 날아오는 총알은 멈추지 않았다.

"으헉!"

피가 튀었다.

다섯 발 중에 세 발을 맞은 탁대의 몸이 속절없이 흔들렸다. 그래도 악이 풀리지 않은 윤 검사는 정지된 수사관들의 권총을 집어 들었다.

"으아앗!"

탁대는 사력을 다해 몸을 날렸다. 순간, 탁대를 겨눈 윤 검사가 멈칫거렸다.

빠아아앙!

주변을 뒤흔드는 요란한 경적 소리. 그 주인공은 대형 트럭이었다. 탁대는 맹렬한 그 불빛이 자신의 몸을 정통으로 비추고 있는 걸 느꼈다.

퍼억!

둔탁한 소리가 윤 검사의 귀를 스쳐 갔다. 동시에 접착 마법으로 구속 받던 수사관들과 경찰들이 속박에서 풀려났다. 그들은 보았다. 트럭에 받혀 허공으로 십여 미터 튀어 오른 탁대의 몸뚱이. 그리고 그 뒤로 또다시 질주해 오는 또 한 대의 대형 트럭.

'굿바이!'

윤 검사는 총을 거두었다. 세 발의 총을 맞고 대형트럭에 1차 충돌하며 으깨진 두개골. 더구나 곧 이어질 2차 충돌. 그렇다면 슈퍼맨 아니라 그 할아버지라고 해도 살아날 가능성은 전무했다.

탁대의 의식도 그걸 느끼고 있었다. 이미 고통도 사라진 몸통. 총알에 이어 엄청난 충격이 머리에 가해지면서 탁대는 고통에서 해방된 지 오래였다.

'죽는다.'

새털처럼 가벼운 몸이 대형 트럭의 찬란한 빛을 받을 때, 탁대는 보았다. 저만치서 내려오는 더 강력한 빛 덩어리.

'천국의 빛일까?'

오색으로 입을 벌리는 무한한 빛을 보며 탁대는 마더를 생각했다. 혜자를 생각했다.

'미안해.'

찬란한 빛에 휩싸인 탁대의 의식은 그 한마디를 내려놓고 까무룩 스러졌다.

아아아아~!

우우우우~!

바이올린일까 아니면 첼로일까? 아슴한 의식을 따라 아련한 연주가 들려왔다.

몸은?

비교적 가뜬하다. 죽은 모양이다.

삶의 미련과 애착을 끊고 모든 걸 비우면 가벼워진다더니… 천국은 어떤 곳일까? 아니지. 무슨 대단한 삶을 살았다고 감히 천국을 넘볼 것인가? 그저 지옥만 아니면 감지덕지였다.

탁대의 시야로 무지개가 내려오더니 눈앞이 저절로 밝아졌다. 그런데 이게 웬일이지? 주변은 들판처럼 거칠었다. 천국이라면 융단처럼 부드러워야 할 텐데…….

'역시 지옥?'

기대감이 신기루처럼 날아갔다. 거친 곳이라면 지옥 밖에 더 있을까? 그런 생각으로 천천히 고개를 들었다. 그때, 탁대의 눈에 로르바흐가 들어왔다.

"대마법사님……."

"괜찮나?"

로르바흐가 물었다. 그는 평소와 달리 거친 여명을 등지고 있었다.

"죄송합니다."

그 말이 먼저 나왔다. 어떻게든 4급 서기관이 되어 그를 라도혼 공국으로 돌려보내고 싶었던 탁대. 하지만 총알과 트럭 앞에서는 어쩔 수가 없었다.

"괜찮냐고 물었네."

로르바흐는 잔잔한 눈빛으로 재차 물었다.

"기분 말인가요?"

"아니, 그대의 몸."

"제 몸이요?"

"움직여 보시게! 최선을 다했네만 그대 꿈속에 오래 감금되었던 몸이라 마법 시전에 애를 먹은 까닭이니……."

"대마법사님……."

"생경하신가? 하긴 간만에 나온 현실이 생경하긴 마찬가지……."

"네?"

"죽은 줄 아는 건가?"

로르바흐가 무지개를 뿜으며 물었다. 무지개는 탁대의 피부를 타고 돌다가 연기처럼 스며들었다. 나른하던 기분이 꽉 차오르는 느낌이 들었다.

"움직여 보시게."

다시 재촉하는 로르바흐. 아직 영문을 모르는 탁대는 말단부터 꼼지락거려 보았다.

손가락!

꼼지락. 움직였다.

발가락!

움직였다.

심지어는 총알이 박힌 허벅지와 배, 그리고 목, 트럭에 박혀 뭉개진 머리까지도 아무렇지 않게 움직였다.

'죽어서 고통을 못 느끼는 모양이군.'

싶을 때 로르바흐가 말을 이었다.

"이제 되었군. 일어나도 되겠네."

"대마법사님!"

"그대는 살았네."

"네?"

"살았다니까."

"그게 어떻게 가능……."

한가요? 뒷말은 눈으로 묻는 탁대.

"기적이 일어났네. 그대가 총에 맞은 몸으로 위기를 빠져나가려 몸을 던진 그 순간에."

'몸을 던진 순간?'

탁대는 빠르게 기억을 되감았다. 윤 검사의 권총… 그리고 조준 발사… 이어진 탁대의 행동…….

'트럭.'

생각이 거기서 멈췄다. 지옥처럼 달려들던 거대한 화물 트럭. 그리고 정통으로 머리를 받혀 지푸라기처럼 떠오르던 몸뚱아리…….

'머리?'

섬뜩한 기억에 손이 머리로 올라갔다. 처참하게 으깨졌던 머리는…….

'제대로잖아?'

탁대의 눈이 로르바흐에게 향했다. 그제야 뭔가 이상하다는 느낌이 드는 탁대. 탁대는 입술을 깨물어 보았다. 아팠다. 로르바흐의 꿈속이라면 아플 리가 없었다. 믿기지 않아 오른발로 왼발 등을 찍었다.

"으악!"

고통에 겨워 겅중겅중 앙감질을 하는 탁대.

"대마법사님……."

탁대는 경악의 시선으로 로르바흐를 바라보았다. 대체 무슨 일이 일어난 거란 말인가?

"그대의 머리가 거대한 충격에 휩싸이는 순간, 드래곤 패황의 결계가 순간적으로 해제되었네. 덕분에 내가 나올 수 있었고."

"……?"

"이해되지 않겠지. 나 또한 처음에는 그랬네. 덕분에 그대를 구하는 일이 조금 늦어지기도 했지."

로르바흐의 손 안에 세 발의 탄환이 보였다. 탁대의 몸에서 빼낸 총알이었다. 탁대는 총을 맞은 부분을 다시 확인했다. 놀랍게도 흔적조차 없었다.

"대마법사님!"

"그러나 이건 현실이네. 이 레오필리스 라파엘스트 리엔바수라 봄바스트 호펜하겐 알리안 로르바흐가 다시 현실에 재림했음이라!"

로르바흐의 일성에서 신에 필적하는 기운이 터져 나왔다. 그 기세에 질린 탁대는 얼어붙은 듯 숨조차 제대로 쉴 수 없었다.

"아직도 믿기지 않는다면!"

로르바흐가 후웁 힘을 주자 주변의 나무들이 사뿐 솟구쳐 올랐다. 수백 그루의 나무가 허공에서 뿌리를 흔들었다. 뒤이어 저만치 개천길에 주차된 수백 대 차량들도 가뿐하게 치솟았다.

"더 보여드릴까?"

로르바흐가 물었다.

"저, 저는……."

"으아압, 창공의 별빛이여, 오롯이 내려와 이 로르바흐의 세상 재림을 성하(聖賀)하여라!"

마법어가 터지자 하늘이 출렁 흔들렸다. 그리고 기적처럼 별들이 쏟아지기 시작했다. 하늘에서 성성하던 빛은 다투어 로르바흐의 품으로 쏟아져 들어갔다.

아아아!

천상의 선율 같은 여운이 탁대의 귀에 밀려들었다. 이 성스러움, 이 아뜩함은 차마 형용할 길조차 없었다.

"이제 믿기시는가?"

푸른 별빛으로 탱탱한 로르바흐가 물었다. 탁대는 자기도 모르게 고개를 끄덕였다. 마치 살아 있는 성인을 마주한 듯한 고귀함과 성스러움. 로르바흐가 그랬다.

"하지만 오래 머물 수는 없네. 나는 다시 드래곤 패황의 결계 속으로 돌아가야 하네."

"그건 또 왜요?"

탁대가 눈을 동그랗게 뜨며 물었다. 그렇게 빠져나오고 싶어하던 결계. 이유가 어쨌든 그 결계가 풀렸다. 그런데 왜 다시?

"돌발 사태로 인해 잠시 결계가 해제되었지만 드래곤 패황의 뜻은 아니네. 그대라면 어떻겠는가? 그대가 징치한 인간이 어떤 돌발 상황으로 인해 달아났다면?"

"찾아서 다시 아작을 내야죠."

"바로 그걸세. 머잖아 드래곤 패황이 알게 되면 더 큰 징벌을 내릴지도 모르지. 그러니 스스로 형벌 속으로 들어가 있는 게 이롭다네."

"아!"

"하지만 잠깐의 여유는 있을 것이니 필요한 것을 말하시게. 잠시겠지만 그대를 겁박하는 모든 인간들을 내가 징치하리니."

로르바흐의 몸에서 후끈한 에너지가 출렁거렸다. 그 사이에 어지럽던 주변은 다시 제 모습으로 돌아와 있었다.

"하, 하지만……."

"두려운가? 아니지. 내가 아는 그대는 이미 두려움을 넘은 숭고한 인간."

"상대는 검찰입니다. 권총으로 무장하고 있고 필요하면 경찰 특공대도 동원할 겁니다."

"그 천둥소리를 내는 쇠붙이 말인가?"

"예……."

"그대, 염려치 말라. 내가 가는 길이 곧 그대의 길이 될 것이니."

"대마법사님!"

"앞서시게. 당당하게."

"정말 괜찮으시겠습니까?"

"누구든 그대의 옳은 길을 막는다면!"

로르바흐는 사나운 미소 안에서 부드럽게 말을 이었다.

"이 로르바흐의 이름으로 용서치 않으리니!"

*        *        *

"여보세요, 여보세요!"

공중전화를 찾아 방 검사에게 전화를 걸었다. 전화기는 꺼진 상태였다.

'잡힌 걸까?'

탁대는 기억을 더듬었다. 주유소 근처 수풀에서 만난 윤 검사. 하지만 방 검사는 그때 들키지 않았다. 그렇다면 어쩌면 위 부장에게 달려갔을 수도 있었다.

"마 기자님!"

탁대는 마해종을 호출했다. 고맙게도 그는 즉시 달려와 주었다.

"어떻게 된 거예요?"

차를 세운 그가 물었다. 겁에 질린 얼굴이었다.

"검찰청으로 가주세요."

"검찰청으로요?"

미쳤냐는 표정으로 탁대를 바라보는 마 기자.

"가야 해요."

"무슨 소립니까? 지금 검찰하고 경찰이 발칵 뒤집혔어요. 온갖 데서 불심검문하고 있어 갈 수도 없지만 가면 바로 구속될 텐데 뭣하러 갑니까?"

마 기자의 목소리는 더 없이 상기되어 있었다.

"뉴스가 나왔나요?"

"일단은 조 실장님과 방형기 검사가 국가중대범이라고만 나왔어요."

"방 검사는요?"

"조금 전에 검거되었다고 속보가……."

"젠장!"

"그러니 조 실장님도 피하세요. 이리 가면 바로 임시검문소입니다."

"고 기자님은요?"

"아까 검찰청으로 간다고 했어요."

"그런데 왜 마 기자님은 여기 있었습니까?"

"주유소 쪽에 대기하다가 총소리도 듣고 트럭의 굉음 소리도 들었어요. 달려가 보니 검찰과 경찰이 조 실장님 시체가 사라졌다며 난리법석이더라고요. 그래서 그들이 철수한 후에 나라도 찾으려고……."

그러고 보니 마 기자의 옷은 엉망이었다.

"고맙습니다. 아무튼 검찰청으로 가야 해요."

"조 실장님!"

"걱정 말고 가세요. 하늘이 도울 겁니다."

"대체 무슨 일이 생긴 겁니까? 지금 우리 신문사에도 이상한 제보가 들어오고 있다더군요. 나무가 뿌리 채 떠오르고 자동차들이 종잇장처럼 들리고 심지어는 별들이 지구 가까이 내려온 걸 본 사람들이 있다는 거예요."

마 기자의 눈에는 극한의 긴장이 서려 있었다. 로르바흐의 마법. 탁대의 눈에만 보인 게 아니었던 것이다.

"그보다 사건 진상 말입니다. 비록 삼류신문 기자지만 좀 알자고요. 저는 고동길 선배님만 못해서 그런 겁니까?"

마 기자가 캐물었다. 위험을 무릅쓰고 탁대를 돕고 있는 마 기자. 더는 숨길 수 없었다.

"간단히 말하면 제가 여당 거물의 불법로비 증거를 잡았어요. 그러자 그걸 비호하던 검사들이 저하고 방 검사를 막으려는 겁니다."

"그, 그래서 권총 발포까지?"

"가요. 늦으면 모든 게 수포로 돌아갈지도 몰라요."

탁대는 뒷좌석의 문을 열고 탑승했다. 파르르 떨던 마 기자도 결국 운전대를 잡았다. 하지만 그는 보지 못했다. 로르바흐가 투명 마법으로 탁대 옆에 앉는 걸.

"경찰이에요!"

검문소가 가까워지자 마 기자가 돌아보았다.

"……?"

마 기자는 눈을 의심했다. 분명 뒷좌석에 탑승했던 탁대가 보이지 않았다.

"제 걱정 말고 태연히 행동하세요."

신기하게도 목소리를 들려왔다. 마 기자는 경찰 검문대 앞에 차를 세웠다.

"수고 많으십니다."

기자증을 내미는 마 기자. 경찰 역시 지역 인물이 많아 마 기자와 안면이 있기에 바로 통과가 되었다. 얼마나 달렸을까 마 기자가 돌아보니 탁대는 '제자리'에 있었다. 로르바흐의 투명 마법으로 간단히 넘긴 일이었다.

"시트 밑에 바짝 엎드려 있었어요."

탁대는 대충 둘러댔다. 긴박한 상황 덕분인지 마 기자도 더는 묻지 않았다.

차는 검찰청을 가까이 두고 멈췄다. 신새벽, 가장 조용해야 할 시간. 그러나 검찰청은 송길웅이 소환되던 때보다 더 큰 소란에 휩싸여 있었다.

정문과 후문에는 의경들이 수십 명 씩 진을 쳤다. 기자들 출입도 봉쇄되고 있었다.

"고 기자님을 만나 제가 가까이 있다고 전하세요. 필요하면 전화 드리겠다고도."

"전화기는 이걸 쓰세요."

마 기자가 자기 핸드폰을 내밀었다. 그걸 받아 든 탁대는 검찰청 인근의 가장 높은 빌딩으로 올라갔다. 로르바흐는 그제야 모습을 드러냈다.

"원하는 게 있으면 말하시게."

옥상에 서자 검찰청이 한눈에 보였다. 바로 탁대의 투시 마법이 발현되었다. 하지만 거리가 너무 멀었다.

탁대의 미간이 일그러질 때였다. 희미하던 검찰청 건물 안이 청명하게 보이기 시작했다. 놀란 탁대가 로르바흐를 돌아보았다. 그였다. 로르바흐가 마법에 힘을 실어준 것이다.

'방 검사… 제4조사실……'

탁대의 투시가 방을 스캔하기 시작했다. 방 검사는 수갑을 찬 채 심문을 받고 있었다. 심문하는 사람은 윤 검사였다. 웃통을 벗어젖힌 그는 염 수사관과 이 수사관을 이끌고 방 검사를 가혹하게 몰아쳤다. 목과 어깨에는 붕대가 감겨 있다. 그건 화염 마법에 맞은 화상의 흔적이었다.

'위 부장님은······.'

아쉽게도 위 부장실은 비어 있었다.

'그렇다면 권 차장······.'

투시의 방향을 옮기자 권 차장 방이 보였다. 위 부장은 거기 있었다. 권 차장 역시 머리와 이마에 붕대를 감은 채 잔뜩 상기되어 부장검사들을 다그치고 있었다.

"대마법사님."

투시를 마친 탁대가 비장하게 입을 열었다.

"말씀하시게."

"저기 보이는 건물의 3층으로 들어가야 합니다. 하지만 출입문의 감시가 너무 심합니다."

"원한다면 가시게. 그대가 가는 곳이 곧 길이 될 것이니."

"대마법사님!"

"의심하지 말게. 나는 눈속임하는 마술이나 부리는 그대 시대의 마법사가 아니니까."

"······."

"걸어가시게. 원하는 그곳으로 당당하게."

로르바흐가 정문을 가리켰다.

탁대는 건물을 내려와 검찰청 정문으로 걸었다. 꿀꺽, 한 번은 마른침이 넘어갔지만 그 이상은 아니었다.

대마법사 로르바흐.

하늘의 별을 끌어내리는 그를 믿지 않으면 누굴 믿는단 말인가?

'군자는 대로행.'

탁대는 생각했다. 죄를 지은 인간들은 안에 있다. 탁대는 떳떳하다. 그러니 무엇 때문에 기가 죽을 것인가? 탁대는 걸었다. 당당하게, 더욱 당당하게.

경찰과 경비원들은 탁대를 보지 못했다. 탁대의 몸에는 투명마법이 발현되어 있었다. 로르바흐에게는, 애들 장난 같은 마법에 불과했다.

탁대는 가슴을 바로 하고 위 부장 방문을 열었다. 한 발을 들여놓는 순간 메아리처럼 로르바흐의 음성이 들려왔다.

"나는 그대의 곁에 있네. 필요하면 뭐든 요청하시게나."

돌아보니, 모습은 보이지 않았다.

위 부장은 자기 방으로 돌아와 있었다. 위 부장은 김중광 검사, 그리고 심복 수사관 세 명과 함께였다.

"대체 어떻게 되는 겁니까? 방 검사와 조탁대가 야당의 사주를 받고 여당 간판의원을 음해하려고 했다니요?"

김 검사가 목청을 높였다. 탁대는 문 뒤에서 서서히 모습을 드러냈다.

"조, 조탁대!"

탁대를 발견한 수사관 하나가 손을 권총 쪽으로 가져갔다.

"위 부장님! 죄송합니다. 드릴 말씀이 있습니다."

탁대는 굽힘 없는 자세로 위 부장을 바라보았다. 수사관들이 권총을 겨눠도 개의치 않았다.

로르바흐의 마법이 창대하다면 검찰청을 쓸어버릴 수도 있었다. 하지만 그건 바른 해결책이 아니었다. 필요한 건 은폐된 여당 거물의 죄악. 그것을 세상에 알리는 일이었다.

"위 부장님!"

탁대가 다시 한 번 말하자,

"어떻게 된 건가? 총을 맞았다고 들었는데?"

위 부장이 비로소 입을 열었다.

"그보다 드릴 말씀이 있습니다. 그런 다음에 체포해도 좋으니 일단 제 말을 들어주십시오."

"……."

"부장님!"

"권총 내려놓게."

수사관들을 돌아본 위 부장이 계속 말꼬리를 이었다.

"문 잠그고 아무도 들어오지 못하게 하도록."

지시를 내린 위 부장이 탁대에게 턱짓을 했다. 따라오라는 뜻이었다.

"……!"

소파에서 탁대의 설명을 들은 위 부장은 경악을 금치 못했다. 어찌나 놀라는지 턱 빠지는 소리가 들릴 정도였다.

"그게 정말인가?"

"그렇습니다. 저와 방 검사님이 여당 백영규의 로비 증거를 확보했지만 윤 검사와 권 차장님이 은폐를 위해 선수를 치는 바람에……."

"청와대 강일권 수석이 축소수사 은폐의 몸통이고?"

"저희가 잡은 단서로는……."

"그 증거 중의 하나인 메모의 일부가 권 차장 방에 있고 로비 자금은 백 의원의 화단에 은닉되어 있다?"

"그렇습니다."

"……."

"한 치의 보탬도 거짓도 없습니다. 송구하지만 권 차장님 방에서 직접 찾아낸 증거이며 다른 증거들도 방 검사님과 제가 밝혀낸… 헉!"

설명하는 탁대의 정수리에 권총 총구가 겨눠졌다.

"부장님……."

"진실인가? 아니면 나를 끌고 들어가려는 물귀신 작전인가?"

"진실입니다."

"조탁대……."

"제가 거짓말을 한다고 생각한다면 쏘십시오. 저와 방 검사님의 행동에는 한 치의 부끄러움도 없습니다. 다만……."

탁대는 당당한 눈빛으로 뒷말을 이었다.

"대한민국의 안위를 책임지고 있다는 검사들의 치졸한 행동에 대해 실망스러울 뿐!"

"……!"

"……."

탁대와 위 부장의 시선이 허공에서 충돌했다. 한참을 쏘아보던 위 부장이 총구를 내렸다.

"내가 자네를 스카웃했었지?"

"예."

"그럼……."

권총을 품안에 넣는 위 부장이 묵직하게 뒷말을 이었다.

"내가 책임을 져야지."

'아!'

탁대의 입에서 그제야 안도의 숨이 새어 나왔다.

"김 검사!"

"예, 부장님!"

호명을 받은 김중광이 들어섰다.

"자네는 나 믿나?"

"무슨 말씀이신지?"

"검사로서의 내 양심을 믿냐고 묻잖아?"

"믿… 믿습니다."

"그럼 조 실장 데리고 나 따라와."

"부장님, 지금 조 실장은 수배령이……."

"그래서?"

"아닙니다. 지시대로 이행하겠습니다."

"내 허락 없이 누가 조 실장 건드리면 대갈통을 날려도 좋아."

위 부장이 먼저 문을 박차고 나섰다.


권 차장은 소파에 등을 기대고 있었다. 얼굴은 잔뜩 상기되었다. 평온하게 넘어갈 줄 알았던 백영규 건. 결국 그게 불거지고 말았다.

권 차장은 치를 떨었다. 모처럼 잡은 지검장 승진의 기회. 이미 내정 언질까지 받은 터. 이틀만 지나면 지검장이 될 판에 고춧가루가 낀 것이다.

더구나 하극상.

그게 더욱 권 차장의 심기를 불편하게 만들었다. 청와대와 연결되면서 지검장 김대열조차 터치하지 못하는 실세의 등을 겨눈 가소로운 평검사와 더욱 가소로운 일개 수사관.

권 차장은 몰카 손목시계를 만지작거렸다. 그러고 보니 조탁대가 꺼림칙하기는 했었다. 조사실 악몽 사건이 특히 그랬다. 그때 탁대는 권 차장의 꿈속에 있었다. 눈을 떠보니 현실에도 있었다.

꿈속 일은 아직도 생생하다. 마치 모든 것을 다 알고 있는 듯 윽박지르던 모습. 이제 보니 그게 바로 예지몽이었던 모양이었다.

그래서 실험용으로 챙겨두었던 몰카 시계. 그 시계가 제대로 한 건을 올렸다. 자칫하면 쥐도 새도 모르게 뒤통수를 맞을 뻔했던 걸 역전시켜 준 것이다.

하지만!

아쉬운 게 있었다. 기능을 잘 몰라 겨우 음성 부분만 작동되었다. 기왕이면 영상까지 찍혔다면 더 좋았을 일이었다.

'하긴 그나마 천운이지. 켤려고 해서 켠 게 아니라 잘 몰라서 끄지 않은 것이니…….'

이 어찌 천운이 아닐까? 기능을 제대로 알았다면 퇴근길에 켜두고 갈 리가 없었던 것이다. 다만 아쉬운 건 불덩이였다. 탁대를 체포하려는 순간에 느닷없이 떨어진 불덩이. 그것만 아니었더라면 깔끔했을 일. 하지만 그 의문은 금세 잊어버렸다. 그 인근에서 나무가 뽑혀 떠오르고 자동차들이 날아다녔다는 기이한 자연현상이 발생했다는 뉴스 때문이었다.

'그나저나…….'

권 차장의 시선이 사무실로 전체로 향했다. 음성 녹음 결과 조탁대와 방 검사는 이 방을 뒤졌다. 그리고 뭔가를 찾아냈다.

'대체 뭘 찾았다는 거야?'

책상은 이미 확인해 보았다. 원래 치밀한 탓에 책상에는 별 구린 것이 없었다. 있다면 책장. 그러나 책장에 꽂힌 법전과 전공서적, 논문 등은 수백 권에 달했다. 그걸 음성이 녹음된 시간 안에 확인하기는 불가능한 일. 더구나 책은 흐트러진 모습조차 없어 손이 닿은 것 같지는 않았다.

'다행히 전화번호 같은 거 몇 개 따간 모양……'

권 차장은 안도의 숨을 쉬었다. 이제 방 검사를 몰아쳐 진상을 파악한 후에 조탁대를 찾아내면 그만이었다. 이미 총알이 관통된 조탁대. 거기다 지나가던 화물차에 뛰어든 꼴이니 찾아도 송장이 분명할 터였다.

'그 다음에는……'

권 차장은 작은 노트를 뽑아들었다. 크고 작은 첩보가 담긴 노트였다.

'야당 쪽에서 만만한 놈을 하나 골라 비리를 봐주는 조건으로 조탁대, 방 검사와 모의한 것으로 연결시키면……'

겨우 기분이 풀려갈 때 노크 소리가 들렸다.

위 부장이었다.

"조탁대, 검거했나?"

"그보다 확인할 게 있어서 들렀습니다."

"확인? 지금 그놈 검거가 급선무라고 했잖아?"

권 차장은 목청부터 올렸다.

"잠깐이면 됩니다."

"이봐. 아직 상황 파악이 안 되나? 조탁대 데려온 건 위 부장이야. 자네도 공범으로 몰리기 전에 수사관들 족쳐서 병원을 뒤지라고!"

벌떡 일어난 권 차장이 삿대질을 해댔다.

"그래서 상황 파악을 하려고 합니다."

"아니, 이 친구가 그런데."

"들어와!"

위 부장이 돌아보자 김중광 검사가 들어섰다. 그 뒤에 탁대가 보였다.

"조탁대?"

권 차장의 얼굴이 당혹스럽게 꿈틀거렸다. 총을 맞고 트럭에 머리가 박살 난 탁대가 멀쩡히 걸어 들어온 것이다. 게다가 고작 몇 시간이나 지났다고?

"죽지 않고 살아와서 죄송합니다."

탁대의 목소리는 침착하면서도 묵직했다. 그러나 권 차장의 반응은 상반되었다. 있을 수 없는 일이 일어난 것이다.

"문 잠그게."

위 부장이 명했다. 김중광은 문을 잠그더니 큰 덩치로 문을 막아섰다.

"무슨 짓이야? 그리고 조탁대에게 왜 수갑을 채우지 않았나?"

"수갑은 여기 있습니다."

문을 막아서 김중광이 수갑을 들어보이자 위 부장이 뒷말을 이었다.

"딱 한 가지만 확인하고 구속을 집행할 겁니다. 허락해 주시겠습니까?"

"위 부장!"

"조 실장, 그 증거란 게 어디 있는지 말해보게."

위 부장의 목소리가 묵직하게 터져 나왔다. 그 말과 함께 탁대가
책장 앞으로 다가섰다. 동시에 다시 한 번 투시 마법을 날렸다. 혹
시라도 권 차장이 치웠을 수도 있었기 때문이었다.

'있다!'

긴장하던 탁대의 얼굴 근육이 소리 없이 풀렸다. 몰카가 음성만
담았다더니 그 덕분에 아직 구체적인 눈치는 채지 못한 모양이었
다.

"저기 저 법전 안에 있습니다."

탁대가 책장의 두툼한 법전을 가리켰다.

"손대지 마!"

발끈한 권 차장이 위 부장을 막아서며 소리쳤다.

"확인만 하면 됩니다. 차장님!"

"지금 뭐하는 짓이야? 감히 수배자의 말을 믿고 내 방을 뒤진다
고?"

"그럼 우리끼리 볼썽사납게 수색영장을 가져와야 합니까?"

위 부장은 권 차장을 밀어내고 책장을 열었다.

"안 돼, 안 돼!"

달려드는 권 차장의 발은 탁대가 정지시켰다. 순간 접착은 여전
히 공휴일이 아니었다.

팔랑!

법전 사이에서 찢겨진 메모가 흘러내렸다.

"……?"

"안… 안 돼! 그건 나도 모르는 일이야."

권 차장이 발악하는 사이에 위 부장의 미간이 사납게 일그러졌다. 그걸 듣고 돌아선 위 부장은 권 차장의 턱에 통렬한 한 방을 먹여주었다.

"억!"

권 차장이 휘청거리는 사이에 탁대는 친절하게 마법을 풀었다. 권 차장은 소파 위로 나뒹굴었다.

"김 검사!"

"네!"

"수사관들 데리고 윤 검사 체포해. 동조하는 모든 세력 전부!"

"예, 부장님!"

지시를 받은 김중광이 복도로 뛰쳐나갔다.

"권태술, 미란다 원칙을 말해줄까?"

위 부장이 권 차장의 얼굴 위로 수갑을 흔들며 물었다.

"위… 위 부장. 내 말 좀 듣게. 내가 다 설명할게."

"물론 설명하셔야지. 당신이 청와대 강일권 수석과 결탁, 협잡해서 검찰의 명예를 훼손시켰다는 사실."

"한 번만… 한 번만 봐주게. 이틀 후에 내가 지검장 되면 자네 고속승진을 보장하겠네."

"당신에게는 지검장 임명장보다 이게 더 어울려."

위 부장은 잘라 말한 후에 수갑을 탁대에게 건네주었다.

"체포하게. 이건 오롯이 자네의 공이니."

"부장님……"

"어서!"

수갑을 건네받은 탁대는 권 차장을 바라보았다. 세상을 다 가진 교만에서 어느새 참담하게 구겨진 권 차장의 얼굴. 역겨움 그 자체였다.

"변호사 선임권이 있고 불리한 진술을 하지 않을 권리가 있습니다."

철컥!

탁대는 미란다 원칙을 짧게 말하고 수갑을 채웠다. 솔직한 마음으로는 그런 걸 알려줄 가치도 없는 인간이었고 수갑으로 얼굴을 후려치고 싶을 뿐이었다.

같은 시간, 김중광은 수사관 네 명을 데리고 4조사실로 들어섰다.

"뭐야?"

방 검사를 심문하던 윤 검사가 갈기를 세우며 돌아보았다.

"미안하지만 조사 주체와 객체를 좀 변경해야겠어."

"김중광!"

"닥쳐! 이 정권의 개자식아. 너 같은 개새끼 때문에 우리 검사들이 맨날 정권의 하수인이라고 욕 들어먹는 거 몰라?"

김중광은 그 말과 함께 윤천수의 안면을 내질렀다. 놀란 염 수사관과 이 수사관이 권총을 빼들자 그들 정수리에 총구가 겨누어졌다.

"방 검사, 미안!"

김중광이 방 검사를 부축해 세웠다.

"조 실장님이 왔군?"

방 검사가 시선을 들었다.

"맞아. 그 친구가 우리 검찰을 구했어."

문이 열리자 탁대가 들어섰다.

"방 검사님!"

"조 실장… 몸은?"

방 검사는 탁대의 몸부터 챙겨 물었다.

"보다시피 멀쩡합니다."

"무슨 소리야? 총을 세 방이나 맞았다던데?"

"윤천수 사격 솜씨가 좀 엉망이더라고요."

탁대는 손 안에 든 세 발의 총알을 윤 검사 앞에 떨어뜨렸다. 뒤룩한 눈알로 올려보는 윤천수. 그 턱에 탁대의 주먹이 통렬하게 작렬했다.

퍼억!

"어쨌든 빚은 갚아야지."

비틀거리며 일어서는 윤천수. 그 얼굴에 다시 한 번 탁대의 주먹이 날아갔다.

"윽!"

윤천수가 상체를 일으키자 이번에는 강력한 킥으로 날려 버리는 탁대.

"총알도 세 방이었으니까."

탁대가 천천히 손을 털 때였다. 또 한 번의 둔탁한 소리가 퍼억 하고 조사실에 울려 퍼졌다.

퍼억!

이번에는 방 검사였다.

"나도 저 인간에게 빚 좀 졌거든."

"방 검사님!"

"조 실장님!"

탁대와 방 검사는 누가 먼저랄 것도 없이 서로를 향해 달려들었다.

"아, 진짜 포옹은 좀 나가서 하든지⋯ 남자들끼리 뭐야?"

김중광은 감격의 눈물을 감추려 괜한 짜증을 부렸다. 이 감격은 엉뚱한 곳에서도 일어났다. 바로 트럭 운전사. 탁대가 멀쩡하게 나타남으로써 그 역시 무죄로 풀려나게 되었다.

상황은 단숨에 역전되었다.

권 차장의 법전에서 나온 찢겨진 메모에 이어 백영규 의원의 화단에서도 돈뭉치가 나왔다. 많기도 했다. 김장 비닐에 겹겹이 싸인 5만 원권 현금은 시장통에 뒹구는 배추 포기보다도 많았다.

84억!

압수된 현금만 84억. 백영규의 해명 또한 가관이었다.

"재력가인 부친이 물려준 금괴를 현금화해서 보관한 것."

세 살 난 아이도 웃었다. 차라리 묵비권을 행사했다면 웃음거리는 되지 않았을 것이다.

송길웅 때와는 달리 구속영장이 바로 떨어졌다.

문기찬과 비서관들이 구속되고 정무학이 구치소에서 불려왔다.

이례적으로 현역 의원이자 거물 정치인인 백영규도 예외는 아니었다.

개가의 뒤에는 고동길이 있었다. 탁대의 제보가 나오자 인터넷 방송 마 피디를 동원해 상황을 생중계해 버린 것이다.

청와대도 버티지 못했다. 처음에는 완강하게 선을 그으며 대변인 성명까지 냈지만 여론은 더욱 빗발쳐 갔다.

유사 이래 청와대 첫 압수수색 가능성.

언론과 인터넷 방송은 여론을 등에 업고 검찰을 지원 사격했다. 시민단체도 외곽에서 가세했다. 곽 간사를 중심으로 한 구국단체들은 청와대 앞으로 몰려가 연일 시위를 펼쳤다.

결국 대통령이 나섰다. 성역 없는 수사를 강조하며 청와대 압수수색도 필요하면 수용하겠다는 성명이 나왔다. 일이 이쯤 되자 강일권은 자진 출석 형식으로 소환에 응하게 되었다.

그는 당연히 혐의를 부인했다.

권 차장과 골프를 친 건 사실이지만 의례적인 검찰 동향 파악이었다고 발뺌을 한 것이다. 탁대가 문자를 증거로 내밀었지만 그 또한 얼버무렸다.

그러나 그냥 물러설 탁대가 아니었다.

투명체로 배석한 로르바흐의 자백 마법. 인간의 심연 끝에 맺힌 한 가닥의 본심마저 뽑아내는 절정 마법의 힘을 얻어 강일권의 마음을 송두리째 읽어낸 탁대는 그가 권 차장에게 뇌물을 받은 장소는 물론 시간을 시분초까지 증명하고 말았다.

즉시 김중광이 황독대와 노경선을 데리고 확인에 나섰다. 방 검사의 수사팀도 기민하게 움직였다. 증거는 방 검사 쪽에서 찾아냈다. 그는 이미 CCTV의 달인이 되었던 것이다.

보름이나 계속된 밤샘 조사 강행군 속에서도 탁대는 버텼다. 간간이 쪽잠을 잤지만 그리 힘들지 않았다. 거기에는 로르바흐와 혜자의 힘이 지대했다.

"오빠!"

마더와 함께 도시락을 가져온 혜자.

"온 국민이 다 오빠 편이야. 힘내요!"

그녀의 한마디는 보약이 되었다.

로르바흐 역시 탁대 곁에 투명체로 머물며 회복 마법을 시전하며 탁대의 체력을 지탱해 주었다.

나아가 청와대까지 연루된 정치권의 로비 비리를 밝힌 게 탁대라는 보도가 고동길을 통해 나가자 국민들의 성원이 빗발을 쳤다. SNS에서는 릴레이 응원이 이어지고 포털 사이트마다 탁대와 방 검사 기사로 도배가 되었다.

그중에서도 압권은 유치원 아이들과 초등학생들이었다. 봉황시 유치원 연합회 선생님들과 학부모가 주동이 되어 어린이들이 줄을 이었다. 그들은 검찰청사 앞 대문 옆에 고사리손으로 들고 온 장미를 두고 갔다. 응원 카드와 쪽지도 대문에 넘쳐 났다.

피곤할 때면 탁대는 대문으로 나와 카드와 쪽지를 읽었다.


나쁜 구캐의언 아저씨를 혼내 주새요.

정의의 조탁대 아저씨 파이팅!

우리는 조탁때 아저씨를 믿어요.


탁대는 뭉클했다. 그리고 매번 각오를 새롭게 다졌다. 이 사랑스러운 아이들이 자라는 대한민국. 그들에게 썩은 정치인을 지도자로 안겨줄 수는 없는 일이었다.

"국민 여러분!"

수가가 마무리되는 날, 기자들이 모인 임시회견장에 선 건 지검장이 아니라 위 부장이었다. 위 부장 뒤로 도열한 수사검사들과 수사관 사이에 탁대와 방형기, 김중광이 보였다. 셋은 나란히 붙어 있었다.

지검장은 얼굴도 디밀지 못했다. 권태술 차장에 이어 석기은, 최기윤 부장검사와 윤천수 검사, 기타 두 명의 평검사까지 구속과 불구속의 불명예를 썼으니 엄두를 낼 일도 아니었다.

"지금부터 백영규 의원 불법로비와 관련된 사건의 전모를 발표하겠습니다."

마당을 가득 메운 기자들의 손이 바삐 움직이기 시작했다. 그들 중에는 고동길과 마해종도 당당히 끼어 있었다.

"그전에 불미스러운 정치인들과 결탁된 검사들의 동료이자 검사의 직분을 수행하는 사람으로서 먼저 국민여러분께 머리 숙여 사죄를 올립니다."

위 부장은 마이크에서 물러나 맨땅에서 큰절을 올렸다. 그리고 다시 말을 이었다.

"사건 발표는 목숨을 걸고 이 사건 수사에 나섰던 방형기 검사와 조탁대 수사관에게 맡기겠습니다. 그게 마땅하다고 생각합니다."

느닷없는 일이었다. 좌중은 찬물을 끼얹은 듯 조용했다. 그때 맨 뒤에서 박수 소리가 튀어나왔다.

짝, 짝, 짝!

느리게, 그러나 강력하게 박수를 시작한 사람은 표강일이었다. 그게 신호였다. 기자회견을 보러온 시민단체와 봉황시민들, 심지어 뒷줄의 어린이들까지 박수를 치기 시작했다.

"조탁대!"

군중 속에서 한 초등학생이 탁대를 연호했다. 그 또한 신호였다.

"조탁대!"

"조탁대!"

"국민영웅 조탁대!"

"와아아!"

연호에 이어 함성이 쏟아졌다. 기자들 틈에서 고동길이, 마해종이, 마 피디와 곽 간사도 목이 터져라 탁대 이름을 외쳤다.

"나서시게!"

위 부장이 따뜻한 미소로 탁대를 바라보았다. 탁대는 방 검사의 손을 잡고 마이크 앞으로 나왔다. 그러자 방 검사가 탁대의 손을 잡고 하늘로 치켜 올렸다.

"와아아아!"

다시 함성이 쏟아졌다. 행복했다. 공무원이 왜 존재하는가? 호봉이나 오르고 승급이나 하려고 존재하는 게 아니다. 입으로가 아닌 행동으로 '증명하는 '국민을 위해'. 그 숭고한 가치를 명명백백하게 증명한 탁대였다.

*　　　*　　　*

딩도로롱디롱!

도로롱디롱!

깨똑!

통화부터 문자, 카톡까지 전화기가 몸살을 앓았다. 탁대는 전화기를 꺼버렸다.

어마어마한 사건을 해결한 국민영웅 조탁대. 탁대는 시민단체가 주동이 되어 베푸는 격려 파티에 참석하지 않았다.

탁대가 앉은 곳은 편의점이었다.

나인 크로스!

찌질한 공시 4수생 시절. 공무원 시험에 9번째 떨어진 그날. 탁대는 이 베스트 나인 편의점에서 밤 9시 9분에 다시 태어났다.

그때 로르바흐를 만나지 못했더라면?

아찔했다.

공무원 시험에는 어찌어찌 붙었다고 해도 지금 같은 상황은 결코 일어나지 않았을 것이 자명했다.

가만히 지난날을 되감아 보았다.

화물트럭으로부터 유치원 아이들을 구한 일부터 최근에 겪은 권 차장 사건. 그로 인해 총까지 맞았지만 참으로 가슴 벅찬 행군이었다.

그전에는 몰랐다.

탁대는 그저 공무원이 되면 시키는 대로 일하고 9시에 출근해 6시에 퇴근하며, 연금이나 차곡차곡 쌓으면 되는 정도의 공무원 상을 가지고 있었다.

면접 때 꼭 물어본다는,

'왜 공무원이 되려는 겁니까?'의 답은 '투철한 국가관과 봉사 정신의 발로'라고 달달 외워두었지만 그건 그야말로 '개구라'에 불과했다. 합격을 위한 말장난일 뿐이었다.

그런데 지금의 탁대는 완전하게 바뀌어 있었다. 아홉 번째 캔맥주를 마시며 쏟아놓던 패배주의와 졸렬한 핑계, 그리고 세상에 대한 원망…….

그 모든 게 간 곳이 없는 것이다.

그래도 변하지 않은 건 있었다. 바로 아홉 개의 캔맥주. 물론 마시고 싶어서 산 것은 아니었다. 로르바흐를 위해서 그날처럼 베트스 나인 편의점에서 똑같은 환경을 연출하고 있을 뿐.

밤 9시 9분.

9초를 남기고 로르바흐를 바라보았다. 그는 투명체로 탁대 앞에 있었다. 이제 몇 초 후면 로르바흐는 다시 탁대의 기생체로 돌아갈 것이다.

아쉬운 일이었지만 어쩔 수 없는 일이었다.

3초.

5초.

7초.

8초.

그리고 9초.

탁대는 로르바흐에게서 눈을 떼지 않았다. 하지만 10초를 지나 11초, 12초… 계속 이어져도 로르바흐는 그 자리에서 사라지지 않았다.

"대마법사님……."

"……."

"어떻게 된 거죠?"

불안감이, 확 다가왔다.

"나인 크로스가 배열되지 않았네."

"그렇군요. 그때는 제가 9급 공무원 시험에 9번째 떨어진 날……."

결론적으로 9가 두 개 모자랐던 것이다.

"생일이 저와 같은 놈이 있는데 데려올까요?"

"그렇게 되면 그대와 그 사람 둘 중 어디로 갈지 알 수 없네."

"……."

"라도혼식으로 해보세."

"라도혼식이라면?"

"9자가 들어가는 산의 999미터에서 아침 9시 9분 9초……."

"아, 그것도 가능해요?"

"서둘러야 하네. 마침내 드래곤 패황께서 인지한 듯하니……."

로르바흐의 표정이 어두워졌다.

아홉 구(九)!

다행이 그런 산은 많았다.

구월산, 구룡산, 구덕산, 구용산, 구만산, 구명산, 구봉산…….

하지만 999미터가 넘는 산은… 딱 하나가 있었다. 바로 구봉산.

전라북도 진안군.

"있어요."

"다행이군."

탁대가 지도를 짚자 로르바흐의 입가에 미소가 돌아왔다.

"차로 서너 시간 밟으면 갈 수 있습니다. 올라가는 데 몇 시간 걸릴 테니 지금 바로 출발하겠습니다."

"아니!"

일어서는 탁대의 발을 로르바흐가 세웠다.

"왜요? 드래곤이 올 것 같다면서요?"

"그가 온다면 여기 있으나 그 산에 있으나 바뀔 것은 없네. 그러니 그대는 그대를 원하는 자리로 가게나. 그 장소로 옮겨가는 건 그리 어렵지 않으니."

로르바흐의 몸 주변에서 푸른 광채가 투명한 통로를 이루며 출렁거렸다. 포탈 마법을 뜻하는 모양이었다.

"저는 괜찮습니다."

"내가 괜찮지 않네. 내일 아침에 만나세."

로르바흐가 두 손으로 원을 그리자,

탁대의 몸은 격려회 연회장 한가운데로 옮겨지고 말았다.

"어, 조 실장님!"

이미 거나하게 취한 방 검사가 소주잔을 들고 소리쳤다. 그 말을 신호로 모든 참석자의 시선이 탁대에게 쏠려왔다.

"아이고, 대체 어디로 잠적했다가 온 겁니까? 위 부장님부터 다 찾느라고 난리가 났잖아요?"

"죄송합니다. 잠깐 속이 안 좋아서 약 좀 사먹고 오느라고."

"나 참, 지금 우리 속이 우리 겁니까? 오늘은 먹다 죽어도 어쩔 수 없다고요."

방 검사는 웃으며 좌중을 향해 뒷말을 이었다.

"여러분, 오늘의 주인공 조탁대 실장님이 왔습니다. 박수로 맞아주세요!"

짝짝짝짝!

박수 소리는 메아리를 이루며 달려 나갔다. 한결같이 뿌듯하고

존경스러운 눈초리의 참석자들. 아까와는 달리 정치인과 사회지도
층 인사들도 수두룩하게 보였다.

"정의를 위해 건배, 조탁대 실장님을 위해 건배!"

마 피디가 다가와 목이 터져라 소리를 질렀다.

"건배!"

옆에 선 고동길 기자의 목소리도 만만치 않게 높았다.

"건배!"

"건배!"

건배 합창은 참석자들의 입에서 입으로 건너갔다. 탁대는 술잔
을 받아들고 가만히 좌중을 돌아보았다. 위 부장은 잔잔한 미소로
술잔을 들어 보였다. 어 계장도 그랬고 노경선 수사관도 그랬다. 그
러다 탁대의 시선이 멈췄다. 맨 구석에 자리한 두 사람 때문이었다.

표강일과 김성곽.

두 사람은 이웃한 테이블에 자리 잡고 있었다.

김성곽은 자리에서 일어나 잔을 들어보였다. 표강일은 그와 달
랐다. 부드러운 미소를 보냈을 뿐이다. 탁대는 그 둘에게 다가가 술
을 한 잔씩 따랐다.

"대단해, 진짜 대단하다고!"

김성곽이 탁대의 등을 두드렸다.

"수고했네."

표강일은 이번에도 부드러운 한마디뿐이었다.

탁대는 고동길과 마 피디, 그리고 마해종 기자에 대한 인사도 잊
지 않았다. 그들 또한 이번 대사건에 있어 빛과 소금 같은 도움을
준 까닭이었다.

마지막으로!

탁대의 발이 멈춘 곳은 혜자 앞이었다.

"어디 가면 간다고 말이라도 하고 가지……."

그녀의 눈에는 샘물이 출렁거렸다. 탁대는 말없이 그녀를 당겨 안았다. 말할 수 있는 일이 아니야. 탁대는 그녀를 품은 채 속으로 중얼거렸다.

혜자의 눈에 출렁이는 샘물처럼 좌중의 위장은 알코올로 촉촉이 젖어가고 있었다.


*            *            *


"잘 다녀와!"

이른 아침, 탁대는 모처럼 집에서 혜자의 출근을 배웅했다. 로르바흐 때문에 연가를 낸 까닭이었다. 검찰청 직원들에게는 피곤해서 하루 쉰다고 둘러댔다. 그동안의 활약과 과로를 아는 까닭에 누구도 이의를 달지 않았다. 심지어 위 부장 같은 경우에는 한 일주일쯤 쉬라는 말도 덧붙여 주었다.

"갈까요?"

탁대는 가방을 둘러매며 말했다. 그러자 아침 빛살을 안은 로르바흐가 나타났다.

"나는 이미 준비가 끝났네."

"그런데……."

가방끈을 당긴 탁대가 조심스럽게 말을 이었다.

"식사는 안 하셔도 돼요?"

"걱정되나?"

"그것도 그렇고… 모처럼 제 꿈속에서 나왔는데 현실의 음식이라도 실컷 드시고 들어가면……."

"그대는 아직 마법사가 어떤 존재인 줄 모르는 모양이군."

"……."

"걱정하지 말게나. 나인 클래스의 수련을 쌓은 마법사라면 몇 달 동안 밥을 먹지 않아도 상관없다네."

"몇 달이나요?"

"우리는 공기만으로도 충분하다네. 식사야 다른 사람을 배려하기 위해 먹는 것이지 실상 마법사의 몸에는 큰 도움이 되지 않는다네."

"그렇군요."

그 말은 탁대 마음에 들었다. 도움이 되지 않는다니 딱히 미안한 마음을 가질 필요도 없는 것이다.

"이 산입니다."

탁대는 미리 찾아둔 구봉산의 사진을 보여주었다. 전라도 쪽의 지도와 함께. 그러자 놀라운 일이 벌어졌다. 마치 산에 도착한 듯 산자락이 고스란히 눈에 보인 것이다.

"여기가 맞춤하겠군."

로르바흐가 영상처럼 펼친 숲은 정상에 가까운 우람한 황송(黃松) 앞이었다. 놀랍게도, 마치 가본 것처럼 산자락을 고스란히 보여주는 창대한 마법…….

"가보지 않고도 알 수 있단 말입니까?"

놀란 탁대가 물었다.

"보이니까 아는 것이지, 보이지 않는 데야 어찌 알 것인가?"

"대마법사님?"

"그대 나라의 지형지물이라면 여기 앉아서도 볼 수 있네. 신기한 일도 아니니 이리 다가서게나."

로르바흐의 발아래에 은은한 룬문자 결계가 소리 없는 아우라를 이루며 펼쳐지기 시작했다.

"그 길로 이어지는 포탈이라네. 그리 오래 걸리지는 않을 거야."

로르바흐의 시선을 받으며 탁대는 발을 옮겼다.

"시작하겠네."

로르바흐의 손이 가볍게 호를 그리기 시작했다. 그걸 신호로 거실은 아련한 빛무리에 휩싸였다. 탁대는 느꼈다. 뭔가 아슴푸레한 느낌이 몸에 스며드는 걸. 그리하며 저 먼 말단에서부터 심장까지 빛과 일체가 되는 걸.

후웅!

한순간 귓전을 울리는 빈 바람 소리가 들렸다. 동시에 탁대의 몸이 둥실 진공 속으로 들어가는 느낌이 전해왔다.

"……?"

탁대가 잠시 눈을 감았다 뜨자 세상은 바뀌어 있었다.

'황송!'

탁대의 손에 닿은 건 우람한 소나무였다. 그건 방금 전에 로르바흐가 보여준 그 나무가 분명했다. 고개를 돌리자 저만치 위로 정상이 보였다. 솔향과 은은한 숲의 향기. 어느새 탁대는 목적지인 구봉산으로 옮겨온 것이다.

한마디로, 놀라웠다.

"불편하신가?"

위편에서 로르바흐의 목소리가 들려왔다. 로르바흐는 황송의 든든한 가지 위에 새처럼 가볍게 서 있었다. 아침 햇살을 마주한 그의 로브에서는 숭고한 위엄이 흘러나왔다.

"대마법사님……."

"멀미가 나지는 않았나 모르겠군."

로르바흐는 소리도 없이 탁대 옆으로 내려왔다.

"신기하다는 말밖에는 할 말이 없군요."

영화에서나 보았던 포탈. 그런 게 실존하다니? 그걸 이용해 그 먼 거리를 눈 깜짝할 사이에 옮겨왔는데도 아무렇지도 않다니.

"그런데 가방 속의 그건 왜 가지고 온 건가?"

로르바흐가 탁대의 가방을 바라보았다.

"알고 계셨습니까?"

"뭐, 이 시대의 남자들은 그걸 좋아하는 것 같으니……."

로르바흐가 말하는 건 캔맥주였다. 그것도 자그마치 9개. 술을 좋아해서가 아니라 만약을 대비해 탁대가 준비한 소품이었다.

탁대는 시간을 확인했다. 9시 3분. 이제 슬슬 준비를 할 때였다.

"응?"

탁대가 가방을 내려놓을 때 별안간 로르바흐가 인상을 찡그렸다.

"왜 그러시죠?"

"맙소사!"

로르바흐의 미간은 점점 더 오그라들었다. 미간 가득 퍼져 가는 어두운 그림자. 뭔가 좋지 않은 일이 있는 게 분명했다.

"드래곤 패황이 자신의 결계에 문제가 생긴 걸 알았네."

"……."

"그대의 꿈속으로 들어가지 못하면 다시는 보지 못할 수도 있겠군."

"대마법사님!"

탁대의 목소리가 흔들렸다.

"괜찮네. 무엇이건 다 내가 걸어가야 할 생(生)인 것이니……."

"될 겁니다. 걱정하지 마세요. 다시 제 꿈으로 들어가시고, 반드시 저는 4급 공무원이 되겠어요. 그래서 드래곤의 결계가 저절로 풀릴 수 있도록!"

"시작하시게!"

로르바흐의 목소리는 담담했다. 어쩌면 위기를 목적에 두고도 저리 초연할 수 있는 것일까? 탁대는 로르바흐가 지정한 자리에 앉았다. 딱 해발 999미터에 해당하는 위치였다.

'9봉산, 999미터에 9월 9일생 조탁대가 앉았다.'

탁대는 시계를 바라보았다.

'그러니 비껴가지 말라. 9시 9분 9초여!'

9시 9분!

탁대는 슬쩍 로르바흐를 바라보았다. 그는 태산처럼, 혹은 바람처럼 보였다. 한없이 듬직한가 싶으면 또 바람보다도 가벼워 보이는 것이다.

'7초!'

꿀꺽!

마른침이 거푸 넘어갔다.

'8초!'

아아, 제발…….

간절함과 함께 초가 숫자 9를 가리켰다.

그리고 로르바흐를 돌아보는 순간, 그의 몸은 마치 태양을 삼킨 듯 어마어마한 빛으로 산화하기 시작했다.

'로르바흐님…….'

간절함이 닿았을까? 로르바흐의 몸은 순식간에 한 점의 빛으로 변했다. 이어 탁대의 머릿속으로 관통해 들어왔다.

'으어어어!'

총을 맞은 듯, 탁대는 단말마의 비명을 지르며 넘어갔다.


아아아아아아!

메아리가 무지개를 이루며 달려갔다. 무지개는 다시 메아리로 풀리며 번져 나갔다. 제 꼬리를 먹고 다시 태어나는 도마뱀, 우로보로스처럼 끝도 없었다.

그러던 어느 순간, 변화가 일어났다.

우로보로스의 입이 꼬리 한 입을 남기고 있을 때, 그 꼬리가 탁대로 변한 것이다. 우로보로스는 거침없이 입을 벌렸지만 탁대를 삼키지 못했다. 뒤편에서 작렬한 마법 때문이었다.

"대마법사님!"

탁대의 입에서 밝은 고함이 튀어나왔다.

"고맙네. 다시 그대의 꿈 안에 쉼터를 빌려주어서."

"대마법사님!"

탁대는 한달음에 로르바흐의 품에 안겼다.

"조금만 늦었어도 파형에 처해질 뻔했어."

"파형이라고요?"

"영혼의 한 가닥까지 갈래갈래 찢어지는 형벌 말일세."

"……!"

"드래곤 패황이 힘이 그 산에 도착한 게 9시 9분 11초였네. 2초만 늦었어도 그의 노여움에서 벗어나기 어려웠을 거야."

"그럼 이제는 괜찮은 겁니까?"

"어쩌겠나? 결계가 깨졌음에도 내가 달아나지 않고 그대의 꿈속에 그대로 있음에랴."

"아!"

"이제는 그대가 깨어날 차례로군."

"제가요?"

"드래곤 패황의 파워에 영향을 받아 그 산에 약간의 이상 현상이 나타났다네. 자세한 건 깨어나면 알겠지."

"대마법사님!"

"그럼 앞으로도 잘 부탁하네."

그 말과 함께 로르바흐의 몸이 희미해지기 시작했다. 동시에 굉장한 소음이 탁대의 귓전을 파고 들었다.

'읏!'

탁대는 무의식적으로 몸을 세웠다.


"깨어났어요!"

탁대의 귀에 가파른 고함이 밀려들었다. 눈앞에는 주황색이 물결을 이루고 있었다. 다시 한 번 눈을 감았다 뜨니 그들의 정체가 한눈에 보였다.

"119 구조대원들?"

"우릴 알아보겠습니까? 조탁대 씨!"

"여긴?"

고개를 돌리던 탁대는 움찔 놀라며 몸을 젖혔다. 탁대는 하늘에 떠 있었다.

타타타타!

프로펠러가 어지럽게 돌았다.

"구조헬기 안입니다. 오전에 구봉산 정상 부근에 느닷없는 돌개바람과 뇌성이 일었어요. 그런데 정상에서 하산하던 등산객들이 누군가 계곡으로 추락했다는 신고를 해서 출동했는데 그게 바로 조탁대 씨였어요."

'돌개바람?'

"국민영웅 조탁대 씨 맞죠? 지갑의 공무원증으로 확인하고 봉황지방검찰청에도 연락했습니다."

구조대원들이 계속 물었다.

"맞긴합니다만, 나를 발견한 데가 계곡이란 말인가요?"

"구봉산 해발 788미터 부근의 계곡 아래 황송 가지에 걸려 있었습니다. 정말 천운입니다."

"......."

"어떡할까요? 구조한 사람이 국민영웅 조탁대 씨라고 하니까 원하는 곳까지 이송해도 좋다는 본부의 허락이 떨어졌습니다."

"아닙니다. 그냥 이 헬기가 소속된 착륙장에 내려주세요."

"어디 다쳤을지도 모르는데 서울의 큰 병원에 가서서 진단을 받아보시는 게…….”

“괜찮습니다. 공연한 폐를 끼치고 싶지 않습니다.”

“정 그러시다면 원대로 하겠습니다.”

헬기는 산자락을 타고 시내로 접어들었다. 탁대는 그곳에서 내렸다. 그곳 구조본부의 기관장 역시 병원행을 권했지만 거절했다. 이렇게 움직이고 저렇게 움직여 봐도 아픈 곳이 없었기 때문이었다.

그때 기관장의 전화기가 울렸다.

“여보세요.”

기관장은 공손하게 전화를 받았다. 그러다 통화를 마치고는 탁대에게 통화를 전해주었다.

“봉황검찰청인데 직원을 보냈다고 조탁대 씨를 잘 보호하고 있어달라고 하는군요.”

“아, 그냥 가도 되는데…….”

살짝 난감했지만 이미 벌어진 일. 탁대로서도 별수 없는 일이었다. 따뜻한 커피 한 잔으로 정신을 각성한 탁대는 그제야 핸드폰을 열어보았다.

“……!”

확인 결과 소름이 옴팡 돋았다.

마더와 동환의 전화도 그렇거니와 무엇보다도 황녀이신 혜자의 전화가 열 번도 넘게 걸려와 있었다. 잘나가는 대한민국의 통신망이 그새 혜자에게 탁대의 조난 소식을 전한 모양이었다.

‘아, 진짜…….’

대략난감이었다. 다른 사람은 다 속여도 혜자에게만은 그게 자연스럽지 않은 탁대. 어쩔까 궁리를 하는 사이에 검찰청에서 온 차량이 청사에 들이닥쳤다.

차에서 내린 사람은 방 검사와 어 계장이었다. 거기까지는 좋았는데 마지막으로 한 사람이 더 내렸다. 혜자였다.

'오, 마이 갓!

슬슬 마누라 무서운 걸 알아가는 탁대. 차라리 병원에 가서 누워 있을걸 하는 생각이 굴뚝의 연기처럼 뭉게뭉게 피어올랐다.

다행히 봉황시에 도착하는 동안에 혜자의 눈빛은 부드럽게 풀렸다. 그녀 역시 방 검사의 전화를 받고 놀란 가슴으로 뛰어내려온 모양이었다. 하지만 탁대가 건강하게 구조되었으니 딱히 문제 삼지 않았다.

"푹 쉬고 내일 봐요."

방 검사는 탁대를 내려놓고 손을 흔들었다. 어 계장도 마찬가지였다.

저녁 무렵이 되었으므로 탁대는 마더와 동환을 불러냈다. 겸사겸사 축하 파티였다.

로르바흐 귀가(?) 자축!

물론 표면적으로는, 돌풍에서 구조된 것과 대사건을 해결한 걸 겸한 가족 축하 파티였다.

"진짜 애썼다. 우리 아들!'

한달음에 달려온 동환은 흐뭇한 표정을 감추지 못했다.

"여보, 조 실장이에요. 탁대는 이제 대한민국 공무원의 아이콘이라고요."

마더가 넌지시 핀잔을 날렸다.

"맞아. 맞아. 조 실장……. 아, 의사 아들 둔 내 친구 놈도 네 이야기하면 바로 깨갱이다."

"당연하죠. 의사가 대수예요? 조 실장이 한 일에 비하면 별것도 아니지……."

마더의 자부심은 하늘을 찌를 기세였다.

"그나저나 그 먼 데까지는 왜 간 거냐?"

동환이 맥주잔을 집어 들며 물었다.

"그, 그냥요. 그 사건 때문에 머리가 아파서 생각 없이 나갔는데 갑자기 거기 가는 버스가 보여서……."

탁대는 대충 둘러댔다.

"하느님도 네 유명세를 알았나 보다. 기상이변 때문에 여러 명 다쳤다고 나오던데 너는 이렇게 멀쩡하니……."

"하핫, 저는 아직 할 일이 많거든요."

탁대와 동환이 대화를 주고받을 때 혜자가 넌지시 말을 건네 왔다.

"다음부터는 행선지 좀 말하고 다녀요. 검찰에서 연락 왔을 때 나도 모르는 일이라 무척 황당했어요."

"쏘리!"

괜히 잔을 들어 건배로 무마하려는 탁대. 혜자는 입술을 몇 번 실룩이고는 유리잔을 부딪쳐 주었다.

"그나저나 우리 조 실장, 뭐 상금 같은 거 없어?"

조용하던 마더가 기습 질문을 던졌다.

"무슨 상금요?"

"아니 그럼 이렇게 큰일을 해결해도 그냥 넘어간단 말이야? 게다가 그 나쁜 놈들이 조 실장에게 권총까지 쏘았다며?"

"마더……."

"어휴, 이러니 공무원들이 다들 복지부동이지. 아, 잘하면 잘하는 만큼 팍팍 격려해 줘야 하는 거 아니야?"

"격려 많이 받았잖아요? 어린이들과 시민단체, 그리고 국민들 성원……."

탁대는 웃었다.

그건 사실이었다. 아마 지금도 탁대와 방 검사의 책상에는 꽃과 편지가 쌓여가고 있을 것이다. 소박한 선물들도 마찬가지다. 물론 탁대는 그것들을 모아 보육원이나 복지원으로 보낼 생각이지만.

"마더, 그리고 아버지!"

가족만찬의 말미에 탁대가 가만히 입을 열었다.

"저는 이미 충분한 상을 받고 있어요. 조금 섭섭한 마음이 있으면 제가 공무원 시험 공부할 때를 생각해 보세요. 아직까지도 합격하지 못하고 공부하고 있다면 두 분 마음은 어땠을까요?"

그 말은 제대로 먹혔다. 동환은 물론 마더조차 입을 열지 못했기 때문이었다.

마더와 동환에게 대리기사를 붙여준 탁대는 멀어지는 부모님의 차를 보며 행복했다.

아무도 모르는 탁대만의 비밀 로르바흐. 그가 꿈속으로 돌아갔다. 그가 두려워하던 드래곤 패황의 징벌도 비켜갔다. 거기에 무사히 집으로 돌아와 사랑하는 가족들과 저녁 식사까지 맛나게 먹었으니……

'이보다 더 행복할 수는 없어.'

탁대는 옆에 선 혜자의 손을 꼭 잡았다. 뿌듯한 마음으로.

"굿모닝!"
다음 날, 출근하던 탁대는 청사 앞에서 방 검사를 만났다.
"방 검사님!"
탁대는 유리를 내리고 인사를 받았다.
"거, 신혼인 사람이 칼 출근해도 되는 겁니까? 가끔은 좀 지각도 하고 그래야지."
"그러다 짤리면 어쩌려고요."
"아니, 어떤 인간이 조 실장님을 짜릅니까? 그럼 내 손에 죽습니다."
방형기 검사.
이번 사건을 계기로 그의 성격은 많이 변해 있었다. 전과 다르게 쾌활하고 적극적인 것이다. 그건 어쩌면 지청의 역학 관계와 맞물린 것 같았다. 전에는 윤 검사의 세상이었다. 그러니 그게 꼴보기 싫어 일에만 묻혀 살았던 모양이었다.
아무튼, 환한 미소는 보기 좋았다.
"그런데 왜 여기 나와 계세요? 혹시 아침부터 소환장 날렸습니까?"
"그거 날리려고 조 실장님 기다리고 있는 거 아닙니까?"
"……?"
"기다리는 사람 많을 테니 볼일 보시고 내 방으로 좀 와주세요."
방 검사는 뒷문을 툭툭 쳐주고는 현관으로 걸어갔다.
"조 실장님!"

수사과에 들어서자 노경선이 환하게 맞아주었다. 양 과장과 황 수사관 등도 마찬가지였다.

"이어, 조 실장이 들어오니까 수사과에 해가 뜨는 거 같네."

어 계장도 질세라 너스레를 떤다.

"어디 다친 데는 없어요?"

경선이 다가와 물었다.

"보다시피요. 걱정 끼쳐드려 죄송합니다."

"당연히 죄송해야지. 거기서 큰 부상이라도 당했으면 나는 검찰총장님에게 이거라고!"

양 과장이 손바닥으로 자기 목을 긋는 시늉을 했다.

"검찰총장님요?"

"오늘 자네 보려고 내려오신다는 통보가 왔네."

"네?"

"정말이야. 그러니까 꽃단장하고 기다리게나. 아마 오찬을 같이 하신다지?"

중간에 끼어든 건 어 계장이었다.

'오찬?'

"알았으면 맹한 얼굴하지 말고 책상 정리부터 하시게. 이거야원, 인기 없는 공무원은 의욕이 떨어져서 살 수가 있나?"

어 계장의 눈이 탁대의 책상과 회의 테이블을 가리켰다. 그 위에는 셀 수도 없는 꽃과 작은 선물이 그득하게 쌓여 있었다.

탁대는 편지를 챙겼다. 기타 꽃에 끼어온 메모나 선물에 딸려온 인사말도 빠짐없이 챙겼다. 하지만 선물은 챙기지 않았다. 그중 일부는 기능직이나 계약직 직원들에게 나눠주고 나머지는 원래 계획

대로 보육원에 연락해 실어 보냈다.

대표로 온 장애아는 탁대의 손을 잡고 눈물을 글썽거렸다. 탁대는 손수건을 꺼내 그 눈물을 정성껏 닦아주었다.

다음으로 한 일은, 방 검사를 찾아가는 일이었다.

"어서 와요!"

아침에 보았건만 방 검사는 탁대를 무척이나 반겼다. 커피도 손수 타왔다. 맛은 무지막지하게도 없었다.

"에푸!"

탁대가 미간을 찡그리자,

"원래 몸에 좋은 건 쓰다고요."

하며 웃는다. 탁대도 따라 웃어버렸다.

"왜 부른지 아시죠?"

"예?"

"잊어버렸으면 내 얼굴보고 알아내세요. 조 실장님 주특기 아닙니까?"

"길창대 과장님과 그 후배 사건 말입니까?"

"과장은 무슨 과장입니까? 썩어빠진 공무원에게."

방 검사가 잘라 말했다.

"뭐 그렇긴 합니다만……."

"제가 어제 위 부장님께 재가를 받았습니다. 그 사건 전모 말씀드리고 재조사가 불가피하다고 했더니 허락을 안 하시더군요."

"그래요?"

"그런데……."

방 검사는 탁대를 잠시 바라보더니 피식 미소와 함께 뒷말을 이었다.

"조 실장님 생각도 같다고 했더니 바로 오케이하지 뭡니까? 나 원……."

"정말요?"

"그래요. 이건 누가 검사고 누가 수사관인지……."

"죄송합니다."

"아닙니다. 솔직히 할 말 없습니다. 윤천수와 권태술 사건도 우리 검사들이 주축으로 해낸 일이 아니니까요."

"그 얘기는 이제 잊으세요. 그 사건의 주축은 분명 방 검사님이었습니다."

"하핫, 말이라도 고맙네요."

방 검사는 표정을 누그러뜨리며 소파에 등을 기댔다.

"그런데 말입니다. 한 가지 궁금한 게 있습니다."

그러다 다시 몸을 당기며 질문을 던지는 방 검사.

"말씀하세요."

"권총 말입니다. 분명 윤 검사가 조준 사격을 했고 맞는 걸 본 목격자도 있다던데……."

"어떻게 멀쩡하냐고요?"

"예!"

"할리우드 액션 모르세요?"

"할리우드 액션요?"

"총알은 빗나갔지만 제가 연기를 좀 했지요. 윤천수를 속일 시간을 벌어야 했으니까요."

"하지만 피가 튀는 걸 본 직원들도……."

"검사님, 저 로봇 아닙니다. 총알 관통당하고도 이렇게 멀쩡할 수 있겠어요? 아마 밤이라 잘못 본 걸 테니 제 말을 믿으세요."

"뭐, 그렇다는 얘기입니다. 나야 조 실장님 말을 믿지만 목격자들이 여럿이다 보니……."

"길 과장님 조사는 언제 시작하시게요?"

"오래 끌 거 있습니까? 잠시 후에 검찰총장님이 오신다니 점심 먹고 조집시다."

조집시다. 그 말은 탁대의 마음에 쏙 들었다.

"좋지요. 소화도 할 겸!"

둘이 의기투합할 때 책상의 전화기가 울렸다.

"검사님, 검찰총장님이 법무부장관님과 도착하신다고 조 실장님과 함께 로비로 내려오라는데요?"

수화기를 든 수사관이 방 검사를 향해 보고했다.

"오케이!"

시원하게 대답한 방 검사가 일어섰다. 물론 탁대도 엉덩이를 들었다.


끼익!

네 대의 차량이 현관 앞에 멈췄다.

"어서 오십시오."

장관과 총장을 맞은 건 공길두 제1차장과 위 부장이었다. 지검장은 이틀 전에 사표를 냈고 제2차장은 공석이었으니 제1차장이 직무대행으로 나선 것이다.

"이번에 혁혁한 공을 세운 조탁대 수사관과 방형기 검사입니다!"

위 부장이 옆에 선 두 사람을 가리켰다.

검찰총장과 법무부장관.

법의 지존으로 불리는 두 거물이 같이 격려 길에 오른 건 이례적인 일이었다. 장관이 먼저 탁대와 눈을 맞추었다.

"조탁대 수사관."

"네, 장관님!"

"수고 많았습니다."

장관이 손을 내밀었다. 그 뒤를 이어 검찰총장이 탁대의 손을 잡았다. 이어 뒤에 서 있던 관료 한 사람이 탁대 앞으로 다가왔다.

"청와대 행정관이에요."

장관이 그를 소개했다.

"원래 대통령께서도 오고 싶어 하셨는데 시간이 여의치 않으셨네. 대신 조 실장과 방 검사를 청와대로 초청하라는 특명을 내렸으니 수락해 주기 바랍니다."

행정관이 손을 내밀었다.

청와대!

탁대의 귀를 한 단어가 간질이기 시작했다.

**2장**

대통령의 오더!

　　검찰총장, 법무부장관과의 오찬은 소박했다. 직원 식당에 특식이 차려진 것이다. 특식의 주인공은 삼계탕이었다.

　　공무원 구내식당에는 보통 일 년에 몇 차례 삼계탕이 나온다. 주로 복날이 그때였다. 다른 때와 구분되는 건 조금 굵은 인삼이 한 뿌리씩 닭 가슴살에 살포시 안긴 것뿐이었다.

　　탁대는 장관과 총장 앞에 앉았다. 그리고 1차장, 위 부장 등 부장검사들이 주변에 자리를 잡았다.

　　"뭐, 다른 애로사항은 없나요?"

　　닭다리의 살을 발라내며 검찰총장이 방 검사에게 물었다.

　　"특별한 건 없습니다."

　　"우리 조 실장은?"

　　"제 생각에는 전문 인력이 부족합니다. 사실 방 검사님은 특별한 게 없다지만 사건이 밀릴 때 밤새는 건 다반사입니다."

탁대는 돌직구를 날렸다.

탁대도 알고 있다. 높은 양반들이 방문해서 물어보는 건 대개 인사치레라는 것.

오랜 관행에 젖어 있는 기관들… 그러니 실정을 제대로 모르는 높은 양반들의 한마디로 고쳐질 일들이 아니었다. 그럼에도 불구하고 돌직구를 날린 건 최소한 시도라도 해보자는 생각이었다.

"조사관이 많이 부족한가요?"

총장의 시선이 1차장에게 날아갔다.

"뭐, 좀 그렇습니다. 최근 들어 사회가 고도로 분화하면서 범죄 양상은 다양화되는데 검찰의 대응은 늘 한 박자 늦는 편이라서……."

"이쪽 지청이라도 우선 좀 지원해 주세요."

듣고 있던 장관이 긍정적인 시그널을 보내왔다.

"적극 검토해 보도록 지시하겠습니다."

총장이 장관의 신호를 받았다. 그러자 탁대 옆에 있던 방 검사가 엄지를 세워주었다. 자신이 하지 못한 의견을 탁대가 제시한 것이다.

탁대는 방 검사를 탓하지 않았다. 검사들의 위계질서는 일반 공무원과 달랐다. 그러니 제아무리 강단이 있는 검사라고 해도 하늘 같은 검찰총장에게 사소한 애로를 뻐끔거리기는 어려운 상황이었다.

"그런데 들자니 우리 조 실장님은 초능력이 있다고?"

총장이 대화의 방향을 틀었다.

"그건 와전된 말입니다."

탁대는 입장을 분명히 했다.

"피의자들의 표정을 읽을 수 있는 능력이 있다던데?"

"심리 파악은 다른 조사관들도 익숙한 일입니다. 저는 거기에 본능적 감각이 조금 더해진 것뿐입니다."

"아무튼 대단해요. 덕분에 우리 검찰 체면도 섰고……."

총장이 환하게 웃었다. 탁대는 고개를 한 번 끄덕여 화답하고 남은 닭다리를 뜯었다. 높은 양반들과의 오찬은, 솔직히 별로였다.

스트레스는 오후에 시원하게 풀렸다.

방 검사에게 불려온 길창대는 단 3분 만에 백기투항했다. 이미 상황을 꿰고 있던 탁대와 방 검사. 그들이 들이대는 전략 앞에 녹아나지 않을 장사가 없었다.

허도완도 다르지 않았다. 처음에는 여유만만했지만 탁대의 맹공을 그도 당해내지 못했다.

"그런 말 아세요?"

허도완을 무장 해제시킨 탁대가 운을 떼었다.

"무슨?"

잔뜩 구겨진 허도완의 얼굴은 조금 더 구겨졌다.

"전과자들의 비열한 전략 중에 그런 게 있더군요. 큰 죄를 지으면 작은 죄를 짓고 자수한다."

"……?"

"생각해 보세요. 한참 수사 중인데 범인은 소소한 죄를 일부러 짓고는 자수해서 이미 교도소에 가 있습니다. 그러니 감옥 안에 있는 사람은 의심을 피해갈 수도 있잖습니까?"

"그 말을 왜?"

"당신도 그걸 벤치마킹했죠?"

"……?"

"작은 건 죄다 자진 신고하고 큰 건은 일부러 챙겨먹은 잔머리……."

탁대가 똑바로 노려보자 허도완은 고개를 떨어뜨렸다.

"그런 걸 생각하면 악질이지만 따로 고마운 일도 있습니다."

"무슨……."

"송길웅 말입니다. 그때 편안하게 면회할 수 있게 해줘서 고맙습니다. 물론 당신은 우리가 그 사람에게 비밀조사를 하려는 걸 몰랐겠지만."

탁대는 그 말과 함께 조사를 끝냈다. 교도소에서 재소자들을 상대로 자신의 사욕을 챙긴 교도행정 공무원. 그에게 철퇴가 내려지는 순간이었다.


새 양복!

이발!

새 구두!

피부 마사지!

탁대의 청와대 방문에 혼자 바쁜 건 혜자였다. 탁대의 말을 들은 그녀는 분주하게 뛰어다녔다. 아끼는 통장을 열어 양복을 사고 멀쩡한 구두를 놔두고 새 것으로 장만해 왔다. 뿐만 아니라 자연 보습이 어쩌고 아기 피부가 저쩌고 하는 팩도 한가득 구해왔다.

"혜자야, 이거 너무 오버 아니냐?"

퇴근 후부터 시달리던 탁대가 볼멘소리를 냈지만 혜자는 막무가
내, 일방통행이었다.

"일단 누워요."

"그런 건 혜자 너나 해."

"누우라니까요."

"아, 진짜… 쫌!"

"오빠는 공무원 대표로 청와대 가는 거예요. 내 말 뜻 몰라요? 오
빠가 뉴스에 푸석하고 촌스럽게 나오면 그건 다 내조 못 한 내 잘못
이라고요."

"이유야 어쨌든 귀찮단 말이야. 얼굴도 수건으로 덮을 거면
서……."

"안 덮을게요."

"진짜지?"

"알았으니까 얼른 누워요."

혜자의 손이 바닥을 가리켰다. 별수 없이 누웠다. 혜자는 바위처
럼 버티고 앉아 탁대의 얼굴에 떡칠(?)을 해주었다.

"이제 그만 좀 발라."

"말하지 말라니까요. 그럼 주름 생겨요."

"주름이야 벌써 생기기 시작한 거고… 읍!"

저항하던 탁대 얼굴에 김이 모락모락 나는 수건이 투하되었다.

"30분 동안 꼼짝도 하지 말아요. 알았죠?"

마누라의 엄명이 떨어졌다. 그건, 지검장의 명령보다도 추상같
은 지시였다.

얼굴에 덕지덕지 칠을 하고 누워 있으니 좀 바보 같기도 했다. 그

래도 나쁘지는 않았다.

"지금 사람 염장 지르는 거 맞죠?"

방 검사의 말이 스쳐 갔다. 빨리 청와대를 다녀와야지, 와이프에게 볶이는 게 괴롭다고 탁대가 말했을 때 돌아온 대답이었다.

'하긴, 이 맛에 장가든 거 아닌가?'

탁대의 웃어버렸다. 총각이라면 꿈도 꿀 수 없는 서비스를 받고 있는 것이다.

문제는!

서비스가 과하다는 것.

"또 해?"

마침내 30분을 버틴 탁대가 세수를 하고 나오자 혜자는 또 탁대를 바닥에 쓰러뜨렸다.

"미안하지만 아까 거 하고는 다른 거거든요."

탁대의 행복한 비명은 깊은 밤까지도 쭈욱 이어졌다.


"잘 다녀오거라."

청와대를 방문하는 날 아침은 마더의 격려로 시작되었다. 마더와 동환이 탁대를 응원하기 위해 새벽처럼 달려온 것이다.

탁대는 혜자와 부모님의 배웅을 받으며 검찰청으로 향했다.

위 부장!

방 검사!

조탁대!

청와대에서 초청한 사람은 셋이었다.

뉴스에서 보고 또 본 청와대. 파란 기와를 올린 집이자 대한민국

권력의 상징. 광화문에 들어서자 탁대의 가슴이 두근, 요동치기 시작했다.

대한민국의 주권은 국민에게 있고, 모든 권력은 국민으로부터 나온다.

탁대는 헌법 1조를 상기했다. 탁대는 대한민국 국민. 그러므로 대통령을 부담스러워할 필요는 없었다. 그러나 지금 이 순간, 그 조항은 별로 위로가 되지 않았다.

하지만!

잔뜩 긴장한 탁대의 눈에 미소가 깃들기 시작했다. 청와대로 향하는 길에 나온 시민들 때문이었다.

〈국민영웅 조탁대의 청와대 방문을 환영합니다!〉

〈대한민국의 아이콘. 우리는 당신을 믿습니다!〉

어떻게 안 걸까? 100여 명의 시민이 플래카드와 함께 피켓을 흔들었다.

"이야, 조 실장님 인기가 아이돌 가수들 뺨치고도 남는데요?"

옆 자리의 방 검사가 너스레를 떨었다.

"아, 참… 검사님도……."

볼이 붉게 물드는 동안 가슴에는 뿌듯함이 서려왔다. 그러는 사이에 차는 청와대에 닿았다. 간단한 방문 절차를 마치고 방문증을 받아 든 탁대와 방 검사.

"오, 그러니까 꼭 청와대 비서관 같은데요?"

방 검사가 또 놀렸다.

"그럼 방 검사님은 청와대 경호실장입니까?"

탁대가 응수하자 방 검사가 배꼽을 잡았다.

"이 사람들, 여기가 검찰청인 줄 아나? 몸가짐 바로 해야지."

지켜보던 위 부장이 주의를 환기시키고서야 탁대와 방 검사의 웃음이 멈췄다.

"조탁대 주무관!"

영빈관에서 얼마나 기다렸을까? 마침내 대통령이 비서실장과 여자 비서관을 대동하고 들어섰다. 호명은 탁대가 먼저였지만 악수는 위 부장이 먼저였다. 공무원이므로, 직급에 따라 악수를 하게 되었다. 그러므로 탁대의 차례는 맨 꼴찌였다.

펑펑펑!

기자들의 취재 열기도 보통은 넘었다. 그 가운데 반가운 얼굴이 있었다. 바로 고동길 기자였다. 자리가 자리인지라 차마 말은 못 하고 손을 들어 인사를 하는 탁대. 고 기자도 찡긋 윙크로 탁대에게 화답해 왔다.

"우리 두 번째지?"

대통령이 물었다.

"예."

"그때만큼이나 국가에 큰일을 했어요."

"공무원으로서 할 일을 했을 뿐입니다."

"그때와 같은 말이군요."

"……"

"몸은 어때요? 어제는 산에서 이상 기후를 만났다고 들었는데?"

맙소사!

탁대는 그 말을 속으론 넘겼다. 다른 사람도 아닌 대통령이 탁대의 일상을 꿰고 있다니?

"이 친구가 애국자인 걸 날씨도 안 모양입니다. 119 구조대가 구조했는데 별 이상은 없었다고 합니다."

위 부장이 옆에서 설명을 붙였다.

"그래야죠. 우리 공무원 사회의 큰 기둥인데······."

대통령이 웃었다.

기념 촬영이 이어졌다. 이어 차를 마시며 두 거물 의원에 대한 사건 에피소드와 검찰 조직에 대한 이야기가 오갔다. 대통령은 탁대의 능력에 대해 여러 질문을 해댔다. 그렇다고 해도 탁대의 대답은 늘 대동소이했다.

심리 파악에 대한 본능이 조금 더 뛰어난 것뿐!

얼마간 검사들에 대한 대화가 이어진 후에 본관 2층의 백악실로 자리를 옮겼다. 백악실은 아담한 식당이었다.

"맛난 걸 대접해야 하는데 식성을 몰라 간단한 육개장으로 준비했어요."

식감이 좋은 붉은색의 육개장이 나오자 대통령이 입을 열었다. 냄새는 구수했다. 탁대는 천천히 수저를 들었다.

"많이 먹고 힘내세요."

대통령이 탁대를 보며 말했다.

'촌놈 조탁대 출세했다.'

탁대는 피식 입가에 피는 미소를 삼키고 식사를 시작했다. 밥은 조금 많았지만 남기지 않았다. 세상이 좋아졌다지만 여전히 국민들과 잘 닿지 않는 대통령. 그런 대통령이 준 밥을 남기고 가면 마더나 혜자, 최소한 둘 중 하나는 탁대를 그냥 두지 않을 것 같았다.

"우리 비서관들이 작은 선물을 하나씩 마련했어요."

스케줄이 끝나가자 대통령이 작은 선물을 건네주었다. 그걸 건네받고 탁대네 일행은 차에 올랐다.

"어휴!"

정문을 나오자 방 검사가 깊은 숨을 내쉬었다.

"왜요?"

"조 실장님은 괜찮았어요? 난 숨 막혀서 죽는 줄 알았네."

"방 검사님, 생각보다 새가슴이시네요?"

"아니, 이렇게 큰 새가슴 봤습니까? 아무튼 오늘 결심했어요."

"뭘요?"

"다들 청와대에 한 번 들어갔다 오길 바라던데 나는 NO입니다. 저런 데서 근무하면 병 걸릴 거 같아요."

방 검사의 손사래 사이로 청와대가 멀어져 갔다.

*     *     *

백영규 사건 이후로 탁대의 위상은 많이 변했다. 일단 검찰청에서도 유명인사가 되었다. 나아가 검사들도 탁대를 대우하게 되었다.

그 결과는 업무 협조에서도 드러났다. 검사들은 경쟁적으로 탁대의 지원을 요청해 왔다. 오죽하면 양 과장이 나서서 교통정리를 해야 할 정도였다.

따르릉!

오후 늦게 탁대 책상의 전화기가 울렸다.

"감사합니다. 수사과 조탁대입니다."

탁대가 수화기를 들자,

―아이고, 조 과장님!

하며 정다운 목소리가 흘러나왔다.

"큰 형님!"

목소리의 주인공은 채은돌이었다.

"웬일이세요?"

―아이고, 말씀 낮추세요. 자그마치 6급이신 데다 청와대도 안방 드나들 듯하시며 머잖아 사무관될 분이 아닙니까?

"에이, 농담 마시고… 그런데 청와대 다녀온 건 또 어떻게 알았어요?"

―뉴스에 다 나왔는데 웬 시치미? 이제 우리 같은 말단 지방공무원하고는 안 논다 이겁니까?

"큰 형님, 왜 자꾸 그래요?"

―그럼 약속 좀 잡아주던가!

은돌의 속셈이 나왔다. 탁대는 흔쾌히 약속을 받아들였다. 봉황시의 동기들이 탁대 보기를 학수고대한다는 데에야 거절할 수도 없었다.

"알았어요. 그럼 금요일에 봬요."

―바쁘더라도 꼭 나와야 돼. 아니면 내가 행정직 특공대를 보내서 검찰청을 폭파시켜 버릴 거야.

"저런, 폭파 안 되려면 꼭 나가야겠네요. 알았습니다."

인사를 하고 전화를 끊었다. 탁대는 잠시 턱을 괴고 동기들을 떠올렸다. 교육원에서 시작된 아름다운 인연. 때로는 얄밉고 때로는 경쟁했지만 그들은 늘 정다운 동기들이었다.

'간만에 얼굴 보겠네.'

왜 이렇게 오랜 시간이 흐른 것 같은 걸까? 따져보면 그리 많은 시간이 지난 것도 아니건만 훌쩍 멀어진 것 같은 느낌에 가슴이 아려왔다.

그때,

따르릉!

다시 탁대 책상의 전화기가 울렸다. 이번에는 위 부장이었다.

"방금 청와대에서 전화가 걸려왔네."

위 부장의 목소리에서 비장미가 우러나왔다.

'큰 건이 터졌다.'

순간 독심이 아니더라도 직감이 왔다. 위 부장은 탁대의 기대에 부응이라도 하려는 듯 나지막이 뒷말을 이었다.

"한심한 제보가 들어왔다며 우리에게 오더를 주는군. 대통령께서도 지대한 관심을 가진 사건이라니 방 검사와 조 실장이 협력해서 맡아줘야겠어."

대통령의 오더?

탁대와 방 검사는 거의 동시에 굳어버렸다.


군피아 로비수사.

위 부장이 던진 오더는 그것이었다.

'~피아!

요즘 들어 이런 단어가 흔히 회자되고 있다.

모피아, 해피아, 철피아, 금피아, 관피아, 검피아, 법피아, 정피아……

군피아 역시 그 연장선상이다. 온갖 납품 비리와 뇌물로 얼룩진 군피아의 비리는 한두 가지가 아니다. 적게는 장병들이 먹는 급식 비리에서부터 크게는 천문학적 예산을 주무르는 무기 수입 비리까지.

그렇다면 ~피아는 어떻게 존재하는 걸까?

바로 전관예우와 인맥사회의 고질적인 폐혜가 그 기저에 깔려 있다. 이런 구조적 고리는 왜 타파되지 않을까? 거기에는 일종의 보험심리가 작용한다.

'나도 언젠가는' 이라는 심리. 바로 정년이 정해져 있기 때문이다.

거기에 더해 ~피아를 이용하는 집단의 입장에서는 전관예우로 정보에 접근한다. 한국 사회가 아직도 객관성보다는 친분관계에 많이 좌우되는 까닭이다.

'우리가 남이가?'

'좋은 게 좋은 거야.'

대한민국 조직에는 거의 예외 없이 이런 문화와 풍토가 존재하고 있다.

"비리의 주범격인 업체 대표가 잠적하는 바람에 로비 수사가 올 스톱되었다는군. 그래서 청와대에서 자네들에게 기대를 거는 모양이야. 요란한 수사보다 내실 있는 수사가 필요한 시점이지. 더구나 합동수사본부까지 유명무실해졌으니 피의자 쪽에서 방심할 수도 있고."

"그럼 비밀 수사를 해야 하는 겁니까?"

방 검사가 물었다.

"일단 그렇게 하게. 전방위적인 수사를 하면 잠적한 피의자가 더 깊이 숨을 수도 있고… 가능하면 신병을 확보하면 좋겠지만, 그렇지 않더라도 소재 파악이라도 했으면 하는 바람이 내려왔네. 그 정도만 되어도 합수부를 다시 가동할 수 있으니까."

"외국으로 튄 겁니까?"

다시 이어지는 방 검사의 질문.

"그렇게 보는 모양이야. 밀항선을 타고 나간 것으로 보고 있는데 정확한 걸 아는 사람은 없네."

위 부장이 수사기록 USB를 내밀었다. 그것으로 사건 배정이 끝났다.

탁대는 방 검사와 함께 빈 조사실로 들어갔다.

"이거 부담스러운데요?"

의자를 당긴 방 검사가 웃으며 말했다.

"대통령 오더라서요?"

탁대가 응수했다.

"그게 아니라 상대가 군 관련 사건이잖습니까?"

"……?"

"워낙 폐쇄적 집단 아닙니까? 게다가 상명하복 중심인데다 결속력이 강해서 일반 공무원이나 경찰보다 입단속이 잘 되거든요. 그래서 합수부 수사도 미적거렸을 테고 업체 대표도 결국 그 덕분에 빠져나간 걸 겁니다."

"검사님도 군 검찰관 다녀오셨습니까?"

"조 실장님은요?"

"저야 물론 일반병이죠."

"군 생활 제대로 했군요."

"그런가요? 우린 검찰관이면 하느님과 동기쯤으로 알았는데……."

"뭐, 나쁘진 않지만 좋지도 않아요. 게다가 군인을 상대로 하는 재판이나 수사 재량권도 별로 없고……."

"그거 진짜 그렇습니까?"

호기심이 발동한 탁대가 턱을 괴며 물었다.

"뭐 말입니까?"

"군대에서 사고 나면 수사할 때 짜고 친다는 거……."

"짜고 쳐요?"

"왜 큰 사고 나면 피해자 가족은 군 문제라고 하는데 정작 군 당국은 개인사로 몰고 가잖아요."

"조 실장님은 어떻게 생각하시는데요?"

"저는 군생활을 해본 사람으로서 전자라고 생각합니다. 솔직히 상당수 지휘관들은 개판 5분 후거든요. 다 자기 궁리만 하지 병들 입장 고려해 주는 지휘관은 드무니까요."

"조 실장님 때도 무슨 사고가 났었어요?"

"우리 사단에서 자살 미수가 있었습니다. 그런데 거기 제 동기가 있어서 들었는데 성질 더러운 왕고 한 놈이 평소에 애들을 쥐 잡듯이 잡아서 일어난 일인데 부사관들이나 소대장, 중대장 누구 하나 적극적으로 나서지 않았다고 하더군요. 그저 말한다는 게 말썽만 안 나게 하라는 정도……."

"저도 그런 사건 몇 번 조사한 적 있습니다."

"그래요?"

"솔직히 일부는 조 실장님 말에 공감합니다. 그런데 문제는 초동 수사와 현장 보존, 그리고 증거 수집에 문제가 있다는 겁니다. 아시다시피 군에서 일어난 사고는 군이 관리하기 때문에 그쪽에서 은폐하거나 조작하려고 마음먹으면 우리도 알 수 있는 방법이 없습니다. 예를 들어 증인이 그렇지 않습니까? 저희들끼리 입 맞추고 나오면 조 실장님 같은 분이 없는 한 어쩔 수가 없습니다."

"그건 저도 공감합니다. 그 역시 군이라는 특수한 집단의 자기 방어 아닙니까?"

"그렇죠. 온갖 조직에 기생하며 나라를 좀 먹는 이기적인 자기 방어……."

"혹시……."

탁대는 방 검사를 바라보며 조용히 뒷말을 이었다.

"검찰 조직에 대해서는 어떤 견해이신가요?"

탁대가 묻자 방 검사의 눈동자가 멈췄다. 괜한 질문을 했나 싶었다. 윤천수와 권태술의 경우를 두고 검찰 전체의 분위기를 물은 거지만 방형기 역시 검사기 때문이었다.

"검찰도 더하면 더했지 덜하지는 않을 겁니다."

뜻밖에도 시원한 대답이 나왔다.

"혹시 '피의자 복(福)있다'라는 말을 들은 적 있습니까?"

"피의자 복이오?"

"검사들끼리 하는 말인데 승진하려면 피의자를 잘 만나야 한다는 뜻입니다."

"좀 난해한데요?"

"그렇죠? 검사가 피의자 제대로 수사해서 유무죄를 가리면 되는 것이지 무슨 피의자 복이겠습니까만……."

방 검사는 물을 한 모금 넘기고는 말을 이었다.

"전에 왜 세월호 사건 아시죠?"

"그야 물론……."

누군들 그 사건을 잊을까? 대한민국의 심장을 들었다 놓는 가슴 아픈 일…….

"그 사건 담당 검사로 말하자면 피의자 복이 없는 사람입니다. 그렇게 많은 인력을 동원하고도 피의자를 잡지 못하고 결국 변사체로 발견되지 않았습니까? 그렇게 골치 아픈 피의자를 만나면 진은 진대로 빠지고 욕은 욕대로 먹으면서 승진 카드에 빨간 줄 올라가는 거죠."

"그럼 이 사건도 피의자 복은 없는 사건에 속하겠군요?"

"솔직히 말하면 그렇죠."

"그럼 지금이라도 못 맡는다고 오리발 내밀어볼까요?"

탁대가 짐짓 농담을 던졌다.

"그건 그냥 농담이었고 제가 잠깐 수사 방향을 좀 연구해 보겠습니다. 합수부 수사가 어디까지 진행된 건지, 관련자는 누군지 등을 정리한 다음에야 무궁화를 족치든 별을 족치든 할 수 있을 테니까요."

"그럼 저는 뭘 하고 있을까요?"

"실장님은 좀 쉬고 계세요. 그냥 옆에 있는 것만으로도 든든하니까요."

"별말씀을……."

"진심입니다. 솔직히 실장님이 제 고등학교 2학년 담임선생님이후로 존경하는 사람이 되었습니다."

"무슨 그런 과찬을……."

"진짜예요. 제게 검사의 사명을 각성하게 해준 분 아닙니까?"

"그보다 고등학교 선생님 얘기가 더 궁금한데요?"

"아, 우리 마 선생님요?"

선생님 성이 나오자 방 검사 눈동자에 이슬이 맺혀왔다.

"제가 괜한 걸 물은 모양이군요."

"아닙니다. 조 실장님이라면, 제 빤쓰 색깔이 뭔지 일주일에 자위는 몇 번 하는지까지 물어도 괜찮습니다."

"하핫! 그래도 그런 건 좀……."

"우리 마 선생님… 몇 해 전에 췌장암으로 돌아가셨는데 제게 검사의 길을 권하신 분이에요. 그때까지 제가 우리 학교 일짱이었거든요."

"네? 검사님이 일진이었다고요?"

"그냥 일진이 아니라 좀 지능적인 일진이었지요. 하지만 결국 애들 때리는 현장을 선생님께 들키고 말았어요."

"……."

"현장을 들키고도 막 반항했는데 선생님이 다짜고짜 자기랑 한판 뜨자고 하시더라고요. 그리고는 글러브를 던져 주는 거예요. 사실 선생님도 꼴 보기 싫던 판에 잘 걸렸죠. 그날 저, 선생님 뒈지게 패주었어요."

"……."

"그런데 이분이 소싯적에 싸움 좀 한 줄 알았더니 그게 아니더라고요. 허당도 그런 허당이 없었으니까요. 그러면서도 쓰러지면 일어나고 쓰러지면 일어나면서 계속 도발을 하는 거예요. 지켜보는 애들도 있겠다 우쭐한 마음에 작심하고 펀치볼 치듯이 마무리를 해주었어요."

"그… 래서요?"

"뭐가 그래섭니까? 마 선생님, 맨땅에 완전히 뻗어버리더라고요. 코와 입에서 피까지 흘리면서요."

"……."

"그 꼴로 제게 그래요. 자기 옆에 누우라고요. 기분이 아주 시원하다나요?"

"누웠나요?"

"때리다가 저도 지쳤거든요. 그래서 나도 모르겠다, 누워버렸죠. 그때 선생님이 내 손을 잡았어요."

"……."

"이렇게 말씀하셨어요. 너는 에너지가 참 많구나. 하지만 이제 못된 에너지는 자기에게 다 쏟았으니 좋은 에너지만 품고 살라는 거예요."

"……."

"기분 묘하데요. 다른 선생님들 같으면 경찰 부르고 구속시킨다고 난장을 쳤을 텐데……."

"그래서 어떻게 되었는데요?"

"다음 날 점심시간 전에 교실로 오시더니 제 손을 끌어요. 그리고 자장면집으로 데려가더니 자장면을 사주면서 국영수 문제집을 안기는 거예요. 자기 패듯이 문제집도 좀 패보라며……."

"……."

"언제까지나 애들이나 패면서 살 거냐며 그 힘으로 세상의 못된 놈들을 패라며 검사를 권하시더라고요."

"……."

"제가 중학교 때는 공부를 좀 했거든요. 전교 10등 안쪽이었고 고등학교 1학기까지만 해도 반에서 1, 2등 다투면서 모의고사 2등 급은 찍고 있었어요. 2학기부터 개죽을 쑤기 시작했지만요."

"아!"

탁대가 고개를 끄덕였다. 말하자면 포텐 작렬. 그 안에 잠자는 가능성을 끌어내 준 선생님이었다.

"그러면서 진단서를 보여주시는 거 있죠? 보니까 늑골이 부러져서 전치 4주가 나왔더라고요. 검사 못 되면 나중에라도 고소할 테니까 각오하라고……."

"좋은 선생님이시네요."

"그렇죠. 제가 사법고시 합격하고 가니까 그때서야 그 진단서를 주시더라고요. 장하다면서……."

방 검사의 동공에서 찰랑거리던 이슬이 기어이 방울이 되어 툭 하고 떨어졌다.

바른 사람에게는 반드시 바른 스승이 있다.

방 검사의 신념의 뒤안길에 우뚝 선 마 선생. 누군지 본 적도 없지만 탁대 역시 경외감을 갖지 않을 수 없었다. 방 검사에게는 마 선생, 탁대에게는 로르바흐가 있는 것이다.

군피아!

사무실로 돌아온 탁대는 군피아의 실체에 대해 알아보기 시작했다.

군(軍)!

이 얼마나 폐쇄적인 집단인가? 비록 안보 차원이라 그럴 만한 이유가 있다고 하더라도 여전히 베일 뒤에 가려진 집단.

그러나 그들도 정보화 시대에서 자유롭지는 못했으니 군 당국이 아무리 보안을 강조해도 그 상대방으로부터 흘러나오는 정보까지 통제할 수는 없는 일이었다.

군은 그 점을 간과했다.

폐쇄된 구조 안에서 몇몇 지휘관이나 담당자만 구워삶으면 뒤탈이 없던 세월은 21세기와 함께 저물었다. 비록 즉시 즉발은 아니라고 해도 그들의 비리나 부패 또한 정보화 시대의 레이더를 비껴갈 수는 없는 것이다.

자잘하게는 군 식품 납품 비리가 터졌다.

먹는 걸로 장난질을 친 것이다. 참 오물통에 처박을 인간들이었다.

황금 같은 청춘의 시간들. 돈을 주어도 가기 싫은 시기에 국방을 위해 사명을 다하는 병사들. 그들에게 조금이라도 더 좋은 것을 먹이려고 애를 써도 시원찮을 지휘관들이 오히려 그들을 등쳐 먹은 것이다.

누가 그 짓을 하라고 장교에 임관시켰단 말인가? 장교의 절대 임무는 유사시에는 국가 방위, 평상시에는 병사 관리가 우선시 되어야 했다.

'부모의 마음으로 병사들을 보살펴라.'

한 야전 사단장의 일성은 그래서 더욱 국민들의 공감을 받고 있는지도 모른다.

통 크게는 수백억대 비리로 올라간다. 무슨무슨 사업이니 하는 군 현대화 사업을 필두로 초정밀 군함이나 공군 주력기에 얽힌 군피아의 어이상실 가치관들.

대개 영관급이면 일반 공무원으로 사무관 이상. 그렇다면 월급도 적은 편이 아니다. 그런 그들이 자기 잇속을 챙기기 위해 국가의 심장을 파먹은 꼴이었다.

'영광이다!'

탁대는 후끈 달아올랐다. 사실 보도를 볼 때마다 한 번쯤 관여해보고 싶은 사건들이었다. 대체 그들의 머릿속에는 어떤 생각들이 들었을까? 그리고 일반인이 보기에도 뻔한 사건을 왜 그렇게 해결하지 못하고 버벅거리는 걸까?

탁대는 내심 벼르기 시작했다. 훌륭한 장교도 있지만 그저 승진이나 보직에만 눈이 벌겋던 썩은 군인 출신의 군피아라면 어떻게든 검거하여 그 전말을 밝히고 싶었다.

"조 실장님!"

한참 골똘할 때 여직원 하나가 편지와 선물을 한 아름 안고 왔다. 아직까지도 이어지는 국민들의 마음이었다.

따르릉!

편지와 물건을 구분할 때 전화가 울렸다.

"감사합니다. 수사과 조탁대입니다!"

전화를 건 사람은 뜻밖에도 표강일이었다.

―가까운 네거리의 중국요리집에 와있네. 잠깐 볼 수 있을까?

드르륵!

중국집 안쪽의 내실 문을 열자 표강일이 보였다.

"안녕하십니까?"

"어서 오시게! 조 실장!"

표강일은 환한 미소로 탁대를 맞이했다.

"갑자기 어쩐 일로……."

"그냥 지나다가 생각이 났네. 뭐 먹을 텐가? 오늘은 내가 쏘지."

"그럼 저는 삼선자장으로 먹겠습니다."

"그보다는 잡탕밥이 어떤가? 여기 해물이 괜찮은데?"

"그럴까요?"

식사는 오래지 않아 나왔다. 해물이 먹음직스럽게 올라간 잡탕밥은 입안에 착착 감겼다.

"많이 먹게. 실은 엉뚱한 오더를 내린 자수의 대접이라네."

"……?"

탁대가 고개를 들었다. 엉뚱한 오더? 그게 군피아 관련 수사에 관한 거라면 표강일이 개입되었다는 의미였다.

"국민영웅도 놀라시나?"

"사장님!"

"왜 전에 내가 말하지 않았나? 나도 자네를 도울 방법을 알아봐야겠다고."

표강일의 입가에 미소가 스쳐 갔다. 아직 상황 파악이 안 되는 탁대는 표강일의 얼굴에서 눈을 떼지 못했다.

"별건 아니고… 청와대 강 수석이 검찰청에 불려나오는데 조금 힘을 보탰네. 중립적인 송대영 수석의 등을 좀 밀었거든."

"그럼……."

"그래서 강 수석이 소환에 응한 거라네. 뿐만 아니라 그 양반, 대통령께 건의해서 자네와 수사검사들을 청와대로 불러 노고를 치하했다고 하더군."

"……"

"그 일로 엊그제 식사를 같이 하다가 자네 얘기가 나왔어. 나야 당연히 자네를 칭찬했지. 대한민국 공무원 중에 독보적인 인물이라고."

"사장님……."

"그러다 군피아 얘기가 나왔네. 아무래도 해결하고 가야 하는 일인데 흐지부지 끝날 가능성이 높아 정권에도 부담이 되고 차후에도 나쁜 선례로 남을 수 있다고……."

탁대는 그제야 군피아 사건이 넘어온 이유를 알게 되었다. 그러니까 그 이면에 표강일이 자리하고 있었던 것이다.

"아침에 전화가 왔었네. 오늘쯤 자네에게 통보가 될 거라고. 기분 나쁘지 않았으면 좋겠네."

"아닙니다. 솔직히 한 번 붙어보고 싶은 사건이었습니다."

"그렇지? 자네라면 그렇게 생각할 거라고 믿었네."

"하지만!"

탁대는 바른 시선으로 표강일을 보며 말꼬리를 붙였다.

"일이 그렇게 되었다면 이 식사비는 제가 내겠습니다. 사장님의 지원이 없었다면 저번 사건이 꼬일 수도 있었을 것 같군요."

"어이쿠, 그럴 줄 알았으면 샥스핀 같은 고급 요리를 시킬 걸 그랬군."

"지금도 늦지 않았습니다. 시켜드릴까요?"

표강일이 너스레를 떨자 탁대도 맞장구를 쳤다.

"뭐, 배갈 한 잔을 곁들여도 된다면 그럴 생각이 있네만!"

"저도 한 잔 정도는 괜찮습니다."

결국 진짜 샥스핀이 올라왔다.

"조 실장!"

표강일이 탁대에게 배갈 한 잔을 따라주며 입을 열었다.

"네, 사장님!"

"우리 인연은 참 기묘하지?"

"그렇군요."

"가끔은 그때 조 실장이 내 무의식에 대고 한 욕을 듣고 싶을 때가 있다네."

"……."

"어떤가? 다시 살아난 내가 이 사회에 조금이라도 양분이 되고 있는 건가?"

"당연하지요. 게다가 앞으로 더 큰일을 하실 거 아닙니까?"

"그러고 보면 우린 공생 관계 같지 않나?"

'공생?'

"자네가 나를 살렸고 나는 자네를 돕고 있지. 그리고 우리의 지향이 작으나마 지역사회나 나라에 보탬이 되고 있어. 그만하면 우리만한 커플도 드물 것 같네만."

커플!

그 단어가 탁대의 가슴을 데워주었다.

"진심 공감합니다."

"군피아 로비 업체 대표, 꼭 잡아주게. 내가 들은 바로는 그는 아직 국내에 있네."

표강일의 눈이 따뜻하게 반짝였다. 눈빛 때문일까? 그 독한 배갈이 하나도 쓰지 않았다.

*     *     *

다음 날 저녁, 탁대는 혜자에게 양해를 구하고 봉황시청으로 향했다. 동기들과의 약속 때문이었다. 네거리를 돌아서자 약속 장소가 보였다. 장소를 확인하자마자 탁대의 입에서 쿡 하고 웃음이 튀어나왔다. 술집 앞에 걸린 현수막 때문이었다.

〈동기의 숭고한 빛 조탁대를 환영합니다.〉

차에서 내린 탁대는 현수막을 내렸다. 그런 다음 그걸 챙겨 들고 안으로 들어갔다.

"탁대 씨!"

제일 먼저 탁대를 발견한 건 권현지였다.

"탁대 씨!"

"탁대 오빠!"

"탁대 형!"

반응은 다양하게 나왔다. 동기들의 나이가 들쭉날쭉한 까닭이었다. 동기들과 정답게 악수를 할 때 탁대의 등짝에서 지진이 울렸다.

퍼억!

놀란 탁대가 돌아보았다. 등짝을 때린 건 큰 형님 은돌이었다.

"큰 형님!"

"너 이리 와. 그거 누구 마음대로 떼라고 그랬어? 검찰이면 다야?"

은돌은 탁대가 들고 있는 현수막을 바라보며 눈을 부라렸다.

"그, 그게 아니라… 불법 현수막이라서……."

"그래서 뭐?"

"행정 종합 관찰하셔야죠? 이런 거 그냥 방치하면……."

"그럼 내가 붙였으니까 나 잡아가라!"

장난기가 발동한 은돌이 팔목을 모아 내밀었다.

"형. 체포해요. 검찰수사관이니까 수갑도 있을 거 아니에요?"

"아니야. 권총이 있을지도 모르지."

팔호가 거들자 성기갑은 한발 더 질러갔다.

"진짜 검찰 맛 좀 보여줘요?"

분위기를 탄 탁대가 은돌을 노려보았다.

"너 진짜 권총 있냐?"

놀란 은돌이 한 걸음 물러서며 물었다.

"그럼 없을 줄 알아요? 다들 꼼짝 마세요!"

탁대가 단숨에 뽑은 건 핸드폰이었다. 그리고 어리벙벙해하는 동기들의 표정을 그대로 카메라에 담았다.

"어휴, 놀라라!"

"그러게. 난 또 진짜 권총 나오는 줄 알았네."

수애와 창해의 입에서 한숨이 새어 나왔다.

"아무튼 불러주셔서 고맙습니다. 이제 다 모인 거 같은데 거국적으로 건배 한 번 해야죠?"

탁대가 술잔을 집어 들고 선수를 쳤다.

"좋지. 오늘 한번 제대로 달려보자!"

은돌도 팔을 걷고 잔을 치켜들었다.

"동승위!"

누군가 건배사를 외쳤다. 탁대도 술잔을 단숨에 비워냈다.

"그런데 동승위가 뭐예요?"

탁대가 묻자,

"그것도 모르냐? '동기들의 승승장구를 위하여' 잖냐? 바로 네가 그 선봉장이다."

하고 은돌이 설명해 주었다. 이어 동기들의 애정 어린 질시가 쏟아졌다.

"아, 진짜 누구는 벌써 6급이 되어 검찰까지 진출했는데 누구는 아직도 8급이고……."

"죽을래? 나는 아직도 9급이야!"

목소리를 높이는 동기들은 남자들이다.

"그럼 누가 나 대신 검찰로 좀 가. 나도 봉황시청이 그립거든."

듣고 있던 탁대가 반격을 했다.

"나, 나랑 바꾸자. 까짓것 아무리 검찰이 빡세기로서니 천하무적 동네 아줌마들만이야 하겠냐? 나 아주 아줌마들 등쌀에 말라 죽을 지경이다."

엄살을 부리는 사람은 채은돌이었다.

건배가 재차 이어지자 분위기가 좀 가라앉았다. 탁대는 과일 안주를 하나 물고 동기들을 바라보았다.

편했다.

함께 일할 때는 느끼지 못하던 편안함과 푸근함. 조금 떨어져 근무하게 되니 새삼 그걸 느끼는 것이다.

"그런데 그 악덕 검사가 정말 총 쐈어요?"

수애가 물었다. 아까부터 재고 있더니 궁금한 걸 터트리는 수애. 그러자 다른 동기들의 시선도 탁대에게 쏠려왔다.

"쏘긴 했어."

"어머, 진짜요?"

바로 자지러지는 수애. 임용 전부터 나름 각별한 사이였으니 그럴 만도 했다.

"그런데 하느님이 보우하사 살짝 빗나갔어."

"우와!"

"야, 나 검찰 직원 안 할란다. 그냥 동네 아줌마들한테 시달리며 살래."

그쯤에서 은돌이 지지(GG)를 선언했다.

"차는요? 정치검사들이 탁대 씨 해치려고 트럭으로 들이받았다는 말도 있던데?"

이번에는 장은하였다.

"그건 검사들이 그런 게 아니고 교통 통제가 되지 않아 일어난 사고였어. 어쨌든 트럭에 치이긴 했는데 기적적으로 다친 곳은 없어. 그 왜, 아파트 옥상에서 떨어져도 무사한 사람이 있잖아? 나한테도 그런 기적이 일어난 것 같아."

"우와!"

"아무튼 이렇게 불러줘서 고맙습니다. 동기들 만나니까 마음이 편하네요. 꼭 고향에 온 것처럼."

"야, 그럼 봉황시로 돌아와라. 시장님도 너 마다하지 않을 텐데."

은돌이 솔깃한 미끼를 던졌다.

"그럴까요? 돌아와서 동기들 비리나 탈탈 털어버려?"

"야, 누가 검찰 직원 아니랄까 봐 하는 말마다 그런 투냐? 기왕이면 우리 좀 보살펴서 꽉꽉 승진시켜 준다는 말은 안 하고!"

은돌은 벌떡 일어서더니 대뜸 술 한 잔을 안겨주었다.

"마셔라. 그럼 용서해 줄게."

"에이, 결국 술 마시게 하려고……."

"야야, 애 말뽄새 좀 봐라. 이게 검찰이라고 우릴 깔보는 모양인데 봉황시 공무원 맛 좀 보여줄까?"

"좋아요!"

은돌이 선동하자 동기들이 일제히 호응을 했다.

"어어, 취소. 설마 다구리 놓으려고 부른 건 아니지?"

수세에 몰린 탁대가 엄살을 떨자 실내는 웃음바다가 되었다.

술이 술술 들어갔다. 늘 힘이 되고 위안이 되는 동기들. 오랜만에 보니 술맛도 나쁘지 않았다. 하지만 시간은 늘 그렇듯이 열심히도 달려갔다.


밤 11시가 되자 여자 동기들이 슬슬 일어섰다. 이제 헤어질 시간이었다.

"아, 거 고춧가루가 끼고 그래?"

모두 작별하고 짜포에 팔호가 끼어 있자 재광이 농담을 던졌다.

"어허, 검찰청 탁대 형만 무섭고 감사과 나는 안 무서운 줄 알아? 아까 탁대 형 말대로 제대로 한 번 복무 감사할까?"

팔호가 장난기 어린 미소를 머금었다.

"아이고, 참으세요. 먼 호랑이보다 가까운 늑대가 무섭다고 우린 감사과라면 아주 질색이니까."

나이 먹은 은돌이 또 한 번 너스레를 떨었다.

수애가 가고 재광과 은돌도 갔다. 남은 건 팔호와 탁대였다.

"황 과장님 잘 계시지? 용 팀장님도?"

사방이 조용해지자 탁대가 물었다.

"그럼요. 그렇잖아도 형 만나러 간다고 하니까 안부 좀 전해달라고 하시더라고요."

"다른 직원들은?"

"다 잘 있어요. 조윤아 주임님도 유상길, 유미림 주임님도……."

"조윤아 주임님한테도 안부 전해줘라."

"그러죠."

"별다른 사건들은 없고?"

안부에 이어 탁대가 물었다. 얼마 전 일임에도 먼 옛날처럼 느껴지는 감사과의 나날들. 직원이 한둘이 아니니 또 무슨 사건이 명멸하고 있을지……

"보건소에서 성희롱과 성추행 사건이 또 일어나서 내가 간신히 해결했어요."

"보건소?"

"도에서 내려온 행정과장이 여직원들에게 밥을 반강제로 얻어먹는 것도 모자라 젊은 여직원들 데리고 노래방에 가서 부적절한 언사를 하고 카톡까지 보내면서 갑질을 했지 뭐예요. 자기는 여직원들 격려하려고 그랬다는데 당하는 사람들은 아주 고역이었다고……"

"처벌은?"

"아시잖아요? 처벌은 재발 방지에 여직원들에게 사과하는 선에서 끝났고 그 과장은 다시 도로 돌려보내기로 했대요."

"좋은 게 좋은 거네? 우리가 남이가 그거?"

"죄송해요. 형이 있었으면 제대로 날려 버릴 수 있었을 텐데……."

"황 과장님은?"

"그것 때문에 국장님하고 한 판 붙고 부시장님하고도 언쟁을 하셨는데 피해 여직원들도 구체적인 진술은 꺼리다 보니……."

"네가 고생이 많다."

"뭘요. 사실 나는 전에 형이 처리한 서류 보고 따라한 것뿐이거든요."

"나중에 시간 되면 검찰청 한 번 와. 밥 쏠게."

"진짜요?"

"대신 너무 기대는 하지 마라. 검찰청도 봉황시청이랑 오십보백보야."

"알았어요. 들어가세요!"

술 약속 때문에 차를 가지고 오지 않은 탁대. 택시에 오르자 팔호가 손을 흔들어주었다. 이제는 아주 듬직하게 보이는 팔호. 그가 봉황시청에 있어 탁대는 든든했다.


\*　　　\*　　　\*


"감사합니다. 수사과 조탁대……."

월요일 오후, 탁대는 마침내 기다리던 방 검사의 연락을 받았다. 1차 사건 검토가 끝났다는 전언이었다.

탁대와 방 검사는 조사실에서 만났다. 아무도 대동하지 않았다.

이번 수사는 수사과 내에서도 비밀에 붙여졌다. 이제는 신뢰가 쌓인 어 계장에게조차도.

"이 사람입니다."

방 검사는 서류부터 내밀었다. 서류 앞면에 사진이 붙어 있다. 도피한 장국조 대표였다.

"당 60세. 공군 원사 출신인데, 군에 있을 때도 육해공 3군에 모르는 사람이 없을 정도로 마당발이었답니다. 물론 지금까지 조사한 기록에 의한 겁니다."

"놀랍군요. 저는 적어도 별이나 대령 출신일 줄 알았는데……."

"그러게 말입니다. 하긴 장군쯤 되면 사업 수완이 있겠습니까? 군에서 물들 대로 물든 획일적인 머리로……."

"그것도 그렇군요."

대답하면서 탁대는 장국조의 사진을 찬찬히 살펴보았다. 수더분하다. 잠바를 걸치면 동네 아저씨처럼 보일 사람. 바꿔 말하면 누구에게나 친근감을 갖게 할 스타일이었다.

"합수부 쪽에서는 부산이나 마산 쪽에서 밀항선을 타고 일본으로 밀입국한 게 아닌가 보기도 하고요, 일부는 위조여권을 가지고 중국에 가 있지 않을까 하는 의견이 있더군요."

"방 검사님 생각은요?"

"제 생각도 대동소이하긴 한데 아직은 감을 못 잡겠습니다."

"일부는 이미 구속이 되었네요?"

"아마 깃털 몇 개는 뽑은 모양입니다. 하지만 뇌물 액수가 수백, 수천만 원 선이고 그나마도 대가성이 없다고 주장하는 사람들이 여럿이라 모양만 낸 형국입니다."

"사건 개요에는 약 300억대 이상의 비리라고 나와 있는데 겨우 수백만 원요?"

"피의자들의 본능 아닙니까? 완벽한 증거가 나올 때까지는 무조건 버티고, 증거도 나오는 것에 대해서만 마지못해 인정한다."

"그렇군요."

탁대가 수긍했다. 군피아든 공무원이든 다를 리가 없다.

일단은 오리발!

걸리면 비대가성!

증거가 나오면 부분 인정!

그건 수순이었다.

"어디부터 시작하실 겁니까?"

"조 실장님 생각은요?"

질문은 탁대가 했는데 방 검사가 반사경을 비췄다.

"검사님!"

"장난 아니고요, 진짜 조 실장님 생각을 알고 싶어서 그래요."

"설마 제가 상상만으로 사건을 해결할 거라고 생각하는 건 아니겠죠?"

"당연히 아니죠. 조 실장님은 천재적인 심리분석가이지 마법사는 아니니까요."

"……."

"원래는 일단 친인척 관계부터 저인망식으로 훑어가면서 수사범

위를 좁히는 게 맞는데 남들 따라할 필요는 없잖아요?'

"왜죠?"

"남들 다 아는 식으로 나가면 정보도 그 길로 새어 나가니까!'

방 검사가 피식 웃었다.

'응?

"생각해 보세요. 친인척 찾아가서 수사 시작하면 당장 장국조에게 연락이 갈 거 아닙니까? 연락 방법은 분명 대포폰이나 수사선상에 오르지 않은 지인들이라 수사망에 잡힐 리도 없고."

"그래서요?"

"뭐, 좀 센세이션한 수사기법 한 번 실험하자 이거죠."

"센세이션?"

"이거 보세요."

방 검사가 다섯 장의 사진을 던져 놓았다.

"민창석, 류경국, 선동기, 주우광, 하대규."

"수형자들이군요?"

"맞습니다. 교도소에서 콩밥이 아니라 쌀밥을 먹고 있는 사람들이죠."

"다시 조지자는 겁니까?"

"아뇨. 우리가 뭘로 조집니까?"

"그럼?"

"속된 말로 구라를 한 번 먹여보면 어떨까 싶어서요."

'구라?

탁대의 미간이 살포시 구겨졌다. 구라를 먹이다니?

"일단 가까운 데부터 실행할까요?"

방 검사가 서류를 챙겨 일어섰다.

"검사님, 저는 아직 감이 안 오는데요?"

"그래도 됩니다. 실장님은 머리를 많이 써야 할 테니 푹 쉬었다가 교도소에 도착하거든 그때부터 감을 잡으세요."

"대체······."

탁대가 뭐라든 방 검사는 휘파람을 불며 복도로 나갔다.

"그럼 10분 후에 주차장에서 뵙자고요. 나가는 길에 내가 위 부장님께 보고를 하고 오겠습니다."

"······!"

나 참, 탁대는 어깨를 으쓱해 보였다. 점잖은 우격다짐을 받을 꼴이랄까? 자세한 건 설명하지 않고 진격해 버리니 난감할 뿐이었다.

하지만 어쩔 것인가? 방 검사는 이미 칼을 뽑았다. 그렇다면 최소한 보조라도 맞춰야 했다.

탁대 역시 출장 보고를 하고 주차장으로 향했다. 가는 길에 만난 직원들이 아는 체를 해왔다. 탁대는 공손히 인사를 받으며 계단을 내려섰다.

부릉!

방 검사의 차량은 부드럽게 시동이 걸렸다.

"희소식이 왔더군요."

핸들을 돌리며 방 검사가 말했다.

"희소식이라고요?"

"위 부장님 말입니다. 공석 중인 1차장으로 내정되었대요."

"그래요?"

"상사를 죽이고 그 자리 차지했다고 험담하는 부류도 있긴 한 것 같은데 잘된 일 아닙니까? 될 사람이 된 거죠."

"그러네요."

"아, 그리고 구라 말입니다. 뭐 대단한 것도 아니니까 걱정할 필요 없어요."

"돌리지 말고 말이나 해보세요. 대체 무슨 구라를 치자는 겁니까?"

"그 왜, 실장님은 상대방의 표정에서 심리를 캐내는 전문가 아닙니까?"

"네……."

"그러니 이렇게 구라를 치는 겁니다. 방금 장국조가 체포되었다!"

"……?"

"그러면 구린 놈들은 구라에 전격적인 반응을 보이지 않겠습니까?"

쿵!

탁대의 뇌리에 충격파가 일었다. 누가 판검의사를 사자 돌림이라고 했던가? 그 사자는 괜히 얻은 게 아니었다. 탁대조차 생각지 못한 묘안 중의 묘안. 그걸 방 검사가 꺼내놓았다.

그런데 묘안에 옵션이 딸려 있었다. 그건 교도소에 도착하고 나서야 듣게 되었다.

"쌩쑈요?"

조수석에서 내리려던 탁대가 방 검사를 바라보았다.

"죄송합니다."

차에서 내린 방 검사가 살짝 고개를 조아렸다.

"……."

"그게 원래 제가 해야 하는 역할인데 저는 상대방의 표정을 읽을 능력이 없어서……."

허얼, 말은 맞는 말이었다.

방 검사가 요청한 생쑈는 이랬다. 탁대가 검찰수사관으로서 수감자를 만나 구라를 푼다. 여기까지는 원래 시나리오에 속했다. 문제는 그 다음이다.

어느 정도 시간이 지나면 방 검사가 들어와 장국조 체포는 사실이 아니라며 핀잔을 주고 끝내는 것.

즉, 탁대가 실없는 역할을 떠맡아야 하는 것이다.

"국민영웅에게 무리일까요?"

탁대의 이미지를 아는 방 검사, 미안함이 가득하다.

"……."

"아, 이거 내가 조 실장님 수제자가 되든지 해야지……."

방 검사는 자기 머리를 쥐어박았다.

"알았습니다. 범인 잡는데 쌩쑈쯤이야 해야죠."

탁대는 기꺼이 수락했다. 따지고 보면 별일도 아니었다. 오히려 자신을 배려해 주는 방 검사가 고마울 뿐이었다.

첫 대상은 민창석이었다.

공군 중령 제대군인이자 문제가 된 업체 '창공을' 의 이사로 당 46세.

저벅저벅!

접견실에 있자니 발소리가 들렸다. 잠시 후에 얼굴에 각이 제대로 선 중년의 남자가 들어섰다. 민창석은 말이 없었다. 그저 탁대를 바라만 보고 있을 뿐.

"앉으시죠."

탁대가 의자를 권했다.

"괜찮소. 그보다 검찰수사관이 왜 나를?"

민창석은 경계의 눈빛이 완연했다.

"방위산업체 창공을에서 근무하셨죠?"

"……"

"부실부품 로비로 실형을 선고받으셨고."

"……"

"장국조 씨 아시죠?"

"……"

"모릅니까?"

"나를 찾아온 이유나 말해주시죠."

민창석은 일단 버텼다. 이윽고 탁대가 시선을 들었다. 그런 다음 한 치의 주저도 없이 시나리오의 뒷말을 이었다.

"조금 전에 장국조 씨가 체포되었습니다!"

"……!"

탁대는 보았다. 민창석의 눈가에 스쳐 가는 아뜩함. 그 순간에 순간 독심 마법을 발현시켰다.

─장 대표님이 체포돼?

─뭐야? 쥐도 새도 모르는 곳에 도피한 걸로 알았는데…….

"당신이 은신처를 제공했죠?"

탁대는 촌각의 여유도 주지 않고 다그쳤다.

"난 모르는 일이오."

"체포되었는 데도 딴소리를 하는 겁니까?"

다시 은근히 조여드는 탁대.

—젠장, 기어이 이렇게 되는군.

—합수부도 유명무실해졌다던데 조금만 더 참으시지…….

—이렇게 되면 내 형량이 좀 더 높아지는 건가?

"말해요. 당신 말고 또 다른 공범이 누구인지?"

—아아, 뇌물공여죄가 추가로 기소되면 3년은 살아야 할 일…….

—미치겠군.

그의 머리가 복잡해졌다. 번뇌를 읽은 탁대는 그 안으로 리버스 독심을 밀어 넣었다.

'도피, 체포, 체포, 체포!'

'류경국, 류경국, 류경국!'

'선동기, 선동기, 선동기!'

'주우관, 주우광, 주우광!'

'하대규, 하대규, 하대규우!'

리버스 독심이 강화될수록 민창석의 동공은 넓어졌다.

—아아, 그냥 군에 남아 있을 것을…….

—내가 미쳤지. 2년만 참으면 진급할 수 있을 것을…….

'후우!'

탁대는 소리 없는 숨을 내쉬며 마법을 거두었다. 민창석은 아는 게 없었다. 순간, 방 검사가 거칠게 문을 열고 들어섰다.

"조 수사관!"

"검사님……."

"폭력배들 족보 알아내라고 했더니 여기서 뭐하는 거야?"

방 검사의 목청이 거칠게 높아졌다.

"죄송합니다. 제가 요청한 재소자가 좀 늦길래 잠시 짬을 내서……."

"이 사람은 누구야?"

"그 방산 비리 관련 재소자입니다. 거기 장국조가 아직 수배 중이지 않습니까? 해서 온 김에 좀 잡아볼까 하고……."

"이 사람이 정신 나갔구만. 그건 우리 소관도 아닌데 웬 오지랖이야?"

"그럼 장국조 사장님이 잡힌 게 아니로군요?"

그제야 정황을 파악한 민창석이 방 검사를 보며 물었다.

"당연하지요. 당신이 소재를 알아요?"

"젠장, 재수가 없으려니까!"

민창석은 탁대를 향해 눈알을 부라리고 접견실을 나갔다.

탁!

문소리를 듣고서야 방 검사의 기세가 부드럽게 변했다. 탁대는 그를 향해 두 손가락으로 엑스자를 만들어 보였다. 실패!

"내가 괜한 제안을 한 건 아닌지 모르겠네요."

"첫술에 배부르겠습니까? 방법 자체는 기발하니까 계속 질러보죠, 뭐."

탁대는 실망하지 않았다.

다음은 류경국 차례였다.

ㅡ튀더니 결국 잡히는구만.

—또 귀찮게 생겼네.

두 번째 류경국의 반응도 단서가 엿보이지 않았다.

세 번째 차례는 선동기였다.

—아, 그 양반 전국에 인맥이 쫙 깔렸다더니.

—그나저나 내가 여기 갇혀 있으니 도와줄 것도 없고…….

—모쪼록 형기나 조금 받아야 할 텐데…….

선동기는 그나마 달랐다. 소위 의리라도 있는 것이다.

사람들은 막다른 골목에 처했을 때 그 본성이 드러난다. 평상시에는 목숨이라도 함께할 것 같지만 그건 죄다 구두선에 지나지 않는다. 위기 때가 되어야만 적과 동지가 확실하게 구분이 된다.

그러니까 앞서 만난 두 사람은 자리를 보전하기 위해 충성했던 것이고 선동기만이 장국조를 대표로 믿고 따랐다고 볼 수 있었다. 그래서 탁대는 좀 더 시간을 할애하기로 했다.

"장국조 씨에게 전할 말은 없습니까?"

탁대가 물었다.

"없습니다. 보필을 잘못한 주제에 무슨 할 말이 있겠습니까?"

"어떻게 보필을 해야 잘하는 건데요?"

"다 알면서 뭘 물어봅니까?"

선동기가 원망 어린 눈매로 탁대를 바라보았다.

"솔직히 말씀드리면 장국조 씨, 잡히지 않았습니다."

"뭐라고요?"

선동기가 격하게 반응해 왔다.

"그냥 다른 사건 조사차 들렀다가 보스에 대한 충성이 강한 분이시라기에 한 번 뵙고 싶었을 뿐입니다."

"……?"

선동기는 말없이 미간을 우묵하게 찡그렸다. 탁대의 본심이 궁금한 눈치였다.

"몰랐습니까?"

그쯤에서 느닷없는 질문을 던지는 탁대.

"뭘 말입니까?"

"로비라는 게 언젠가는 들통 날 거라는 거."

"……."

"모르진 않았겠지요. 그럼 진짜 충성스러운 부하라면 보스를 바른길로 이끌어야 하지 않았을까요?"

"풋!"

듣고 있던 선동기가 쓴 웃음을 밀어냈다.

"이봐요. 검찰수사관 나리. 보아하니 아직 어린데 세상이란 게 그렇지 녹록하지 않거든요. 아, 솔직히 쩐 안 먹이고 되는 비즈니스가 어디 있습니까? 그쪽도 세상 좀 더 살아보면 알게 될 겁니다."

"그래서 이놈도 5천만 원, 저놈도 5천만 원씩 찔러주셨나? 그렇게 새어 나간 돈 때문에 첨단 무기가 제대로 작동하지 않아서 혹시라도 유사시가 되면 젊은 병사들이 앉은 채로 송장이 되어 죽어나갈 판에!"

"이봐!"

"당신, 장교 출신이더군. 그 학교에 처음 들어갈 때 이런 모습이 되려고 지원했어? 미래의 어느 날 뇌물이나 뿌리는 방산 관련업체에서 국방을 좀먹는 위치에 있다가 교도소에서 썩으려고?"

"……!"

탁대의 한 방은 제대로 먹혔다.

"아니겠지. 적어도 국가에 대한 충성심과 숭고한 사명감에 불탔겠지. 그게 바닥을 드러낸 게 군 조직의 현실이라고 말할 텐가? 거기 오래 있다 보면 다 그렇게 물든다고? 천만에. 당신은 나름 의리 있는 척하지만 어쩌면 가장 비겁하고 교활한 인간일지도 몰라. 그러니까 당신의 의리는 쓰레기만도 못해. 그 의리는 당신의 보스가 아니라 병사들, 나아가 대한민국 국방의 반석이 되어야 옳았다고!"

"……."

"그런데 아직도 똥오줌 못 가리고 장국조 씨에 대한 연민이나 가지고 있다니… 당신이 정말 장교였는지 의심스럽군."

탁대는 후끈 기염을 토했다. 허를 찔린 선동기는 입을 벌린 채 짧은 신음만을 되풀이했다.

'당황하고 있다.'

탁대는 선동기의 심리를 간파했다. 그리고 그 기회를 결코 허투루 놓아두지 않았다.

"당신이 할 일은 장국조의 안위를 걱정하는 게 아니라 그 사람이 검거되도록 협조해서 왜곡된 국방 사업에 기여하는 게 맞아. 그래야 당신이 한때라도 이 나라의 국방을 염려해서 장교에 지원한 모습에 걸맞을 테니."

탁대는 선동기를 똑똑히 쏘아보며 쐐기를 박았다.

"하지만 당신 따위가 그럴 리 없지. 정의로운 척하지만 어쩌면 가장 교활하고 이기적인 자기중심의 위선자이시니!"

탁대는 그 말을 남기고 돌아섰다. 자존심이 강한 유형의 사람. 탁대는 순간 독심을 하면서 그의 본질을 엿보았다. 따라서 역공을 취한 것이다. 자존심을 긁어놓으면 혹시라도 변심하여 작은 단서라도 나올까 싶었다.

하나!

둘!

셋!

탁대가 몇 걸음을 걸었지만 선동기는 미동도 하지 않았다.

'실패로군.'

미련을 떨치고 손잡이를 잡았다. 그 순간 선동기의 입이 짧고, 빠르게 열렸다.

"잠깐!"

끼이, 문소리와 함께 탁대가 돌아보았다.

"그러니까 당신은 장국조 대표를 잡으러 온 거였군?"

"……."

이번에는 탁대가 침묵으로 맞섰다.

"하긴, 정부에서 그냥 넘어가진 않겠지. 그 양반도 평생 도망 다닐 수도 없겠고."

"……."

"하대규 상무를 찾아가시오. 나머지는 당신 재주에 달렸고."

선동기는 그 말을 남기고는 탁대를 지나갔다. 교도관을 따라가는 그 모습은 들어올 때보다도 쓸쓸해 보였다.

"험험!"

복도에 서 있던 방 검사의 기침 소리에 탁대의 멍한 정신이 제자리로 돌아왔다.

"이번엔 시나리오하고 다르게 나갔는데요?"

"죄송합니다."

"아닙니다. 그거야 조 실장님이 필요에 따라 임기응변할 일이고…….

"좀 자극이 필요했습니다. 게다가 벌써 세 번째였고요."

"그래서 뭐 좀 건지긴 했습니까?"

"하대규!"

"하대규?"

"그 사람이 단서를 알고 있는 모양입니다."

탁대는 선동기가 사라진 긴 복도에서 시선을 떼지 않았다.


하대규!

그가 수감된 곳은 지방이었다. 그는 같이 기소된 사람들 중에서도 죄질이 무거웠다. 따라서 실형도 가장 길게 받았다.

"너무 돌아가는 거 아닌가요?"

차가 한참 속도를 올릴 때 탁대가 물었다.

"좀 그렇죠?"

"이렇게 가면 한 시간은 더 걸릴 텐데?"

"그래도 오늘 안에 도착할 겁니다."

방 검사가 웃었다. 너무 느긋한 그를 보니 달리 할 말이 없는 탁대. 대개 운전사들은 자기만의 취향이 있기도 하니까.

하지만!

취향 치고는 좀 지나쳤다. 차가 국도를 빠져나와 작은 시내로 방향을 튼 것이다.

"어디 들리시려고요?"

다시 탁대가 묻자,

"밥은 먹고 가야죠."

하고 웃어버리는 방 검사.

차가 도착한 곳은 작은 시내의 허름한 자장면집이었다.

"여기가 보기엔 이래도 맛이 괜찮거든요. 제가 쏠 테니까 마음껏 드십시오."

탁대는 잡탕밥을 시켰다.

방형기는 검사다. 판검사는 일반공무원과 월급 체계가 다르다. 예를 들어 검사 5호봉은 사무관 5호봉보다 높다. 그러므로 잡탕밥 정도 쏘는 건 결코 무리가 되지 않았다.

"저는 자장면 곱빼기요."

"……?"

탁대가 고개를 들었다.

갑자기 옛날 생각이 났다. 학생 시절, 혹은 백수 시절, 어쩌다 친구들이나 후배들에게 한 턱을 쏴야 할 궁지에 몰렸을 경우. 탁대는 주머니 형편상 그중 제일 싼 걸 시켜야 했다. 그때마다 어김없이 이런 말을 했었다.

"나는 조금 전에 뭘 좀 먹고 와서 배가 불러."

사실은 돈이 부족할까 봐 그랬던 것.

그 생각에 피식 웃어버리는 탁대.

"왜 웃으세요?"

자장면이 나오자 방 검사가 젓가락을 챙기며 물었다.

"추억이 생각나서요."

"음… 설마 제 마음을 읽은 거?"

"검사님 마음요?"

"여기가 제 추억의 자장면집이거든요."

"네?"

"저번에 말씀드렸죠? 저를 검사의 길로 이끌어주신 선생님, 그 선생님이 자장면 사준 자리가 바로 여기였어요."

'아뿔싸!'

탁대는 들었던 숟가락을 내려놓았다. 그러고 보니 방 검사의 눈에 아련한 추억이 따스하게 걸려 있다. 탁대가 뜨악해하든 말든 그는 자장면을 비벼 입에 넣고 우물거렸다. 그의 눈에 옛날이, 선생님이, 더불어 늘 아쉽고 목말랐지만 푸근하던 시절이 스쳐 가고 있었다.

추억을 먹는 방 검사.

그 옆에서 탁대는 잡탕밥을 씩씩하게 우겨넣었다. 방 검사의 푸근함에 살짝 물든 얼굴로!

**3장**

별들의 위선

"진작 그렇다고 말씀하시지 그랬어요?"

식사를 마치고 다시 고속도로에 올라섰을 때 탁대가 말했다.

"미안해요. 처음엔 별생각 없었는데 달리면서 이정표를 보니 생각이 났어요."

"그럼 거기가 검사님 고향이네요?"

"네."

"사법고시 패스했을 때 학교에 난리 났었겠어요?"

"주제에 두 번이나 불려가 후배들에게 설교를 했지요. 지금 생각하면 낯 뜨겁습니다."

"맞아요. 그거 공부 못하는 애들에게는 고역이거든요."

"그렇죠?"

"하지만 학교 관계자들에게는 폼 나는 일이죠. 학생이 잘되면 다

자기들 공(功)이라고 생각하니까."

"딩동댕! 정답입니다."

"아, 그런 줄 알았으면 저도 자장면 먹는 건데……."

"그럼 올라갈 때 먹으면 되지요."

"그럴까요?"

탁대는 웃으며 서류를 꺼내 들었다.

"하대규 자료 보시게요?"

방 검사가 눈치를 차리며 물었다.

"한 번 더 머리에 눌러두려고요. 저는 검사님처럼 머리가 좋지 않거든요."

"하핫, 그건 우리도 마찬가지입니다. 고시 공부도 죽기 살기로 겨우 붙은 거거든요."

"그런 사람이 검사 임용이 됐어요? 농담을 하셔도……."

"연수원에서 진짜 머리 좋은 애들 봤는데 개들은 인간이 아닙니다. 옆에 있으면 머리 돌아가는 소리가 팍팍 들리거든요."

"진짜요?"

"그럼요. 하룻밤에 법전을 다 외워오는 인간도 있었다니까요."

"에? 대체 어떤 놈이?"

"놈이 아니고 '년'이었어요."

"……?"

"저 연수원 때 수석에서 차석, 삼석까지 죄다 여자가 휩쓸었거든요. 다시 볼까 겁나는 애들이었죠."

"아흠, 왠지 안드로메다보다 먼 케플러 행성 이야기 같네요."

"그럼 본론으로 진입할까요?"

"오케이입니다!"

탁대가 흔쾌히 대답했다.

"저는 사실 하대규 이름이 나올 때 좀 감이 왔는데, 실장님 생각은 어때요?"

"어떤 감요?"

"하대규는 대령 출신이죠. 별 심사에서 떨어지자 바로 옷 벗고 '창공을'에 입사했더군요."

"아, 별에서 떨어져서 군을 나온 거로군요?"

"뭐, 대개는 그렇죠. 검사들도 부장에서 끝날 거 같을 때 변호사 개업 많이 하거든요. 아니면 법무법인으로 옮겨가든지……."

방 검사는 앞에서 알짱거리는 차량을 추월한 후에 말을 이어갔다.

"그런데 제가 알아봤더니 재미난 사실이 나오더라고요."

"어떤?"

"장국조 말입니다. 이 친구가 원사 출신이잖아요?"

"네……."

"그 친구가 원사될 때 밀어준 사람이 바로 하대규예요. 하대규가 중령 때였죠?"

"그래요?"

탁대도 귀를 쫑긋 세웠다. 인맥이라는 거, 하루아침에 이루어지는 게 아니다. 그 정도 인연이라면 각별한 인맥이 될 수 있는 인연이었다.

"모르긴 해도 별 심사 때도 장국조가 밀어줬을 겁니다. 이미 군에 거미줄 인맥을 형성한 그였으니 어떻게든 도와주었을 테지요."

"저는 반대에 한 표 던집니다."

듣고 있던 탁대가 이의를 제기했다.

"반대라고요?"

"만약에 장국조에게 하대규가 필요했다면 승진하면 안 되지요. 그렇게 되면 군에 남게 될 거 아닙니까?"

"그럼 더 좋지 않습니까? 장군이 되면 이용 가치도 더 있을 테고……."

방 검사가 돌아보았다.

"저는 그냥 단순히 이 사건만 생각했는데요, 이쪽 비리의 시스템은 사업 담당 팀장과 실무자 두 사람이 공모하면 통과되는 구조더군요."

"그렇긴 하죠."

"저도 공무원을 해봐서 알지만 꽃보직이라는 게 있잖습니까? 그런데 승진을 하면 그 자리를 내놓아야 합니다. 더구나 초임 준장이라면 처음부터 좋은 보직을 받기는 어렵지 않을까요?"

"뭐, 그럴 수도?"

"하대규 대령의 형량이 가장 긴 건 그 꽃보직에 영향을 미치는 자리였기 때문일 겁니다. 자료 보니 방산 비리 1년 전에 전역했던데, 그때 자리가 바로 담당 팀장인 주우광의 직속 상사였던 것으로 기억합니다."

"그러니까 조 실장님은 장국조가 하대규의 환심을 사기 위해 지원하는 척 액션을 취했지만 사실은 오히려 훼방을 놓아 전역을 시켰다?"

"예!"

탁대가 힘주어 말했다.

"오, 다차원적인 생각인데요?"

"기왕이면 갑자기 떠오른 다른 다차원 의견을 말해도 될까요?"

"그러십시오. 마구 궁금해지고 있습니다."

방 검사는 맞장구를 제대로 쳤다.

"차를 세우세요!"

"예?"

"차를 세우시라고요."

"여기서요? 휴게실도 멀었는데?"

"세워주세요!"

탁대가 고집을 부리자 방형기는 가까운 갓길에 차량을 멈췄다.

"다음 미션은 뭡니까?"

"길수환 중장 있죠? 이분도 방산 비리를 못 막은 책임을 지고 옷을 벗었더군요. 수배 좀 해주세요."

"지금 당장요?"

"네!"

또렷하게 대답하는 탁대.

"허얼~!"

방 검사가 난색을 표했다.

"좋습니다. 이유는 물어도 되겠죠?"

"하대규를 낚을 미끼가 필요해서요. 그래서 하대규보다 길수환을 먼저 만나야 합니다!"

탁대의 눈에서 후끈 열기가 터져 나왔다.

하대규!

하필이면 고향인 진주에 내려가 있었다. 별수 없이 진주로 가야 했다.

—하는 수 없지 뭐. 조심해서 잘 다녀와요.

와이프 혜자에게 전화로 보고를 올리자 한숨 섞인 격려가 돌아왔다.

밤샘 출장!

봉황시 공무원 때는 상상도 못 한 일이다. 봉황시라면 천재지변 외에 밤샘 출장이 있을 리 없었다. 그건 혜자가 임용된 서울시도 마찬가지다. 일반적으로 지자체 공무원들이 밤을 새운다면 그건 천재지변이나 어마어마한 사고, 혹은 숙직이었다.

그런데 검찰은 다르다. 수사에 따라 밤샘을 해야 한다. 오늘처럼 먼 곳으로 가자면 당연지사다.


"여기서 자죠."

길수환의 집까지 찾아내고 나니 밤은 깊을 대로 깊었다. 자정이 가까운 것이다.

마음이야 굴뚝같지만 이 시간에 길수환을 만날 수도 없었다. 결국 탁대와 방 검사는 길수환이 사는 고층 아파트 경비원에게 협조를 강요(?)하고 숙소를 정했다.

뽁!

각자 샤워를 하고 캔맥주를 하나씩 들었다. 그래도 나름 야경은 좋았다. 4층 모텔방에서 밤바다가 내려 보이는 것이다.

"죽이는데요?"

방 검사가 맥주를 넘기며 말했다.

"저는 서울 가서 죽을 생각하니 별로……."

"오, 벌써 공처가?"

"뭐, 공처가는 아니지만 봉황시에 근무할 때는 퇴근은 늦어도 밤 새는 경우는 거의 없었거든요. 그게 습관이 되어서……."

"그럼 선물 하나 안기면서 고백하세요. 검찰에 있으면 밤새우는 건 예사라고……."

"방 검사님은 그래서 장가 안 가는 겁니까? 검사 되면 마담뚜도 줄을 선다던데."

"열쇠 다섯 개 들고요?"

"예!"

"조 실장님, 대학 나왔죠?"

"네!"

"고등학교 때 이런 말 못 들었어요? 열공해서 대학가면 예쁜 여 대생들이 줄줄 따른다?"

"지긋지긋하게 들었죠."

"그래서 생겼어요?"

"……?"

탁대는 허를 찔렸다.

"마찬가지예요. 판검사가 다른 사람에 비해 약간 유리한 건 사실 이지만 미녀를 만나는 건 다 운명이거든요."

"진짜로 그래요?"

"더러 조건 보면서 억지로 미녀를 꿰찬 선배들 보니까 몇 해 안 가서 깨지더라고요. 그게 뭐 좋아요?"

"아!"

또 한 번 신세계를 체험하는 탁대. 역시 옆에서 보는 것과 당사자들의 생활은 다른 모양이었다.

"그나저나 아까 보니까 이쪽 검찰청 선배에게 전화하는 거 같던데, 그럼 여기로도 발령이 나는 겁니까?"

궁금한 마음에 탁대가 물었다. 본래 국가직들은 전국적 발령이 가능하다. 그런데 검사들은 어떨까? 국가직처럼 방방곡곡으로 움직이는 걸까?

"발령나죠. 아마 저도 조 실장님이 아니었으면 지금쯤 여기 와 있을걸요?"

"그래요?"

"그러니 서로 좋은 자리로 가려고 난리 아닙니까? 그런 거 보면 가끔은 그냥 지방공무원이 부러울 때도 있어요. 한 자리에서 안정되게 살 수 있잖아요."

"흐음, 까닥하면 밀리는군요."

"그러니까 피의자를 잘 만나야죠. 검사는 피의자, 판사는 피고인이나 증인."

"판사도 그런 게 있습니까?"

"판사는 사람 아닙니까? 판사들도 위증하거나 뒤탈 있는 피고나 증인 만나면 골 때린답니다. 심하면 판사가 고소나 진정을 당하기도 하니까요."

"허얼!"

"특히 사회적 파장이 큰 사건들은 잘되면 좋지만 조금이라도 흠이 나면 바로 좌천이나 징계예요. 그러니 피의자는 검사들에게 아주 중요하신 '분' 입니다."

방 검사는 남은 맥주를 한입에 털어 넣고 방 구들장을 지고 누웠다.

'모든 일에는 애환이 있다.'

금세 잠든 방 검사를 보며 탁대는 생각했다. 고로 직업에는 귀천이 없는 것이다.


아침 9시, 모텔 앞의 설렁탕집에서 식사를 할 때 방 검사의 전화기가 울렸다. 길수환 아파트의 경비원이었다.

"골프장에 갔다네요."

방 검사가 전화를 끊으며 말했다.

"어떤 골프장요?"

"제가 알고 있으니 먹고 출발합시다."

방 검사는 우윳빛 설렁탕 국물을 남김없이 비워냈다.

바다를 끼고 달렸다. 저만치 보이는 푸른 물결이 싱그러웠다. 해안도로로 이어지는 소나무와 숲도 그에 못지않게 싱그러웠다.

그 바다에 전함이 떠 있었다. 위풍당당해 보였다. 하지만 탁대는 기억하고 있다. 부실하게 관리되어 여러 기능에 문제가 생긴 최신 전함들. 공무원의 한 사람으로서 낯 들기가 민망할 정도였다.

공무원 범죄.

이건 물 먹는 하마를 닮았다. 한 번 뚫리면 눈먼 돈이기 때문에 계속 집어먹게 되는 것이다. 더구나 범죄자는 먹고 튀는 게 일반적이지만 이렇게 치부한 공무원은 그 돈으로 인맥을 만들어 꽃보직을 누릴 가능성이 컸다. 그래서 더욱 첨예한 자성과 감시의 시선이 필요한 것이다.

"저깁니다!"

골프장이 푸른 살을 드러내자 방 검사가 말했다. 방 검사의 차량은 손을 흔드는 남자 앞에서 멈췄다.

"방 검사님?"

남자는 지청의 수사관이었다. 그는 탁대도 알아보았다.

"이야, 슈퍼스타 조탁대 실장님 아니세요?"

"인사해요. 지청의 전 수사관. 선배에게 부탁했더니 자연스럽게 자리를 주선해 주겠다고 해서······."

방 검사가 탁대를 돌아보았다. 탁대는 수사관에게 목례로 답했다.

직원의 안내를 받으며 빈 방으로 들어섰다. 작은 회의실이었다.

"곧 라운딩이 끝날 겁니다. 여기서 기다리시면 모셔오겠습니다."

늘씬한 몸매에 목이 고고한 여직원은 그 말을 남기고 문을 닫았다. 안에 남은 건 방 검사와 탁대, 둘이었다.

"불쑥 등장하면 거부당할 수도 있어서 한 단계 거쳤습니다. 길수환은 이 지역 유지인데다 다음 총선 공천을 노리고 있어서 지인을 통해서 인사드리는 형식을 취했습니다."

방 검사가 전략을 설명했다. 깔끔한 선택이었다.

오래지 않아 길수환이 문을 열고 들어섰다. 앞머리가 조금 벗겨졌긴 하지만 전체적으로 호인 인상이었다.

"유 검사 후배시라고?"

길수환이 호탕하게 물었다.

"예, 앉으시지요."

방 검사가 자리를 권했다. 길수환은 거침없이 상석에 앉았다. 하긴 공군 중장 출신의 인물. 중장이라면 어마어마한 자리였다.

"봉황지청에 계신다고? 내가 힘은 없지만 필요한 게 있으면 언제든 연락하시게!"

이런 저런 대화가 오간 후에 길수환이 말했다. 기회를 엿보던 탁대가 말꼬리를 물었다.

"실은 좀 궁금한 게 있습니다."

"말씀하시게."

"하대규 대령 아시죠?"

탁대가 묻자 느긋하던 길수환은 표정이 살짝 흔들렸다.

─뭐야? 느닷없이 웬 하대규?

순간 독심을 통해 길수환의 속내가 전해왔다.

"실은 제가 방산 사건에 흥미가 있어서 합수부 기록을 좀 봤거든요. 하 대령이 장군님 예하부대던데, 대체 어떤 사람이기에 간 크게도 그런 비리를 저질렀나 해서요."

탁대는 길수환이 경계심을 갖지 않도록 호기심이 생긴 배경을 잘 포장해 냈다.

"아, 그 친구……."

길수환이 무릎을 치며 말을 이었다.

"그 친구, 진급 탈락시킨 게 날세. 척 보니까 인물감은 못 되더라고. 그랬더니 바로 옷 벗고 민간회사로 가서 사고를 쳤지."

"죄송하지만 그런 사람들은 진급도 뇌물로 하지 않습니까?"

"하핫, 그거야 부패한 장군들 말이지 나한테는 안 통한다네. 나는 뇌물의 뇌자도 들어본 적 없거든."

"수사 기록을 보니 장국조 대표가 군 인맥을 확보하기 위해서 거꾸로 밖에서 승진 청탁을 대행하기도 한 것 같던데……."

탁대가 슬쩍 떡밥을 깔기 시작했다.

—이놈이 왜 옆길로 새는 거야?

"뭐 그런 풍문은 있었지. 하지만 나하고는 상관없는 일이라오. 그 친구들도 내 대쪽 같은 성정을 알거든."

속내를 감춘 길수환은 여전히 허세를 떨었다.

"비공개 서류에는 장 대표가 길 장군님께 청탁을 했다고 나와 있던데요?"

마침내 탁대, 돌직구를 집어던졌다.

광속구에 놀란 길수환의 눈빛이 변했다. 밟아버리도록 불쾌하다. 그런 느낌이었다.

"비공개?"

길수환이 탁대를 쏘아보았다.

"뭐, 그런 게 있습니다. 공식 발표용은 아니지만 수사 과정에 나온 잡다한 정보를 모아둔……."

"거기에 이 길수환이가 장국조의 청탁을 받았다고 나왔단 말인가?"

"예……."

탁대는 슬쩍 송구한 표정을 지었다. 길수환의 반응을 보기 위해서였다.

"하핫, 어떤 미친놈이 헛짓거리를 했군. 그건 반대로 알려진 걸세."

"반대라고요?"

"솔직히 장국조야 아무나 찌르고 다니는 놈이지. 동기회에 찬조금을 내질 않나, 전우회나 공군사관학교에 장학금을 기탁하질 않나, 심지어는 장군들 관사 방호견들 생일까지 챙겨준다는 놈일세. 워낙 오지랖이 넓으니 군내에 모르는 인사 없고 얼굴 모르는 사람 없다고 지껄이고 다니는 인사라는 말이네. 그러니 무슨 말인들 지어내지 않았을까?"

"……"

"나한테도 헛수작이 오긴 했었네. 하지만 단칼에 자르고 하대규도 진급을 누락시켰지. 그런 인간을 배경으로 삼는다면 대한민국 장군될 자격이 있나?"

길수환은 다시 느긋해졌다. 자신의 답변이 스스로도 만족스러운 표정이었다.

"그럼 장군님이 생각하시는 하대규 대령의 군인상은 어떻습니까?"

여기서 탁대의 목소리는 아주 부드럽게 변했다. 옆에 있는 방 검사도 놀랄 지경이었다. 반대로 길수환의 목소리는 빈정에 가까운 투로 바뀌었다.

"하대규, 그놈은 군인될 자격도 없는 놈이야. 장국조도 그러더군. 오갈 데 없는 놈을 데려다 상무이사까지 시켜줬더니 머리에 똥만 들어서 써먹을 가치도 없는 놈이라고!"

"그럴 리가요? 하대규 대령님은 이전에는 신실한 군인 같던데……"

"이봐. 그 친구 키운 게 나야. 리더십도 배포도 없는 놈을 대령까지 끌어올린 게 누군데? 나보다 그놈 더 잘 아는 사람은 없어."

"하 대령님이 들으면 섭섭해하시겠습니다."

"들으라지. 인간 가치도 없는 놈. 그런 놈은 빵에서 뒈질 때까지 썩어야 해!"

"이야, 그렇다면 장국조 대표도 그저 하 대령님을 이용해 먹으려고 데려간 거로군요."

"두말하면 잔소리지."

그 말과 함께 탁대의 손이 핸드폰 화면에서 떨어졌다. 그건 아무도 모르는 행동이었다.

"조 실장님, 지금 장군님께 실례하는 거 아닙니까?"

그때까지 잠자코 있던 방 검사가 슬쩍 핀잔을 던져 왔다.

"죄송합니다. 그게 제가 방산 비리에 워낙 관심이 많아서… 죄송합니다. 장군님!"

탁대는 길수환 쪽을 향해서도 꾸벅 묵례를 올렸다.

"거, 당신도 공무원이면 그거 자꾸 거론하지 마시게. 이미 다 끝난 일을 가지고 말이야."

"불쾌하셨다면 제가 대신 사과드리겠습니다."

길수환이 기염을 토하자 방 검사가 수습을 했다. 탁대는 슬쩍 방 검사를 향해 윙크를 날려주었다. 볼일은 끝났다는 사인이었다.

"뭐 좀 건진 겁니까? 저는 뭐가 뭔지……."

길수환과 헤어지기 무섭게 방 검사가 탁대를 향해 물었다.

"좀 그랬죠?"

"이젠 조 실장님 능력을 아니까 큰 걱정을 안 하는데, 처음에는 황당했어요. 대체 이 사람이 뭘 하는 짓인가 하고요."

"단서 들려드려요?"

"벌써 나왔습니까?"

"옆에서 다 보고 들으셨잖아요?"

"나 참, 그래봤자 눈먼 소경이라니까요. 눈만 멀뚱거리고 있었어요."

"그럼 맛보기……."

탁대가 녹음을 재생시켰다.

―하대규, 그놈은 군인될 자격도 없는 놈이야. 장국조도 그러더군. 오갈 데 없는 놈을 데려다 상무이사까지 시켜줬더니 머리에 똥만 들어서 써먹을 가치도 없는 놈이라고!

―그 친구 키운 게 나야. 리더십도 배포도 없는 놈을 대령까지 끌어올린 게 누군데? 나보다 그놈 더 잘 아는 사람은 없어.

―하 대령님이 들으면 섭섭해하시겠습니다.

―들으라지. 인간 가치도 없는 놈. 그런 놈은 빵에서 뒈질 때까지 썩어야 해!

―이야, 그렇다면 장국조 대표도 그저 하 대령님을 이용해 먹으려고 데려간 거로군요.

―두말하면 잔소리…….

녹음은 거기서 끝났다. 그러자 방 검사의 미간이 맹렬하게 좁혀졌다.

"이간계로 쓸 미끼로군요?"

검사답게 그의 머리는 쌩쌩 돌아갔다.

"맞습니다. 이걸로 하대규의 생각을 낚을 겁니다."

탁대는 빙긋 미소를 머금었다.

이번 떡밥은,

이간계였다.


하대규!

그는 강원도의 교도소에 있었다. 결국 탁대네 차량은 동해바다를 끼고 다시 북상을 했다. 쉽지 않은 강행군이었다.

끼이!

낡은 경첩 소리를 따라 하대규가 접견실로 들어섰다. 그는 사진보다 투박해 보였다. 육군으로 치면 야전지휘관이 어울릴 사람이었다.

"검찰이 무슨 일로?"

그의 눈빛도 다른 재소자들과 다르지 않았다. 날선 경계심으로 가득한 눈에는 수감 생활에 지친 기색이 역력해 보였다. 국방의 간성(干城)이 되어야 할 고급 장교들. 따지고 보면 국가도 그들에게 투자를 한 것인데 양자의 손해가 이만저만이 아닌 셈이었다.

"봉황지검 방형기 검사입니다."

"조탁대 수사관입니다."

탁대와 방 검사는 약간의 차이를 두고 신분을 밝혔다.

"……."

하대규는 침묵으로 대답했다.

"수감 생활에 불편한 점은 없으십니까?"

방 검사가 의례적인 질문으로 포문을 열었다.

"뻔한 질문 마시고 찾아온 용건이나 말하시오. 내가 요즘 감기가 좀 심해서…… 쿨럭!"

두어 마디 뱉은 기침을 따라 가래가 튀어나왔다.

"뭐, 별거 아닙니다. 길수환 중장님 아시죠? 아, 이제는 예비역이시지."

대화는 방 검사가 이어갔다.

"그 양반이 왜요?"

하대규의 눈빛이 매워졌다. 아직도 앙금을 가지고 있는 게 분명했다.

"그분이 예편 후에도 군 인사 비리에 관여한다는 제보가 들어와서요."

"그럼 군 검찰이 나서야지 왜 검찰청에서?"

"뇌물 제공자가 민간인이거든요. 별 좀 달아보려고 고급 요정에 가서 향응까지 제공했더군요. 여자까지 상납하면서 말입니다."

"……."

"좀 도와주시겠습니까?"

방 검사가 진지하게 말했다.

"보다시피 영어(囹圄)의 몸이오. 바깥일은 바깥사람들끼리 해결하셔야지."

"피우시겠습니까?"

옆에 있던 탁대가 담배를 내밀었다. 사전에 조사한 바에 의하면 하대규는 골초. 하루 한 갑 반을 끄슬러 폐를 달달 볶아대던 인물이었다. 그는 잠시 탁대를 바라보았지만 오래지 않아 담배를 뽑아 들었다.

"이제 보니 어디서 본 듯한 얼굴이군."

"조 실장이 좀 유명한 분이죠. 그 국민영웅 공무원 있잖습니까?"

하대규의 중얼거림을 방 검사가 받았다.

"영광이군요. 비리 공무원 앞에 서 있으니 빛이 더 나겠습니다. 그려."

하대규가 미묘한 말과 함께 첫 연기를 뿜었다.

"우리 조 수사관이 몇 마디 질문을 할 겁니다. 저는 교도소장님을 좀 만나고 올 테니 편안하게 말씀 나누시고요. 소장님께 건의할 사항이 있으면 전해드리겠습니다."

"교도소에서는 이걸 강아지나 구름과자라고도 하더군요. 이거나 하루 한 개비 피우게 해주면 좋으련만……."

하대규가 손가락 사이에 낀 담배를 바라보며 중얼거렸다. 방 검사는 씨익 웃음을 남기고 접견실을 나갔다.

"솔직히 말해서 나는 그 양반에게 좋은 감정을 가진 사람이 아니오. 더구나 장군들의 인사 청탁 비리 같은 것에 대해 말할 입장도 아니라오. 군 인사 비리를 제대로 알고 싶으면 차라리 사모님들을 조사하는 게 더 빠를 거외다."

"사모님들요?"

"남편이 장군이면 사모님도 장군 대접을 받지요. 인사 청탁 중에 상당수는 사모님들을 통하는 게 많다오."

"좋은 정보 감사합니다."

탁대는 웃으며 담배 한 개비를 더 내밀었다. 이번에는 하대규가 별 반응 없이 담배를 뽑았다. 사실 담배는 접견실에서도 금지되어 있다. 접견실뿐만 아니라 교도소 전체가 그렇다.

이런 까닭에 교도소에서의 담배는 '금배'로 불린다. 만약 교도소 안으로 담배가 반입된다면 한 보루에 300만 원을 호가할 수도 있다. 이를 갑으로 나눠 대략 한 개비 값으로 따진다면 1만 원 이상을 받고 팔아도 줄을 설 판이었다.

"그런데… 실은 하 대령님도 길 장군에게 인사 청탁을 하셨더군
요."

"……?"

연기를 뿜어내던 하대규의 미간이 일그러졌다.

"탈락하셨죠?"

하대규의 눈은 탁대에게 꽂힌 채 움직이지 않았다. 탁대는 계속
말을 이어갔다.

"그게 장국조 대표와 함께 일하게 될 운명이었을까요?"

"무슨 말을 하는 거요?"

잠시 누그러졌던 하대규의 목소리가 까칠해지기 시작했다.

"원래 하 대령님은 장국조를 만날 운명이 아니었지요? 그쪽에서
일할 생각도 없지 않았습니까?"

이건 탁대가 도출해 낸 추측이었다. 처음부터 장국조에게 합류
할 생각이 있었다면 굳이 인사 청탁을 할 필요도 없었다. 그냥 옷을
벗고 예편하면 그만이었을 일. 그런데도 굳이 인사 청탁을 한 건 처
음에는 옷을 벗을 생각이 없다는 반증이라고 판단한 탁대였다.

"다 지난 과거요."

"아니, 그렇지 않습니다."

탁대가 매처럼 날선 고개를 들었다.

"후우!"

하대규는 잠시 짧은 한숨을 토해냈다.

"운명이었습니다. 그것도 장국조가 당신을 파탄내기 위한!"

탁대는 슬슬 하대규를 옥죄어 들어가기 시작했다.

"당신, 이제 보니 군 인사 비리가 아니라 장국조 대표님 때문에 왔군?"

"맞습니다."

탁대는 빙 돌아가지 않았다. 이미 던져진 화두. 이제부터는 오직 정공법이었다.

"돌아가시오. 난 그분에 대해 할 말이 없으니까."

하대규는 일어서려고 엉덩이를 들었지만, 들리지 않았다. 탁대의 순간 접착이 그를 오도카니 붙여놓은 것이다.

"이게 왜 이래?"

"난 대령님이 신의라고 지키는 그 왜곡된 의리에 대해 진실을 알려드리려 왔습니다."

"진실?"

"대령님은 군에 남아 있어야 했습니다. 하지만 그러지 못했죠. 그건 바로 대령님이 아직도 신의를 가지고 지켜주고 있는 그 장국조. 그 사람의 농간에 걸렸기 때문입니다."

"닥쳐!"

짧지만, 굵은 목소리가 하대규의 입에서 터져 나왔다. 그러거나 말거나 탁대의 옥조임은 점점 더 강도를 높여갔다.

"대령님은 그를 믿고 있지만 그는 대령님을 하나의 소모품으로 이용했을 뿐입니다. 국방 기여는 고사하고 자기 주머니를 불리며 사욕을 챙긴 더러운 협잡꾼에 지나지 않습니다. 사업가라는 이름조차 붙이기 아까울 정도로 말이지요."

"그만해."

"아니, 이제부터가 중요합니다. 당신이 장군 진급에서 탈락한 것. 그게 바로 그 사람의 농간이었으니까. 그래야만 당신을 예편시켜 로비에 이용해 먹을 수 있었기 때문이죠."

"이봐!"

"증거는 여기에 있습니다."

탁대는, 길수환의 목소리가 담긴 녹음기를 재생시켰다.

—장국조 대표도 그저 하 대령님을 이용해 먹으려고 데려간 거로군요.

—그런 셈이지.

살짝 편집을 한 탁대. 맨 끝 멘트를 들려주고 하대규를 바라보았다.

"길수환의 목소리입니다. 기억하시겠지요?"

"......?"

하대규의 눈꺼풀에 파르르 경련이 일어났다. 그 경련은 격하게 온몸으로 번져 갔다. 탁대는 모르는 척, 나머지 멘트를 계속 재생시켰다.

—하대규, 그놈은 군인될 자격도 없는 놈이야. 장국조도 그러더군. 오갈 데 없는 놈을 데려다 상무이사까지 시켜줬더니 머리에 똥만 들어서 써먹을 가치도 없는 놈이라고!

—그 친구 키운 게 나라고. 리더십도 배포도 없는 놈을 대령까지 끌어올린 게 누군데? 나보다 그놈 더 잘 아는 사람은 없어.

—하 대령님이 들으면 섭섭해하시겠습니다.

—들으라지. 인간 가치도 없는 놈. 그런 놈은 빵에서 뒈질 때까지 썩어야 해!

빵에서 썩어야 해!

그 구간에서 하대규의 미간이 왕창 일그러졌다. 이어 혈색마저 분노의 색깔로 변해갔다.

"다시 한 번 틀어 봐."

분노와 인내가 묘하게 뒤섞인 야수의 목소리가 하대규의 목을 타고 넘어왔다. 탁대는 처음부터 다시 녹음을 들려주었다.

─장국조 대표도 그저 하 대령님을 이용해 먹으려고 데려간 거로군요.

─장국조도 그러더군. 오갈 데 없는 놈을 데려다 상무이사까지 시켜줬더니 머리에 똥만 들어서 써먹을 가치도 없는 놈이라고!

쾅!

콧등이 무자비하게 구겨진 하대규가 테이블을 내려쳤다. 분노의 폭발이었다. 그러자 복도에서 대기 중이던 방 검사가 문을 열었다. 탁대는 얼른 신호를 보냈다. 별거 아니라고.

"장국조, 길수환, 이 새끼……."

하대규가 치를 떨며 몸서리를 쳤다. 탁대는 담담한 시선으로 하대규를 지켜보았다. 이번에는 순간 독심이라든가 리버스 독심을 쓰지 않아도 될 것 같았다.

"충성을 바쳤더니 결국 나를 소모품 취급을 해?"

"장국조……."

천천히 입을 연 탁대가 뒷말을 이었다.

"어디에 있습니까?"

"닥쳐, 닥쳐, 닥치라고!"

하대규는 폭발한 감정을 추스르지 못해 악을 쓰며 테이블을 내려쳤다. 소란을 듣고 교도관들이 몰려왔다 그 처리는 방 검사가 맡왔다. 아무리 교도관이지만 상대는 현직 검사. 특별한 조사 중이라는 말은 일단 먹혔다.

"하대규 대령님!"

탁대는 애잔한 시선을 들었다.

"20여 년 넘게 당신이 몸을 바쳐온 군(軍)입니다. 마지막 남은 명예로 도피한 장국조를 검거하는 걸 도와주십시오. 그게 군에서 성장한 당신이 국민에게 보은하는 길이 아니겠습니까?"

"......."

"대령님!"

"크흑!"

맹렬하던 하대규가 무너졌다. 순간적으로 탁대는 망설였다. 순간 독심을 쓸까? 하지만 쓰지 않았다. 갈기 뽑힌 사자들. 그러나 사자는 사자. 그러니 그 사자의 명예를 한 번은 지켜주고 싶었다.

탁대의 기대는 헛되지 않았다. 잠시 어깨를 들썩이던 하대규가 입을 연 것이다.

"오대산 간평이라는 곳이오. 거기 자연인처럼 몇 년 숨어살다가 나올 거라고 했는데 더는 모르오."

오대산 간평.

보너스도 따라 나왔다.

"그리고 길수환 말이오, 다른 건 몰라도 그 인간이 거액 인사 청탁금을 두 번 받은 건 알고 있소. 혼자 독야청청한 척한다면 그 구린 본색도 만천하에 밝혀주시오."

'나이쓰!'

탁대는 소리 없는 쾌재를 불렀다. 이제 장국조 체포는 시간문제와 다르지 않았다.


"이거 먹을까요?"

교도소를 나와서 들린 해안가 난전에서 방 검사가 물었다. 그의 손은 복어 비슷한 물고기를 가리키고 있었다.

"처음 보는 물고기인데… 복어 사촌인가요?"

탁대가 묻자,

"이게 바로 강원도에서 유명한 도치라는 거요. 맛 죽이지요."

난전 아줌마가 거무튀튀하면서 배가 볼록한 물고기를 집어 들었다.

"보기엔 저래도 살짝 데쳐서 먹으면 별미입니다. 뼈까지 오도독 씹히거든요."

방 검사는 이미 맛을 경험한 모양이었다. 오대산으로 가는 길에 배를 채워야 하는 시간. 돌아보니 오징어와 작은 문어 따위뿐이라 그냥 그걸 먹기로 했다.

"암놈 하나, 수놈 하나 주세요. 그래야 알 맛도 보죠."

"어이구, 이 손님은 많이 자셔보신 모양이네."

아줌마는 환한 미소로 두 마리를 집어 들었다.

해변의 파라솔 테이블에 앉자 한참 후에 도치 요리가 나왔다. 별 다른 간이나 양념 없이 살짝 데친 모습이었다.

"껍질을 맛보시죠. 이거 한 번 맛보면 못 잊습니다."

방 검사가 두툼한 껍데기를 내밀었다. 씹어보니 그리 질기지 않으면서 식감도 좋았다.

"진짜 별미인데요?"

"그렇죠?"

"그러고 보니 방 검사님은 은근 고메이?"

고메이는 미식가라는 영어였다.

"아이고, 미식가요? 나도 처음에는 이게 웬 낮도깨비 같은 물고긴가 하고 손도 안 댔어요. 그러다 먹어보니 진짜 괜찮더라고요."

"선입견이라는 게 무섭군요."

"맞아요. 선입견……."

"그러고 보니 처음 먹는 음식은 제대로 먹어야 할 거 같습니다. 처음 손대는 음식이 맛없으면 '그건 맛없어' 하는 선입견을 갖게 되잖아요?"

"그걸 말해주는 사람도 중요하죠. 누군가 처음 먹고 온 사람이 맛을 전하면 액면대로 받아들이는 경우가 있으니까요."

"이거 배송도 될까요?"

탁대가 방 검사를 보며 말했다. 놀러온 건 아니지만 독수공방을 하고 있을 혜자가 생각난 것이다.

"아줌마!"

방 검사는 대답을 미룬 채 난전 아줌마를 불렀다.

"왜요?"

"도치, 택배 되나요?"

"그럼요. 말만 하세요."

"된답니다. 그러니 마음 놓고 드시죠."

방 검사는 그제야 탁대를 바라보았다.

껍질이 바닥을 드러낼 즈음에 탕이 나왔다. 탕이 아니라 알의 호

수 같았다.

"이게 다 이 물고기 알입니까?"

"그럼요. 도치 암놈은 알이 몸의 반이죠. 오늘 우리 도치 수만 마리 먹는 겁니다."

방 검사가 환하게 웃었다.

살코기와 함께 끓인 얼큰한 알탕은 바닷바람처럼 개운했다. 둘은 뚝딱 도치 두 마리를 해치워 버렸다.

도치 5마리 택배를 부탁한 탁대는 다시 차에 올랐다. 먼 시야에 들어오는 오대산. 이제 장국조는 사정권 내에 있었다.


오대산 간평리는 진부면에 속해 있었다.

자연인!

그렇다면 산속 외딴집이나 별장, 혹은 화전민과 유사한 곳에 은신할 가능성이 컸다.

사전 정보를 구하기 위해 면사무소에 들렀지만 별 소득은 없었다.

"죄송합니다. 간평이라고 해도 엄청 넓기 때문에 일일이 파악하기가 어렵습니다. 더구나 이쪽에는 약초나 산나물 채취하느라고 산에서 사는 사람들도 꽤 있기 때문에……."

"산을 잘 아는 분은 없으신가요?"

"그럼 이장에게 가보세요."

이장의 연락처를 얻은 탁대와 방 검사는 마을로 향했다.

"저쪽 산허리 능에집에 사는 노인이 있기는 한데……."

방 검사의 질문을 받은 이장이 산마루를 가리켰다.

"노인 말고 좀 젊은… 그러니까 한 60대 초반 남자는 못 보았습니까?"

"60대 초반이라? 그럼 아주 젊은 축에 드는데?"

"이 사람입니다만……."

방 검사가 사진을 꺼냈지만 이장은 바로 고개를 저었다.

"산에 사는 사람은 그 노인밖에 없습니다."

이장은 그 말을 남기고 빨간 오토바이에 올랐다. 그 행동이 너무 빨라 제대로 본 것인가 의심이 갈 정도였다.

"일단 가볼까요?"

탁대가 산을 보며 말했다. 장국조는 지명수배자다. 그런 그였으니 버젓이 나 여기 살고 있소, 하고 이장에게 광고를 할 리도 없었다.

부릉부릉!

마을을 살짝 벗어나자 차가 헐떡거렸다. 포장이 끊어진 산길. 하는 수 없이 차에서 내렸다.

얼마나 갔을까? 저만치 개울가에 낡은 능에집이 보였다. 능에집은 너와집의 다른 말이다.

"계세요!"

대문도 없이 멋대로 트인 집 앞에서 탁대가 소리쳤다. 안에서는 사람대신 닭들이 꼬꼬댁거렸다.

"아무도 없나본데요?"

집 뒤까지 돌아보았지만 사람은 없었다. 그러나 인적은 뚜렷했다. 마당에는 남자의 낡은 속옷이 걸려 있고 가마솥의 물에는 온기가 있었다.

탁대와 방 검사는 장작을 쌓아놓은 마당에 앉아 노인을 기다렸다.

"저기 오네요."

다행히 오래지 않아 노인이 모습을 드러냈다. 덥수룩한 머리에 허름한 옷차림. 노인은 반들반들 손때가 묻은 지게에 나무를 지고 들어섰다.

"글쎄……."

방 검사가 장국조 사진을 들이밀자 노인은 도리질을 했다.

"분명 여기 어디 있다는 말을 듣고 왔는데요?"

방 검사가 다시 물었다.

"그런데 그 사람을 왜 찾는데?"

"이 사람은 지명……."

방 검사가 곧이곧대로 말하려는 순간 탁대가 끼어들었다.

"저희 아버지십니다. 몸이 아파서 산에 치료차 들어오셨다는데 안부가 궁금해서요."

"몸이 아파?"

"암에 걸리셨거든요. 병원에서 치료가 안 된다니까 최후의 수단으로 자연에 기대보겠다면서……."

탁대는 봉황시에서 주워들었던 말을 유용하게 써먹었다. 실제로 한 직원의 부친이 그런 경우가 있었다.

"하긴 그런 양반들이 간간이 들어오긴 하지……."

"혹시 못 보셨나요? 다음 달에 제가 결혼하게 되어서 알려드리려고요."

"저런, 그럼 찾아야지. 죽지 않고 살았으면 자식 결혼식에는 가야지. 암!"

노인은 듬성듬성 남은 이빨로 똑 부러지게 말했다.

"분명 여기 간평으로 왔다고 들었는데……."

탁대는 맥없는 목소리로 한숨까지 밀어내며 노인의 동정심을 자극했다.

"이쪽 산에는 나 혼자요. 뭐, 저쪽 능선 너머라면 몰라도……."

'능선 너머!'

탁대의 눈이 반짝 빛을 발했다.

"거기도 간평입니까?"

탁대가 물었다.

"이쪽 사방이 다 간평인데, 간평 아니면 똥평이라도 된다오?"

노인은 나무를 묶은 줄을 풀기 시작했다.

"이장님이 간평에는 산속 집이 여기밖에 없다길래……."

"그 인간이 노망이 났나? 전에 나한테 와서 산에 와서 새로 살려면 뭐가 필요하냐고까지 물어놓고는……."

'이장.'

탁대와 방 검사의 눈이 허공에서 마주쳤다. 살짝 불길한 예감이 들었다. 탁대와 방 검사는 그 길로 능선을 넘었다. 그 사이에 해가 서편으로 기울기 시작했다.

"저기 보이네요."

능선을 넘자 살짝 엿보이는 평지에 집 한 채가 보였다. 나무로 지은 집은 소박한 별장처럼 보였다. 그 집을 향해 접근하던 탁대와 방 검사는 언덕 아래에 세워둔 오토바이를 발견했다.

빨간색!

"이장의 오토바이."

탁대와 방 검사가 거의 동시에 중얼거렸다.

그때 언덕을 내려오는 이장의 모습이 보였다. 그는 사방을 한 번 둘러본 후에 오토바이에 올랐다. 이어 요란한 소음으로 산자락을 흔들고 사라져 버렸다.

"그러고 보니……."

방 검사가 품에서 이장의 연락처 메모를 꺼내 들었다.

장주호!

이장도 장씨였다.

"젠장, 내가 부주의했군요."

방 검사가 쓴 입맛을 다셨다. 같은 성씨. 어쩌면 먼 친인척 관계로 이장이 장국조의 도피를 돕는 관계일 수도 있었다.

"다행히 같이 내려오지 않은 걸 보니 저기 있을 수도 있습니다."

"그러길 바라야죠."

탁대의 말에 응수한 방 검사가 잰걸음을 옮기기 시작했다.

컹컹컹!

집이 가까워지자 개 소리가 들렸다. 그러다 벼락처럼 뚝 끊겼다. 바스락, 풀 밟는 소리만 탁대와 방 검사의 귀를 울렸다.


탁대와 방 검사는 두 갈래로 찢어졌다. 탁대가 앞쪽, 방 검사는 뒤쪽. 장국조의 은신처에 대비한 도주로 차단책이었다.

"계십니까?"

만들다만 솟대들이 널브러진 마당에 들어서며 탁대가 외쳤다. 노인의 집처럼 기척을 나지 않았다. 가만히 솟대들을 바라보았다.

각종 공작도구들이 눈에 들어왔다. 조각가라고 보기엔 좀 투박하고 산사람의 솜씨라기엔 좋아 보이는 솟대들…….

왼편으로 창고 같은 공간을 끼고 다가설 때 컹 하는 소리와 함께 방 검사의 비명이 들려왔다.

"아악!"

"방 검사님!"

위험을 느낀 탁대가 뛰었다.

'윽?

벽을 돌아서기 무섭게 탁대가 급정거를 했다. 탁대의 눈에 다섯 마리의 맹견이 들어왔다. 개들은 낯선 방 검사를 구석에 몰아놓고 이빨을 번들거리고 있었다.

크르르!

탁대를 발견한 맹견들이 돌아보았다. 커다란 송곳니를 타고 흐르는 타액. 그 아래에 떨어진 방 검사의 권총이 보였다. 위협을 느끼고 권총을 뽑았지만 개들이 빨랐던 모양이었다.

"피해요. 위험하다고요!"

방 검사가 소리쳤다. 탁대는 마루에 기대있는 완성품 솟대를 방 검사에게 던져 주었다.

크아앙!

거의 동시에 두 마리의 맹견이 탁대를 향해 날아들었다. 세퍼드 종의 맹견들은 차라리 맹수에 가까웠다.

'먹어랏!

탁대는 재빨리 두 개의 화염탄을 날렸다.

캥!

한 마리가 불덩이를 맞고 거꾸러졌다. 남은 세 마리와 맞선 방 검사는 다행히 탁대를 돌아볼 여유가 없어보였다.

'순간 접착!'

탁대는 남은 한 마리를 마저 제압했다.

컹컹컹!

네 다리가 땅에 붙자 개는 미친 듯이 짖어댔다. 그 소리가 시끄러워 입까지 살포시 붙여주었다.

"저리 가. 저리 가라고!"

벽에 기댄 방 검사는 무차별 숏대를 휘둘렀다. 그러나 개들은 물러섰다가 다가서기를 반복했다. 그들의 눈에는 검사도 낯선 방문객에 불과한 모양이었다.

'붙어라, 입!'

탁대는 힘을 모아 접착 마법을 펼쳤다. 그런 다음, 그 역시 숏대하나를 집어 들고 관우가 청룡언월도를 휘두르듯 맹견들을 몰아쳤다.

끼잉끼잉!

입이 제압된 맹견들은 얌전한 송아지에 지나지 않았다. 개들은 꼬리를 말고 달아나 버렸다.

"괜찮으세요?"

"조 실장님… 개 다루는 솜씨가 보통 아니시네요."

"그나저나 어떻게 된 거예요?"

탁대는 땅에 떨어진 권총을 집어 방 검사에게 건네주었다.

"나도 모릅니다. 뒤쪽 문으로 다가서다가 갑자기 개들에게 포위되어 버렸어요. 놀란 마음에 권총을 꺼냈는데 개가 달려들어서······."

방 검사가 오른 손목을 만지작거렸다.

"물렸어요?"

"다행히 총구만 물고 늘어졌습니다."

"장국조의 짓일까요?"

"문 쪽에서 사람 목소리가 들리던데 일단 찾아봅시다."

"개조심하세요."

"걱정 마세요. 또 덤비면 그때는 진짜 콩알을 먹여줄 테니."

방 검사는 권총을 들어보였다.

"계십니까?"

"실례합니다."

방 검사와 탁대는 방과 창고, 그리고 발효액이 담긴 약초 헛간까지 뒤졌지만 사람은 보이지 않았다.

"목소리가 들렸다고요?"

다시 마당으로 나온 탁대가 방 검사를 돌아보았다.

"분명해요. 개에게 내리는 명령이었어요."

"장국조일까요?"

"아마!"

탁대가 돌아보자 다섯 마리의 맹견들은 저만치에서 무리지어 탁대네를 쏘아보고 있었다. 다행히 꼬리는 아래로 쳐져 있다. 한 번 당했으니 겁을 먹었다는 뜻이었다.

'개가 있다. 그렇다면 사람의 목소리를 들었다는 방 검사님 말이 맞아.'

탁대는 곰곰이 생각했다. 만약 출타 중이라면 개를 풀어두었을

리 만무하다. 혹시라도 산에 올라온 사람을 물 수도 있고 혹은 달아
날 수도 있었다.

'장국조의 은신처일 가능성이 높아.'

그 또한 개 때문이었다. 일반적인 자연인들, 즉 질병치료를 위해
산에 들어와 사는 사람들은 말동무로 개 한두 마리를 키우는 게 보
통이다. 그런데 여기 개들은 호위용으로나 적합한 맹견들이었다.

탁대는 발효액이 가득한 헛간 쪽으로 다가가 대형 항아리들을
열었다. 사람은 없었다.

"아무래도 장국조가 있었다면 튄 거 같습니다."

방 검사가 말했지만 탁대는 귀담아 듣지 않았다. 도시와는 사뭇
다른 집의 구조. 단지 문을 열어보았다는 것만으로 부재를 확신하
기 어려웠다.

"검사님은 마루 밑하고 가까운 외부를 좀 찾아보세요."

"다시 찾아보게요?"

"네!"

그 말을 두고 탁대는 뒷마당으로 향했다. 개들은 소리 낮춰 이빨
을 번득거렸지만 따라오지는 않았다.

'후웁!'

뒷마당으로 들어선 탁대는 숨결을 골라 힘을 모았다. 그리고 집
을 향해 투시 마법을 날렸다.

"……?"

한 공간을 지나 윗방으로 옮겨가던 투시가 잠시 멈추었다. 벽과
벽 사이. 그곳에서 물체가 감지된 것이다.

'후웁!'

그곳을 향해 힘을 모으자 사람 형체가 보였다. 안방과 윗방 사이, 그곳에 사람 하나 들어갈 만한 틈이 있었던 것. 귀신도 모를 은신처였다.

"방 검사님!"

방 검사에게 신호를 보낸 탁대가 방으로 들어섰다. 방 검사도 바로 탁대 뒤를 이었다. 탁대는 벽과 벽 사이의 틈을 향해 점잖게 한마디를 던졌다.

"나오시죠. 거기서 선 채로 잘 수도 없을 텐데……."

"……."

벽은 반응하지 않았다.

"뭐 정 그렇다면 주인께서 나올 때까지 기다리는 수밖에요."

탁대가 앉았다. 방 검사도 따라 앉았다.

얼마나 지났을까? 바스락 하는 소리가 들렸다. 탁대는 미동도 없이 투시 마법을 발현시킨 채 촉각을 세웠다. 형체가 바깥벽 쪽으로 움직이기 시작했다. 그걸 확인한 탁대가 벌떡 일어섰다.

왈딱!

소리와 함께 한 사람이 벽 밖으로 뛰쳐나갔다.

"잡아요!"

탁대와 방 검사도 동시에 뛰었다.

"세바스찬, 물어!"

도망자가 개들을 향해 소리쳤다. 뒤돌아보는 모습, 거친 머리카락과 수염이 돋긴 했지만 그는 장국조가 분명했다.

크아앙!

주인의 명령을 받은 개들이 돌진하기 시작했다.

"검사님, 솟대 좀요!"

탁대가 소리치자 방 검사가 마루 쪽으로 돌아섰다. 순간, 탁대의 화염 마법이 개들의 중심에 강력하게 작렬했다.

콰아앙!

깨애앵!

개들은 강아지 같은 신음을 내며 나뒹굴었다. 동시에 화기(火氣)가 사방에 훅 끼쳐 왔다.

"……?"

개들만큼이나 기겁을 한 건 방 검사와 장국조도 마찬가지였다. 난 데 없이 떨어진 불벼락. 어찌 놀라지 않을 것인가?

"방금 뭐예요?"

솟대를 움켜쥔 방 검사가 탁대를 바라보았다.

"벼락이 떨어진 거 같아요."

"벼락?"

방 검사가 하늘을 바라볼 때 탁대가 빼액 소리를 질렀다.

"장국조를 잡아요!"

벼락 따위를 논할 시간이 아니었다.

순간 접착!

그 마법을 떠올리는 찰라에 장국조가 시야에서 사라졌다. 땅거미가 내리기 시작한 산자락. 숲은 조금씩 어둠에 물들기 시작했다.

"어디로 숨었나 본데요?"

걸음을 멈춘 탁대가 방 검사를 보며 말했다.

"날이 어두워지는데?"

다 된 밥에 끼어드는 어둠. 그렇다고 어둠에 수갑을 채워 체포할 수도 없는 일이었다.

방향을 가늠하는 사이에 불덩이에 다친 개 한 마리가 언덕 너머로 가는 게 보였다. 개는 꼬리를 치고 있다. 그걸 본 순간 탁대의 머리에 불이 반짝 들어왔다.

예상은 적중했다. 다친 개가 주인을 찾아간 것이다.

"저리 가!"

장국조는 소리 낮춰 개를 밀어냈지만 개는 더욱 맹렬히 꼬리를 팔랑거렸다. 나무뿌리 아래의 공간에 숨어 있던 장국조는 그 앞에 멈추는 네 개의 다리를 보았다. 탁대와 방 검사였다.

"그만 나오시지."

방 검사가 수갑을 흔들었다. 장국조는 나오지 않았다. 탁대는 투시 마법으로 뿌리의 공간을 가늠한 후에 공간 뒤쪽에다 화염탄을 한 방 갈겨주었다.

"앗, 뜨거!"

놀란 장국조가 화들짝 뛰어나왔다. 탁대와 방 검사가 동시에 몸을 날린 건 물론이었다.

"변호사를 선임할 수 있고 불리한 진술은 거부할 수 있습니다."

방 검사의 은빛 팔찌가 찰칵 경쾌한 소리를 내며 장국조의 팔을 속박해 버렸다.

다시 장국조의 집으로 내려온 탁대는 불부터 밝혔다. 개들은 다친 몸으로도 장국조 곁을 떠나지 않았다. 사람보다 나은 개들이었다. 탁대는 구석에 놓인 사료를 꺼내 개들에게 먹였다.

그 사이에 방 검사의 수색이 끝났다.

"이런 건 자연인에게 안 어울리는 거 아닙니까?"

방 검사가 내려놓은 건 돈가방이었다. 5만 원권 현금만 3억에 가까웠다.

"이봐요. 그거 다 가지고 한 번 봐주시오. 어차피 잠잠해진 사건 아닙니까?"

장국조는 반성의 기색은커녕 오히려 매수의 딜을 제안해 왔다.

"3억이라?"

방 검사가 5만 원권 한 다발을 들고 웃었다.

"더 줄 수도 있소. 두 분에게 각 3억씩 드리겠소. 허락만 해주시면 당장 준비해 드리리다."

"어떻게 생각하세요?"

방 검사가 탁대를 우묵하게 돌아보았다. 순간 탁대의 발이 장국조의 사타구니를 내질러 버렸다.

"크억!"

자연인도 급소는 있다. 공기 좋은 산에 살아도 그 급소는 강해지지 않는다. 장국조는 거품을 뿜으며 뒹굴었다.

"어유, 죄송합니다. 거기 지네가 붙은 거 같길래……."

퍼억!

탁대의 말이 끝나기 전에 방 검사의 발길질이 이어졌다.

"방금 전에는 뱀이 그리로 기어갔어요."

"아까 뭐라고 했죠?"

방 검사의 너스레에 이어 탁대가 물었다.

"장 대표님, 우리 조 실장이 묻잖아요. 뭐가 어쨌다고요?"

방 검사가 캐물었지만 장국조는 입을 열지 못했다. 6억 배팅에도 눈 하나 까닥 않는 공무원들을 어쩌란 말인가.

"공무원 매수죄, 추가합니다. 이의 없죠?"

방산 비리의 몸통 장국조. 마침내 그가 검거되는 순간이었다.

장국조 사건의 파장은 엄청나게 컸다.

방 검사가 산에서 확보한 노트 때문이었다. 예상 외로 로비한 리스트를 꼼꼼히 적어둔 장국조. 그 안에는 공군 장교 수십 명과 방위사업청, 국방부 산하기관 간부, 심지어는 국회의원의 이름까지 적혀 있었다.

다행인지 불행인지 탁대에게 업무 벼락이 떨어지지는 않았다. 사건 자체가 대검찰청으로 넘어갔기 때문이었다. 워낙 많은 사람들이 소환되거나 구속되어야 할 지경이었으니 딱히 틀린 결정도 아니었다.

"수고했네. 자네들이 검찰의 명예를 다시 한 번 회복시켰어."

위 부장은 따뜻한 격려로 탁대와 방 검사를 치하했다.

"저보다는 조 실장님 덕분입니다. 저는 보조만 했을 뿐입니다."

방 검사는 공에 숟가락을 올리지 않았다. 그다운 인품이었다.

"아무튼 수고했어. 밖에 기자들이 대기 중이니까 인터뷰 좀 하고 푹 쉬라고."

위 부장이 흔쾌히 말했다. 장국조를 검거한 후에 보고서와 기초조사 서류를 작성하느라 이틀 밤이나 새운 까닭이었다.

펑펑펑!

임시 회견장에 들어서자 기자들의 카메라 세례가 쏟아졌다.

"이번에도 방형기 검사와 조탁대 수사관 콤비의 작품입니까?"

"장국조 검거 비하인드 스토리 좀 알려주시죠."

"검거 과정에서 위험은 없었습니까?"

기자들은 다투어 입을 열었다.

"주신일보 고동길 기자입니다. 정말 두 분 다친 데는 없습니까?"

기자들 틈에서 반가운 얼굴이 튀어나왔다. 질문도 반가웠다.

"검거 과정에서 맹견을 만나 둘이 합심해서 격투를 벌였습니다. 한 번 물리긴 했는데 하느님이 보우하사 가볍게 긁혔을 뿐입니다."

방 검사가 오른손을 들어보였다.

"개들이 화상을 입어서 119 구조대가 동물보호소로 옮겼다고 하던데 횃불 같은 걸로 싸운 겁니까?"

이번에도 고 기자였다.

"예. 마침 가마솥에 훨훨 타는 장작불이 있어서……."

둘러댄 건 탁대였다. 이런 건 바로 수습해 버리는 게 상책이라는 거. 탁대는 이미 경험에서 체득하고 있었다.

"연루된 사람이 100여 명이라는 설이 있던데 사실입니까?"

"공군사령관 이름도 거론되던데 한마디 해주십시오."

기자들은 한 번 더 아우성을 쳤다.

"저희가 할 일은 다 끝났습니다. 장국조 사건은 대검찰청으로 이첩되었으니 그쪽에 물어보시기 바랍니다."

방 검사가 반듯하게 선을 긋자 기자들은 더 묻지 못했다.

"자자, 우리 방 검사님하고 조탁대 실장님, 자그마치 3일 밤이나 새웠습니다. 이제 좀 쉬셔야 하니까 길 좀 터주십시오."

기자들을 정리한 건 황독대와 박재인이었다. 그들은 경비원과 함께 탁대가 나갈 수 있도록 길을 내주었다.

"조 실장님!"

주차장으로 나오자 방 검사가 탁대를 바라보았다.

"네?"

자기 차 앞에서 돌아보는 탁대.

"푹 쉬라고요."

겸허한 미소를 던지고 차에 오르는 방 검사. 탁대의 입가에도 미소가 스쳐 갔다. 차를 몰고 정문을 나설 때 청사 앞에서 손을 흔드는 고동길이 보였다. 그 옆에는 마해종 기자가 서 있었다. 탁대는 창밖으로 손을 뻗어 답례를 해주었다.

3일 밤낮으로 이어진 기본 조사와 서류 작성.

청사를 나오자 그 피로가 한 번에 몰리며 몸이 흐느적거렸다. 그 피로 위에 혜자가 얼비치자 탁대는 정신이 번쩍 들었다.

'집에 가면 죽었다.'

마누라는 무섭다.

아무리 업무라지만 외박은 외박인 것이다. 그것도 자그마치 무려 4박……

딩동!

아파트의 벨을 누르는 사이에도 탁대는 또르르 또르르 잔머리를 굴렸다.

'미소 작전? 그냥 확 안아서 뽀뽀를 해버려? 아니면 너무 피곤하다고 아픈 척?'

잔머리가 다 완성되기도 전에 문이 열렸다.

"뭐해요? 안 들어오고."

혜자가 말했다. 조금 딱딱한 표정. 탁대가 아부용으로 사온 순대와 떡볶이를 내밀려 했지만 혜자가 먼저 돌아서 버렸다. 첫 타이밍은 상실이었다.

"일찍 왔네? 오늘은 내가 더 먼저 오려고 했는데……."

"됐으니까 씻기나 해요."

혜자는 주방 쪽에서 퉁명스럽게 말했다.

'그래. 황녀님 분부가 떨어졌으니 일단 씻자.'

탁대는 목욕실로 들어가 샤워를 했다. 조금 뜨거운 물로 등골을 적시자 피로가 사라지는 거 같았다.

"혜자야. 등 좀 밀어줄래?"

문틈에 대고 소리쳤다. 이 역시 분위기 조성용의 제스처였다.

"됐거든요. 빨리 씻고 나오기나 하세요."

이번에도 작전 실패.

'아, 쉽지 않네.'

탁대는 물기를 털고 나왔다.

혜자는 아직도 주방 쪽에 서 있었다. 손은 팔짱을 낀 채.

"미안해."

"됐어요. 일 때문에 그런 걸 내가 어쩌겠어요. 더구나 합수부에서도 못 잡은 범인까지 잡은 사람을……."

"된 게 아닌 거 같은데?"

"그것보다 이거 어떻게 먹는 거예요? 물건만 보내고 사람은 안 오니……."

혜자가 식탁 위의 아이스박스를 가리켰다.

도치!

탁대는 그제야 강원도에서 발송한 택배를 생각했다. 봉황시로 올라가면 가족들과 먹으려고 부쳤던 것.

"이거 그냥 둔 거야?"

"냉장실에 넣어두었다가 방금 꺼냈으니까 걱정 마세요."

볼멘소리를 들으며 뚜껑을 열었다. 얼음은 아직도 녹지 않았다. 바닷가에서처럼 탱탱하지는 않지만 상하지는 않은 것 같았다.

"아직 먹을 수 있겠네?"

"……."

"이게 도치라는 건데 데친 껍데기 맛이 환상적이더라고. 내가 천국의 맛을 보여줄 테니 큰 냄비에 물을 좀 올려줘."

"언제 다 먹으려고 이렇게나 많이 샀어요? 한 마리만 사면 되지……."

"엄마 아빠 부르면 되잖아? 전화하면 광속구처럼 달려오실걸?"

"……."

"미안해. 사실 이거 사는 날 범인 검거할 줄 알고 보낸 건데 잡고 나니 할 일이 더 많네?"

"몸은 괜찮아요? 맹견들이 우글거리는 곳이었다고 하던데?"

혜자의 볼멘소리가 조금 낮아졌다.

"검찰이 개 무서워하겠어? 더구나 방 검사님은 권총까지 가지고 있었는데."

그 기회를 놓칠 탁대가 아니었다. 탁대는 은근슬쩍 혜자의 어깨를 잡았다. 그리고 재빨리 당겨 품에 안았다.

"아, 집에 오니 좋다."

"피이, 순 구라쟁이."

"구라 아니야. 나도 얼마나 집에 오고 싶었는데……."

등을 토닥이는 사이에 혜자의 어깨가 파르르 경련을 했다.

"미안하다니까!"

"몰라요. 어머님한테 전화할 테니까 빨리 생선이나 먹을 수 있게 만드세요."

혜자는 눈물까지 비치며 돌아섰다.

"알았어. 내가 끝내주게 요리할 테니까 기대하라고."

황녀의 노여움(?)은 그럭저럭 해소된 모양. 탁대는 휘파람을 불며 가스레인지의 화력을 올렸다.

'물이 끓으면 일단 넣어서 껍질의 막을 제거하라고 했지?'

탁대는 해변 아줌마의 요리법을 떠올렸다. 끓는 물에 넣으면 껍질의 막이 벗겨진다. 그걸 알뜰히 벗겨내고 껍데기를 썰어먹으면 된다. 혹은 알맞게 썰어서 지리를 끓여도 좋고 수육으로 해도 좋다.

요리법은 간단했다.

그런데!

'윽?'

끓는 물에 도치를 넣자 이상한 찌꺼기가 보이기 시작했다. 누런 덩어리가 표면에서 녹아나오기 시작한 것이다.

"우욱!"

그걸 본 혜자가 입을 막고 목욕탕으로 달려갔다.

"보기만 이래. 이물질 제거하니까 탱탱한데?"

도치 몸통에 묻어난 찌꺼기를 밀어내고 들어보이는 탁대. 그때 마더와 동환, 그리고 작은 아버지 부부가 들이닥쳤다.

"우리 조카 조탁대!"

작은엄마 희아는 들어서기 무섭게 두 팔을 벌렸다. 처음에는 다소 쌀쌀맞던 희아. 그녀가 탁대의 열렬한 지지자가 된 건 이미 오래 전이었다.

"작은어머니는 점점 더 어려지네요."

가볍게 포옹을 당한 채 립서비스를 작렬하는 탁대.

"정말?"

"그럼요. 몸매에도 군살 하나 없잖아요?"

"야야, 그런 소리 마라. 너희 작은엄마 알고 보면 똥배쟁이야."

뒤에 선 동만이 신랄한 폭로전을 자행했다.

"이이가. 그럼 그만한 똥배도 없는 사람이 어디 있어요? 괜히 샘을 내고 난리야."

"어이구. 잘 알아 모시겠습니다. 사모님!"

동만이 굽신 허리를 조아리자 일동 웃음바다가 되었다.

"이건 우리 조카며느리 선물. 우리 탁대 잘 부탁해."

희아가 혜자를 향해 향수를 내밀었다. 혜자가 좋아하지만 너무 비싸서 아껴 쓰는 그 향수, 자르댕 수르닐오두뚜왈렛이었다. 이름 이 무지막지 어려워 살 때마다 혀를 꼬이게 만드는……

"아니, 동서는 자기 아들도 아니면서 왜 이렇게 설친데? 사람을 뛰다놓은 보릿자루 만드네?"

지켜보던 마더가 볼멘소리를 토했다.

"형님, 어차피 탁대는 국민공무원이에요. 저번에 부패한 국회의 원 때려잡았을 때 검찰청 담장에 붙은 꽃하고 선물, 편지 못 봤어 요? 그런 거 일일이 다 시샘하시려면 탁대를 우리한테 넘기세요. 우리가 기꺼이 입양할게요."

"흥, 우리 아들은 억만금을 줘도 안 넘길 거니까 동서 애들이나 잘 키우시지."

"아이고, 또 시작이네. 그만 하고 앉읍시다. 두 분이 이러시면 우리 며느리가 힘들어요."

동환이 나서서 교통정리를 시도했다.

"혜자야. 그래도 시향은 해야지?"

희아가 혜자를 바라보며 윙크를 날렸다. 향수를 받으면 뿌려보는 것. 그건 여자의 행복 중의 하나였다. 물론 혜자는 시키지 않아도 그랬다. 다만 오늘은 어쩐지 버벅거리고 있는 것이다.

"이리 줘봐. 내가 뿌려줄게."

포장 속의 향수를 받아든 희아가 스프레이를 눌렀다.

치이!

수르닐, 그 나른한 환상에 휩싸인 청아함이 뿜어져 나왔다.

"음, 판타스틱!"

희아와 탁대가 동시에 말할 때였다. 갑자기 혜자가 읍 하고 위경련을 일으키더니 또 화장실을 향해 뛰어갔다.

"어머, 왜 그러지? 향수가 썩었나?"

놀라 향수 냄새를 확인하는 희아. 하지만 향수가 썩었을 리는 만무했다.

"쟤 혹시?"

마더가 광속 속도로 탁대를 바라보았다.

"속이 좀 안 좋은가 봐요. 아까도 도치 찌꺼기를 보더니 헛구역질을……."

"헛구역질?"

탁대의 말에 희아와 동만, 동환의 표정이 붕어빵처럼 닮은꼴로 변했다.

"혜자야. 너 혹시……?"

목욕탕에서 나오는 혜자를 바라보며 질문을 던지는 마더. 혹시 뭐? 탁대가 뒤에 붙을 수 있는 대답을 상상하는 동안 혜자가 고개를 끄덕거렸다.

"아이고, 하느님. 고맙습니다!"

갑자기 펄쩍 뛴 마더가 혜자를 끌어안으며 법석을 떨었다.

"뭔데요?"

아직도 감을 잡지 못한 쑥맥 조탁대. 그러자 희아가 탁대의 등짝을 후려치며 말했다.

"애기잖아? 네 애기가 생겼다고!"

'애기?'

등짝에 벼락을 맞은 걸까? 탁대는 등판을 타고 온몸으로 번져 가는 짜릿함에 휩싸이기 시작했다. 탁대에게 2세가 생긴 것이다.

"그래서 헛구역질을……."

"그래. 너는 드라마도 안 보냐? 시집 온 여자가 헛구역질하면 감 잡아야지. 얼른 가서 한 번 안아줘."

희아가 엉거주춤하는 탁대의 등을 밀었다.

"혜자야……."

"몰라. 오빠가 지방 간 날 산부인과에서 알았는데 밤새도록 기다려도 오지도 않고……."

혜자의 눈에 눈물이 송글 맺혔다.

"바보야. 그럼 말을 하지?"

"말했으면 왔을 거야?"

"그건……."

"아아앙! 오빠한테 제일 먼저 알리고 싶었는데……."

혜자가 탁대의 품을 파고들었다. 혜자를 안자 기분이 묘했다. 살짝 닿는 혜자의 배. 이 안에 또 다른 생명이 들어 있다. 어쩌면 탁대와 혜자를 쏙 빼닮았을 사랑스러운 아기. 탁대는 혜자의 옆구리를 끼며 좌중을 향해 소리쳤다.

"오늘은 시작부터 끝까지 제가 책임집니다. 우리 혜자 시켜먹을 생각 말고 뭐든지 저한테 주문해 주세요!"

탁대의 사랑스러운 오버(?)에 가족들은 또 한 번 소리 높여 웃었다.

"하하핫!"

탁대가 또 한 번 애국자가 되는 순간이었다.

# 4장

두 얼굴의 공무원

　그 밤에 탁대는 로르바흐를 만났다. 오랜만에 만나는 꿈속, 한동 안 보지 못했던 슈리아가 있었다.

"드리거라."

　로르바흐가 슈리아를 보며 온화하게 웃었다. 슈리아는 금빛 바구니를 들고 다가왔다. 그녀는 빈 바구니 안에서 뭔가를 퍼내는 동작을 했다.

'오!'

　그녀의 손길을 따라 나온 건 노랑나비였다. 한두 마리도 아니었다. 셀 수도 없는 나비가 팔랑거리며 탁대에게 날아왔다. 자세히 보니 어린 아기의 얼굴을 하고 있다. 탁대가 손바닥을 내밀자 나비가 내려앉았다. 나비는 손가락만 한 아기로 변했다.

　아빠!

메아리였다. 너무나 부드러운, 그러면서도 솜사탕처럼 달콤한.

"축하하네."

달콤함 속으로 로르바흐의 목소리가 따라 들어왔다. 탁대가 고개를 들자 나비들은 무지개 빛깔을 이루며 사라졌다.

"대마법사님!"

"아빠가 된다길래 작은 축하 의식을 준비해 봤네. 라도혼 공국에서는 아기를 노랑나비가 데려온다고 하거든."

"아!"

"기분이 어떠신가?"

"얼떨떨합니다."

"그러면서 뿌듯하겠지. 무릇 혼인이란 종족 보존의 길인 것이니."

"몸은 어떠세요?"

"그건 내가 물어봐야 할 일 아닌가? 나야 드래곤 패황 말고는 두려운 게 없는 사람이니……."

"저도 뭐, 대마법사님 빼고는 무서운 거 없습니다."

"그 거짓말을 내가 믿을까?"

"거짓말이라뇨?"

"자네에겐 벌써 두 가지 두려움이 생겼네. 목숨에 관한 본능적 두려움이 아니라 애정이 빚어낸 두려움 말일세."

"애정이라면?"

"아내와 아이!"

"아!"

또 한 번의 감탄이 탁대의 입에서 밀려나왔다. 그건 결코 부인할 수 없는 일이었다.

"아무튼 다시 한 번 축하하네."

"고맙습니다."

"몸은 어떠신가? 마법을 수행하는데 부작용은 없고?"

"별로 못 느꼈는데요?"

"다행이군. 에너지의 흐름을 재배열한 터라 혹 곤란을 느낄까 염려했었네."

"원래 그런 건가요?"

"그대는 정통 마법을 수련한 몸이 아니니……."

"드래곤은요? 눈치채지 못했나요?"

"그럴 리가. 그는 시공을 초월해 자신의 결계가 깨진 걸 알았네. 하지만 어쩌겠나? 내가 다시 그 결계 안으로 들어간 다음에야."

"흐음, 그럼 모범수로 형기를 줄이거나 가석방 같은 걸 해줘야 하는데?"

"하핫, 드래곤 일족은 둘 중 하나라네. 처음부터 용서하거나, 내린 벌은 절대 거두지 않거나. 그래서 형벌을 중단하기는커녕 결계를 더 강화하고 갔다네. 이젠 그의 뜻이 아닌 한 그대의 세상에 강림하는 일은 없을 걸세."

"그야말로 All Or Nothing이군요."

"그렇군. 전부 아니면 전무……."

"살짝 쪼잔하기도 한 것 같은데요? 저 같으면 한 번 기분 좀 냈을 텐데……."

"그게 인간과 드래곤의 다른 점이지. 본시 생리적 시스템이 다르니 그냥 받아들이시게."

"그래야겠네요."

"쉬시게. 그대의 몸은 휴식이 필요하니."

"사실 좀 피곤하기는 했는데 임신 얘기를 들으니 싹 가셔 버렸어요."

"그 또한 인간의 장점이라네. 인간의 몸은 의지가 움직이는 것이니."

로르바흐의 손에서 맑고 투명한 빛무리가 배어나왔다. 빛은 탁대의 몸을 부드럽게 감싸기 시작했다.

탁대는 움직이지 않았다. 로르바흐가 내리는 피로회복제. 탁대의 몸이 완전히 빛에 휩싸이자 로르바흐는 사라지고 없었다.

'엇!'

탁대는 잠에서 깨어났다. 아침이었다.

'내 아기?'

돌아누워 잠든 혜자의 배를 바라보았다. 아직 봉긋 올라온 것도 아니건만 어쩐지 다르게만 보이는 배. 탁대는 가만히 그녀의 배에 손을 얹었다. 잠에서 깨어난 혜자가 탁대의 품을 파고들었다. 하나가 아니고 둘을 안는 아침. 먹지 않아도 포만감이 느껴졌다.


"좋은 아침입니다!"

탁대는 검찰청사에 들어서면서 경비 아저씨에게 인사를 했다. 경비는 탁대는 반갑게 맞았다. 차에서 내리던 탁대는 형사부의 검사들에게도 인사를 건넸다. 짤랑거리는 햇살까지도 맑아 보이는 날이었다. 탁대의 손에는 커피 캐리어 두 개가 들려 있었다. 기분이 좋으니 인심을 주체할 수 없는 것이다.

"이야, 땡큐입니다."

복도에서 두 잔을 받아든 방 검사가 반색을 했다. 이어 수사과 직원들도 횡재한 얼굴이었다. 커피라고 해야 자판기 신세나 졌던 직원들이었으니 그럴 만도 했다.

"무슨 좋은 일 있으세요?"

아메리카노 킬러인 노경선이 물었다.

"그냥요. 사건 해결 기념이죠, 뭐."

"응? 나도 어제 사건 하나 마감했는데?"

커피를 빨던 황독대가 흠칫거렸다.

"그러니까 조 실장님 인간성 좀 배워요. 말이나 못하면……."

"뭐 그러는 경선 씨는 언제 커피 한 잔 산 적 있어? 맨날 자기들만 쪽쪽 빨고 다니고……."

"어머, 그 말 뉘앙스 안 좋네요. 성희롱으로 고소해 드려요?"

"으악, 항복!"

노경선이 게슴츠레하게 쏘아보자 황 수사관이 바로 지지(GG)를 선언했다.

"나 없는 사이에 무슨 일 있었어요?"

"탁대가 경선을 보며 물었다."

"어제 성희롱 사건이 네 건이나 접수되었거든요. 대학교수 두 명, 서울의 신문사 데스크 한 명, 그리고 까페 사장 한 명요."

"그래요? 다들 성희롱 사건 날 잡았나?"

"그거 혹시 실장님에게 지원 의뢰 들어올지도 몰라요. 마음의 준비를 단단히 하세요."

듣고 있던 황독대가 끼어들었다.

"다른 건 몰라도 대학교수 건은 좀 본보기를 보여야 할 거 같아요. 요즘 대학 쪽에서 그런 일들이 너무 문제가 되고 있잖아요."

노경선은 역시 여자다. 성희롱은 대개 여자들이 피해자였으니 공감이 가는 모양이었다.

"경선 씨는 재학 때 그런 일 있었어?"

커피를 다 마신 황독대가 캡을 분리하며 물었다.

"뭐 솔직히 좀 이상한 교수님도 있었죠. 괜히 여학생들 불러서 옆에 바짝 붙여놓고 설명하고… 은근히 어깨도 잡고 뺨도 쓰다듬고……."

"예나 지금이나 갑질은 사라지질 않는군."

황독대가 빈 컵을 쓰레기통에 던졌다. 골인되지 않았다.

"아, 저게 들어가야 오늘 소환되는 피의자하고 궁합이 잘 맞는 건데……."

황독대가 일어설 때 수사과 문이 열렸다. 들어선 사람은 위 부장과 공길두 차장이었다.

"이어, 조 실장!"

두 사람은 반색을 하며 탁대를 불렀다.

"차장님, 부장님."

"푹 쉬었나?"

인사말은 공 차장이 먼저 건네왔다.

"네, 덕분에."

"아침에 총장님하고 통화했네. 방 검사하고 자네 칭찬이 자자하시더군."

"아, 네……."

"앞으로도 지금처럼만 해주게나."

"최선을 다해 일하겠습니다."

"다른 뉴스는 위 부장님이 전해줄 걸세."

공차장은 거기까지 말하고 사무실을 나갔다. 그러자 양 과장과 어 계장, 기타 직원들의 시선이 쏠려왔다.

"소식은 두 가지일세. 하나는 검찰총장님이 조 실장의 계약직을 검찰직으로 바꿔주라는 오더를 내린 거고 또 하나는 출장 강연을 나가야 한다는 걸세."

"에이, 기왕이면 승진도 시켜주시지."

듣고 있던 어 계장이 입맛을 다셨다.

"아무튼 박수!"

바람은 경선이 잡았다. 그녀가 박수를 치자 박수의 물결이 꼬리를 물며 이어졌다.

"축하하네. 어차피 같은 일을 하겠지만 그래도 계약직보다야 정규직이 좋지. 안 그런가?"

"애써주셔서 감사합니다."

"고마우니까 강연도 나갈 거지? 내가 마음대로 수락한 거라 좀 미안하긴 하네만……."

"어디로 가는 건지……?"

"가보면 아네. 시간은 오후 2시니까 1시쯤 내 방으로 오시게."

위 부장은 끝내 목적지를 말하지 않고 나가 버렸다.

"어머, 혹시 또 청와대 가는 거 아니에요?"

"청와대?"

양 과장이 귀를 쫑긋 세웠다.

"에이, 청와대에서 무슨 강연?"

황독대는 고개를 저었다.

"어머, 왜 그렇게 깜깜이에요? 저번에 프로야구 감독도 청와대에서 강연한 거 몰라요?"

"그래?"

수사관들이 설왕설래하는 사이에 탁대는 곰곰 생각에 잠겼다.

위 부장!

그가 허튼소리를 할 리가 없었다. 탁대를 곤란하게 할 사람도 아니었다.

'1시가 되면 알겠지.'

탁대는 책상 위에 놓인 수사 계획을 넘겨보기 시작했다.


"여길세!"

위 부장의 차가 멈춘 건 서울의 한 세무서였다.

"부장님!"

"아직 시간이 좀 남았으니 설명해 주지."

위 부장은 차에 기대 팔짱을 끼더니 천천히 설명을 시작했다.

"오늘 조 실장은 여기서 세무공무원들을 상대로 강연을 하게 될 걸세. 뭐 특별한 주제가 있는 것도 아니니 그냥 그동안 겪은 에피소드나 공무원으로서의 마음가짐 같은 걸 화두로 삼으면 되네. 세무서장이 바라는 것도 세무공무원들의 마음 자세니까."

"……."

"게다가 그건 조 실장의 주특기 아닌가? 봉황시청에서부터."

"그렇긴 합니다만……."

"왜? 준비할 시간을 주지 않아서 섭섭한가?"

위 부장이 웃었다.

"아무래도 강연은 부담스러운 데다… 대중 앞이니 준비가 필요한 건 사실입니다."

"나도 아네. 그래서 더 빡빡하게 데려온 거야."

"네?"

앞뒤가 맞지 않는 대답에 탁대가 고개를 들었다.

"시간을 주면 꼼꼼하게 준비를 할 테고 그렇게 되면 결국 우리 검찰청의 다른 직원도 알게 되겠지."

"……."

그쯤에서 탁대는 숨을 멈췄다. 위 부장의 말에는 숨겨진 의도가 있었다.

"눈치챘나? 하긴 조 실장은 표정으로 사람의 마음을 읽을 수도 있다니……."

"아무 때나 되는 능력은 아닙니다."

탁대는 일단 한발을 빼두었다.

"아무튼 말일세, 그럴 사정이 좀 있네."

"……."

"실은 여기 세무서장하고 내가 고등학교 선후배 사이라네."

'선후배?'

"그렇다고 그런 친분으로 자네의 유명세를 이용해 먹자는 건 아닐세. 이쪽 세무서에 약간의 문제가 생긴 데다가 자네가 워낙 강직한 공무원의 대명사이자 상징이 된 까닭에 직원들 정신교육에도 맞춤하고……."

문제와 정신교육.

두 가지 화두가 나왔지만 탁대의 관심은 전자에 쏠렸다.

"친구 말이 직원 중에 비리 공무원이 있는 거 같다는 거야. 그것도 조직적으로."

"……."

"그래서 내가 부담스러워할까 봐 우리 지청 검사에게 제보하기도 했었다는군. 그 결과 별 혐의가 없는 것 같다는 통보가 와서 그냥 덮어두었는데 여전히 단속 정보가 새고 있는 것 같다는 거야."

지청 검사.

한 가지 화두가 더 나왔다.

"자, 시간이 다 되어가니 본론을 말해주지. 일단은 조 실장의 경험담으로 세무서 공무원들의 복무기강과 자세를 고양시켜 주시게. 그런 다음에 몇 직원과 담소 시간이 마련될 거야. 그때 조 실장의 실력을 좀 발휘해 주시게."

"혐의자들입니까?"

침묵하던 탁대가 질문을 던졌다.

"역시 통하는군. 대내적으로는 핵심 직원들이라고 포장했지만 세무서장이 촉각을 세우고 주목하는 직원들이 섞어놓았다네. 핵심은 카드깡 조직과의 결탁 비리."

"카드깡요?"

"유흥업소 같은 곳은 세율이 높지 않나? 일반식당은 훨씬 낮으니 그 차액 때문에 생기는 범죄라네."

"세무서 안에도 감사실이 있지 않습니까?"

"그게 워낙 교묘해서 내부 감사로는 안 되는 모양이야. 혹은 감사실 직원들이 연루되었을 수도 있고."

"그리고요?"

탁대가 시선을 들어 위 부장을 바라보았다. 마지막까지 말을 아끼는 검사. 숨겨둔 이야기가 나올 차례였다.

"이젠 확실히 눈치를 챘군?"

"네."

"불미스럽게도 아까 말한 우리 측 검사가 연루되었을 가능성이 있네. 만약 내 친구가 의심하는 비리가 사실이라면 말일세."

"우리 청에 근무하는 검사가 결탁했다는 뜻이로군요."

"그러지 않기를 바라지만!"

"이 사건은 아직 정식 수사로 의뢰된 게 아니고요?"

"그렇다네. 세무서장 입장에서는 이미 검찰에 제보를 했다가 무혐의 통보를 받은 건이니 따로 단서를 잡기 전에는 공론화하기 곤란하다더군. 직원들 사기도 있고 말이야."

"알겠습니다."

"저기 내 친구가 나오셨군. 나도 강연을 들을 거니까 같이 가세."

위 부장이 탁대의 등을 밀었다.


짝짝짝!

세무공무원들이 모인 강당. 사회를 보는 공무원이 탁대를 소개하자 실내에 박수가 울려 퍼졌다. 세무서에는 여자 공무원이 적지 않았다. 척 보이는 남녀 비율이 그랬다. 꽤 많은 직원이 모인 걸 보니 민원 파트와 과 필수 요원을 제외하고는 모두 끌려 나온(?) 모양이었다.

탁대는 거창한 말을 하지 않았다. 피교육자들의 심정을 잘 알기 때문이었다.

'저 자리에 앉으면……'

두 가지를 소망하게 된다. 빨리 끝나는 것과 뒤에 앉아서 로봇 각도를 유지한 채 졸기. 자발적으로 나온 게 아닌 다음에야 이들이라고 다를까?

탁대는 처음 봉황시에 발령받아서 검찰 차량에 딱지를 뗀 일과 시의 유력 시의원 차량과 맞선 일로 세무공무원들을 호응을 얻었다. 그런 다음 부녀회장과의 에피소드, 폭설이 내렸을 때의 비상 동원으로 애를 먹은 일 등 자잘한 경험담을 주로 들려주었다.

중간에 잠깐 유치원 아이들을 구한 일과 봉황대교 붕괴의 참사를 막은 일을 거론했지만 그 역시 언급하는 수준으로 끝냈다.

마무리는 '개똥 초심'이었다.

개똥을 먼저 치우던 마음. 국민을 대하고 민원을 대할 때 조금씩 나태해지거나 거만이 고개를 들면 그걸 꺼내보던 탁대. '지금도 도서관에서 혼을 불사르며 여러분 자리에 오고 싶어 하는 후배가 지천에 널렸다'라는 말로 강연을 끝냈다.

박수가 쏟아졌다.

잘했다는 박수일까? 아니면 빨리 끝내줘서 고맙다는 박수일까? 탁대는 꾸벅 인사를 마치고 다음 코스로 향했다.

작은 회의실.

탁대가 들어서자 8명의 세무공무원이 보였다. 재미난 건 여섯 명이 남자라는 사실. 남은 두 명의 여자는 얼굴만 봐도 '모범'이라는 단어가 떠오를 정도로 성실 포스를 뿜어대는 사람들이었다.

"자자, 대한민국 공무원의 아이콘으로 불리는 조탁대 실장님입니다. 박수!"

사무관일까? 선명한 붉은색 넥타이를 맨 남자가 좌중을 이끌었다. 탁대는 남자가 내주는 의자에 자리를 잡았다.

크고 둥근 원탁의 테이블.

여덟 명의 공무원이 탁대의 시야에 들어왔다.

'이들 중에 비리 공무원이 있다?'

일대일도 아니고 이 대 일도 아니다. 자그마치 팔 대 일. 처음 겪게 되는 일에 탁대의 긴장감도 소리 없이 깊어만 갔다.


카드깡!

깡은 일본어에서 나온 말로 '할인' 이라는 의미다.

고급 유흥업소들은 세율이 최대 38%에 달한다. 내는 사람 입장에서 보면 살인적이다. 하지만 일반 식당은 착하도록 세율이 낮다. 때문에 유혹을 받는 것이다.

이런 범죄를 저지르는 사람들은 대개 노숙자나 노동 능력이 없는 사람들의 명의를 빌려 유령 식당을 개설한다. 그리고 연결된 유흥업소에 이 단말기를 설치하고 수수료를 많게는 15%까지 챙기고 나머지를 유흥업소에 돌려주는 수법이었다.

탁대는 잠시 막간을 이용해 검색해 본 내용을 머리에 잘 눌러두었다. 그러니까 세무공무원들이 받고 있는 혐의는 단속 정보를 흘리거나 혹은 적발해 놓고도 눈을 감은 경우였다.

"조 실장님은 원래 봉황시 행정직이었다면서요?"

붉은 넥타이가 먼저 운을 떼었다.

"네. 맞습니다."

"이야, 그럼 입지전적이시네. 행정직에서 검찰청으로 스카웃되어 가시다니."

"별말씀을……."

"저는 그게 궁금합니다. 다리 무너질 때, 겁나지 않았는지?"

"에이, 그것보다야 화물트럭 막아선 게 더 전율이죠."

붉은 넥타이 옆에서 짧은 머리가 거들었다. 척 보니 주임급 인물로 보였다.

'어떻게 시작해야 반응을 볼 수 있을까?'

탁대는 웃음 속에 감춘 칼날을 번득거렸다.

"아무튼 부실공사 그거 문제라니까요. 이건 국가 공사에도 부실이 판을 치니……."

짧은 머리의 목소리에서 탁대는 힌트를 잡아냈다. 키워드는 부실이었다.

"그 다리 사고 때 비리 공무원 나왔죠?"

"네."

"야, 인간들이 그런 데서도 돈을 빼 먹냐? 진짜 할 말 없네."

"이 사람이……."

옆의 붉은 넥타이가 슬쩍 눈치를 던지자,

"아, 왜요? 조 실장님은 이제 봉황시 공무원도 아닌데."

하며 되받아치는 짧은 머리.

"여긴 분위기가 참 좋네요. 세무서에는 비리 같은 게 없어서 그런 모양이군요."

기다리던 탁대가 슬쩍 맛보기 멘트를 던졌다.

"아닙니다. 우리도 크고 작은 문제가 많습니다. 워낙 세무서라는 게 바로 돈하고 직결되는 곳이라서……."

붉은 넥타이가 설명했다.

"그래도 우리는 양반입니다. 다른 부처들 보세요. 이건 다리가 무너지지 않나 도로가 가라앉지 않나? 심지어는 배도 가라앉지 않습니까?"

"조 실장님, 우리 배 주임님 좀 털어주세요. 얼마나 깨끗한지 구경 좀 하게 탈탈요."

이번에는 짧은 머리 맞은편의 남자가 입을 열었다. 안경을 끼고 반듯한 이미지를 가진 공무원이었다.

"아무튼 분위기 부럽네요. 얼마 전에 대검찰청에서 내려온 공문 보니까 저 아래쪽 세무서 공무원들이 카드깡 결탁해서 뇌물 받아먹다가 걸렸다고 우리 지청에도 유사 범죄에 만전을 기하라고 하달되었던데……."

"……!"

탁대가 슬쩍 민감한 곳을 건드리자 떠벌거리던 짧은 머리와 안경의 눈빛이 변했다.

'순간 독심!'

탁대의 마법이 뒤를 이어 발현되었다.

─아, 더러워서. 지금 검찰이라고 누구 겁주는 거야 뭐야?

─자식, 공무원 아이콘이 어쩌고 하더니 존나 재수 없네.

짧은 머리와 안경의 속내에는 탁대에 대한 불만과 거부감이 가득했다.

"여기는 그런 불미스러운 공직자들 없겠죠?"

탁대가 빨간 넥타이를 바라보며 물었다.

"당연하죠. 우리 세무서는 자체 비리정화 시스템이 있어서 아예 꿈도 못 꿉니다. 그래서 우리가 지지난해에도 우수상 받았잖습니까?"

빨간 넥타이가 자부심에 불타는 동안에도 탁대의 순간 독심은 분주하게 작렬되었다.

—에이, 서장님은 이런 걸 왜 하라고 하는 건지…….

—아, 대충 끝내지 좀…….

마음을 읽어가던 탁대가 한순간 움찔 숨을 멈추었다. 아주 재미난 생각이 잡힌 것이다.

—이 자식, 저는 비리 없는 거야? 너도 털면 다 나올 놈이…….

그 생각의 주인공은 처음부터 고상한 미소를 짓고 있던 남자 직원이었다. 탁대는 그냥 넘겨 버렸다.

'쉽지 않군.'

팔 대 일.

집중이 용이하지 않았다. 의미심장한 말을 던져도 여러 잡다한 질문 속에 묻혀 버려 송곳 효과를 내지 못했다.

마지막으로, 탁대는 힐링 모드에 기대를 걸었다.

"그래서 말이죠, 그 비리 공무원 아저씨를 멧돼지가 쾅 하고 들이박는데 하필이면 그곳을……."

"와하하핫!"

탁대가 권 팀장의 일을 과장되게 전하자 대다수가 배꼽을 잡았다. 하지만 두 여자는 그저 엷은 미소만을 머금었다. 참 조신한 사람들. 나이 먹은 여직원은 청빈하기 그지없고 좀 젊은 여직원은 깔끔한 옷차림에 값 좀 나가는 액세서리를 달고 있다. 성실한 느낌을 주는 인상과 달리 패션 감각은 아주 대조적이었다.

'역부족. 이 안에 혐의자가 있는 모양인데 차라리 그 사람을 알려달라고 해서 일대일로 조사하는 수밖에.'

막 마무리를 해야겠다고 생각하는 찰라,

—우스운 인간. 이런 인간이 어떻게 국민영웅 공무원이라는 거야?

—애야, 보아하니 어쩌다 줄 좀 잘 선 모양인데 내가 친척에게 단속 정보 좀 넘겼다. 어쩔래?

탁대, 느슨해지던 긴장감이 칼날처럼 곤두서기 시작했다.

"이야, 아까부터 말하고 싶었는데 여기 세무서 남자 직원들은 일할 맛나겠어요. 저기 두 분도 그렇지만 여직원들이 어쩌나 미인이신지……."

탁대는 한 번 더 허술한 구석을 내비쳤다.

—침 그만 흘리고 빨리 끝내기나 해라. 나 고발 서류 좀 손봐야 하거든.

탁대는 헤픈 웃음을 흘리면서 간간히 중년의 여직원을 관찰했다. 미동도 없는 얼굴 표정. 겉보기에는 부처님인데 속에는 비웃음이 바글거리고 있었다.

'관찰 대상 포착!'

탁대의 촉수가 바짝 일어섰다.

"다들 바쁘실 텐데 그만 일어나시죠. 제가 뭐 딱히 보탬이 될 만한 말도 해드릴 게 없고."

목표물을 찾아낸 탁대는 그쯤에서 파장을 선언했다.

"자, 수고하신 조탁대 씨에게 박수!"

빨간 넥타이가 일어나 먼저 박수를 쳤다. 직원들은 어색하게 박수를 치고는 자리를 털고 일어섰다. 탁대는 중년 여성의 공무원증을 슬쩍 바라보았다. 그녀의 사진 밑에 명조체로 쓰여진 이름이 보였다.

유경애.

탁대는 그 이름을 또렷이 새겼다.


"어떻습니까?"

탁대가 차 한 모금을 마시기 무섭게 세무서장이 물었다. 장소는 서장실, 옆에는 위 부장이 배석해 있었다.

"무엇에 대한 질문이신지?"

탁대는 서장의 속내를 몰라 되물었다.

"결탁혐의자가 있는가 하는 겁니다."

세무서장 백영길.

위 부장의 선배로 올곧은 대쪽 기질의 공무원이었다.

"여덟 명을 고르신 의도부터 듣고 싶습니다."

탁대는 단아한 시선으로 서장을 바라보았다.

"위 부장에게 얘기 들었겠지만 다섯 명은 모범직원이고 세 명이 자체 내사 리스트에 올랐던 직원들입니다. 물론 본인들은 모르고 있고요."

"세 명이라면?"

"배경상과 진기석, 그리고 하몽준이라고… 조 실장 중심으로 가까이 배석한 사람들입니다."

탁대 중심으로 배석. 그렇다면 빨간 넥타이와 안경, 그리고 짧은 머리의 직원들이었다.

'유경애가 없다.'

탁대는 잠시 생각을 가다듬었다. 그녀가 리스트에 없다니…….

"그 세 분은 왜 리스트에 올라간 거였죠?"

탁대가 물었다.

"전에 유사한 일로 징계를 받은 적도 있었고 투서도 들어왔습니다. 그래서……."

"혐의는 발견하지 못했다면서요?"

"그게… 조 실장도 공무원이니 잘 알겠지만 내부 조사라는 게 한계가 있지 않습니까?"

당연하다. 내부조사는 한계가 있다. 인맥으로 인한 한계, 전문성, 강제성의 한계, 객관성의 한계. 그건 탁대도 100% 공감이었다.

"그중에서 가장 평판이 안 좋은 직원이 누구입니까?"

"배경상 팀장입니다. 최근에도 계속 투서가 들어오고 있고요."

"그분을 집중 내사해 보겠습니다."

"심증이 간 겁니까?"

"네!"

탁대가 잘라 말했다.

"오, 역시!"

세무서장의 얼굴에 안도의 빛이 스쳐 갔다.

탁대는 위 부장과 함께 세무서를 나섰다. 차가 도로에 접어들고 서야 위 부장이 입을 열었다.

"진짜 심증이 간 건가?"

"……."

"조 실장!"

"심중이 간 건 맞습니다."

"그런데 표정이……."

"다만 세무서장님이 말씀하신 그 직원이 아니기 때문입니다."

"아니라고?"

위 부장이 단박에 돌아보았다.

"그 사람의 과거 행적이 어땠는지는 모르지만 현재는 탈세에 연루되지 않은 것 같습니다."

"그럼 누가?"

"아주 의외의 직원입니다. 서장님은 눈치도 채고 계시지 못하는……."

"그런데 왜 배경상을 수사하겠다고 했나?"

"수사해야죠. 그것도 아주 요란하게 말입니다."

"조 실장!"

"이 탈세 비리에 연루된 공무원… 보통 머리가 아닌 거 같습니다. 이렇게 접근하지 않으면 꼬리를 자르고 계속 모범 공무원 행세를 할지 모릅니다."

"그럼 모범 공무원 중에 혐의자가 있다는 거로군?"

"아직은 추측입니다. 그게 수사의 원칙이죠?"

탁대가 웃으며 위 부장을 돌아보았다. 위 부장은 등골이 오싹해지는 걸 느꼈다. 산전수전 다 겪은 베테랑 검사에게서나 볼 수 있는 수사기법. 그게 탁대에게서 우러나오고 있었다.

"이 사건은 어떤 검사님에게 배정하실 겁니까?"

"누가 좋겠나?"

"저야 부장님 지시대로 할 뿐입니다."

"그럼 김중광이를 배정하겠네. 방형기는 다른 사건을 두 개나 껴안고 있어서 말이야."

이렇게 해서 배경상에게 소환장이 발부되었다.


두 시간 외출을 달고 나온 탁대는 산부인과로 향했다. 거기서 혜자를 만났다. 의사는 초음파 사진을 내밀었다. 검은색과 흰색이 교차하는 사진 속에 생명체가 보였다. 숭고하고 거룩했다.

"몸조심해!"

탁대는 구청 앞에서 혜자를 내려주었다. 육체적인 일에 종사하는 건 아니지만 임산부가 되고 나니 이래저래 염려가 되는 건 사실이었다.

그런 다음에 세무서로 향했다. 유경애, 그녀에 대한 수사가 개시되는 시점이었다.

"그런데 모범공무원들 인사 기록은 왜?"

세무서에서 가까운 커피전문점. 그 안에서 만난 세무서 감사과장이 서류를 건네주며 물었다. 탁대가 평판이 나쁜 직원 셋에다 유경애를 포함한 다섯 명의 기록까지 요구했기 때문이었다.

"비교 분석상 필요해서요. 모범 세무직원들의 행태를 알아야 그 반대점에 서 있는 비리 공무원들의 행태를 짐작할 수 있지 않겠습니까?"

과장이 고개를 끄덕였다.

"아……."

"이 중에서도 누가 특히 모범적인가요?"

탁대는 다섯 명의 기록을 주르륵 넘겨보았다.

"유경애 팀장입니다. 그 작년에 모범 공무원으로 팀장 승진을 했고 국무총리 표창까지 받았습니다."

"총리 표창이라……."

"사람이 매사 합리적이고 배려심이 강하지요. 직원들 애경사도 꼼꼼히 챙겨서 가는 부서마다 인기가 좋습니다."

"혹시 재산 등록 서류도 있나요?"

"그건 맨 뒤에 있습니다."

"과장님도 재산 등록을 하시죠?"

"그럼요. 세무서에 근무한다고 도둑놈 취급 아닙니까? 국세 파트 7급 이상이면 다 까발려야 해서 로또도 마음 편히 못 삽니다."

과장은 쓴웃음을 지었다.

"유경애 팀장은 검소하군요. 24평 아파트라……."

"차도 고물 액센트를 끌고 다닙니다. 혼자 사는 사람이라 그 연봉이면 멋 좀 부릴 만한데 아주 검소하지요."

"세상에 이런 분들만 계시면 우리 공무원들이 국민적 지지를 받을 텐데 말입니다."

"세무행정이라는 게 워낙 그렇습니다. 특히 돈과 직접 관련이 되다 보니 아무래도 의심의 눈초리를 받게 되지요. 게다가 선배들 시대에 좋지 않은 이미지가 넘어온 탓도 있고요. 오죽하면 옛말에 세무직, 건축직, 환경직, 위생직 1년 하면 집을 산다는 말이 있었겠습니까?"

"오늘 저 만난 건 비밀로 해두십시오."

"걱정 마십시오. 그렇잖아도 서장님께서 전폭 지원해 드리라는 지시가 있었습니다."

"고맙습니다."

탁대가 인사를 하자 감사과장이 자리에서 일어났다.

그제야 커피 잔을 잡는 탁대. 커피는 이미 싸늘히 식은 지 오래였다. 그래도 한 모금을 넘기며 서류를 살폈다.

유경애!

6급 세무공무원으로 연봉은 약 5천 이상. 등록상의 재산은 시가 2억 6천의 24평 아파트와 20년도 넘은 고물 자동차 한 대.

디로롱당당!

그때 탁대의 핸드폰이 울었다. 김중광 검사였다.

─세무서 배경상 소환해서 조사 끝냈습니다. 과거에는 업자들과 유착이 좀 있어서 그 일로 징계도 받곤 했는데 부서가 바뀌면서 최근 5년 이내에는 아주 깨끗한데요?

"알겠습니다."

통화는 간단히 끝났다. 어차피 배경상은 미끼였을 뿐이었다. 탁대는 계산을 마치고 차에 올랐다. 그런 다음 유경애의 아파트로 향했다. 아파트 단지는 낡았다. 경비실도 없었다.

7시 40분.

차 안에서 컵라면을 먹었다. 어쩐지 잠복 형사가 된 기분이었다. 그 사이에 김중광 검사가 지원 수사관을 보내겠다고 연락해 왔지만 거절했다. 흉악범이 아니라 지능범. 그렇다면 오히려 사람 숫자가 늘어나는 게 짐이 될 수도 있었다.

5분쯤 후에 낡은 액센트가 들어왔다. 하도 고물이라 슬쩍 보기만 해도 눈에 띄었다. 유경애가 내렸다. 수수한 옷차림. 누가 보면 시장에 다녀오는 동네 아줌마로 보였다.

잠시 후, 그녀의 아파트에 불이 켜졌다.

경비가 있으면 좋았을걸. 탁대는 그게 아쉬웠다. 봉황시청에서도 그랬지만 경비들은 많은 걸 알고 있다. 게다가 소외받는 사람들이라 조금만 따뜻하게 대해주면 금세 마음을 연다.

어둠이 깊어갈 때 또 전화기가 울렸다. 이번에는 혜자였다.

―또 늦어요?

"미안……."

―얼마나 늦는데요? 저녁은 먹었어요?

"될 수 있으면 일찍 갈 게. 먼저 먹어."

―나 용과 먹고 싶은데…….

"……?"

―됐어요. 일이나 잘하고 와요.

혜자가 전화를 끊었다.

용과.

그게 뭐지? 탁대는 화면을 눌러 검색을 했다. 이미지가 떠올랐다: 화려한 색깔의 과일. 태국에서 혜자와 함께 보았던 과일이었다.

'아, 이런 건 아무 데서나 안 팔 텐데…….'

뒷목을 긁을 때 아파트에서 한 여자가 나왔다. 선글라스에 우아한 옷차림. 그렇다면 당연히 유경애는 아니다. 여자는 저만치 앞쪽 라인에 서 있는 벤츠를 향해 다가갔다.

'하긴 요즘이야 개나 소나 외제차 타는 세상…….'

주정차 단속 담당이었던 탁대. 그건 너무 낯익은 풍경이었다. 심지어는 지하 월세방에 살면서도 벤츠를 끄는 사람도 있었다.

여자가 운전석 앞에서 잠시 선글라스를 벗었다. 순간, 뭔가 이상한 느낌에 탁대가 파뜩 고개를 들었다.

'응?

응?

'오, 마이 갓!'

탁대는 눈을 의심했다.

세련된 몸매에 세련된 옷차림. 180도 바뀐 모습의 그녀, 바로 유경애였다.


유경애가 멈춘 곳은 서울의 유흥가였다. 안쪽으로 깊은 가게. A4 용지만 한 크기의 간판에는 '파라다이스' 라고 쓰여 있다.

뭐 하는 곳일까?

차에서 내려 주변을 돌아보는 탁대. 술집이라기엔 정체가 모호하고 그렇다고 음식점이라기엔 난해했다.

"저기요!"

탁대는 때맞춰 지나가는 배달 아줌마를 불러 세웠다.

"죄송하지만 여기가 뭐하는 집인지 아세요?"

"거기요? 왜 그러시는데요?"

"그, 그게… 간판이 독특해서요."

탁대는 되는 대로 둘러댔다.

"거긴 남자 출입 금지예요. 호빠거든요."

'호빠?'

아줌마는 고개를 저으며 가던 길을 재촉했다.

호빠!

축 늘어졌던 줄이 팽팽하게 당겨지는 느낌이 들었다. 주방에서 알바를 뛰는 게 아니라면 왜 들어갔는지는 삼척동자도 알 일. 게다가 유경애가 타고 온 건 번듯한 외제차였다. 저걸 타고 주방에서 찬모나 서빙을 할 사람이 있을 리는 만무했다.

그때였다. 뒤쪽에서 웅성거리는 소리가 들렸다. 고개를 돌리던 탁대의 눈알이 동그랗게 변했다.

'우워어!

탁대는 벌린 입을 다물지 못했다. 자그마치 불법주정차 단속반이 뜬 것이다.

"저, 저기요."

탁대가 달려갔지만 이미 과태료 용지가 붙은 다음이었다.

"차주세요?"

"그렇습니다만……."

"주민민원이 잦아서 야간 단속 중이에요. 협조 좀 부탁드립니다."

단속원이 공무원증을 보이며 말했다.

"아, 댄 지 얼마 되지도 않는데……."

"이의 있으시면 이의신청하세요. 과태료 뒷면에 절차가 있거든요."

탁대는 무의식적으로 손에 잡았던 신분증을 그냥 밀어 넣었다. 그 자신도 검찰 영장 집행 차량에 딱지를 뗀 적까지 있지 않은가?

'젠장, 용과 여러 개 날아갔다.'

볼수록 한숨이 나지만 이미 벌어진 일. 과태료 용지 위에서 탁대 차량의 번호가 반짝반짝 빛나고 있었다.


밤 11시 20분.

김중광 검사에게 수사관 지원 요청을 할까 싶을 때 유경애가 모습을 드러냈다. 혼자가 아니라 훤칠한 20대 남자와 함께였다. 운전은 남자가 맡았다.

'2차신가?'

탁대는 슬쩍 차 뒤에 따라붙었다.

벤츠는 고급 무인 모텔로 들어갔다. 시계를 보니 11시 반. 이제는 늦었다. 중간에 용과를 구해 들어간다고 해도 혜자의 사랑(?)을 받기는 애당초 글러먹은 시간이었다.

―외근이거든. 조금 늦을 거 같아. 먼저 자.

이런 문자를 보낼 때마다 괜한 죄책감에 시달리는 탁대. 이런 때야말로 나인 투 식스가 공무원 퇴근 시간인 줄 알고 있던 수험생 시절이 그리웠다.

'이거 혜자가 보면 변태라고 하겠네?'

탁대는 유경애를 뒤따라 모텔에 잠입했다. 무인모텔은 완전 무인이 아니었다. 탁대가 자동 입실기를 두드리자 주인이 나왔다.

"왜 그러슈?"

주인은 대머리가 벗어진 50대의 남자였다.

"검찰입니다."

신분증부터 제시했다. 봉황시 공무원증보다는 효과가 전격적이었다.

"검, 검찰이 무슨 일로?"

"방금 전에 체크인 한 사람들요, 몇 호실로 들어갔는지 좀 봐주세요."

"그, 그러니까 무슨 일로?"

"여기 성매매 손님들 많이 오죠?"

"그, 그건 모르죠. 우린 무인이라……."

"시끄럽게 하지 않을 테니까 호실이나 알려주세요."

주인은 순순히 탁대의 요구에 응했다. 유흥가에 자리한 모텔. 주인인 그가 성매매에 대해 전혀 모를 리가 없었다.

409호.

4층의 마지막 방이었다. 탁대는 엘리베이터를 타고 4층에서 내렸다. 그리고 9호실 앞에서 촉각을 곤두세웠다.

"……?"

실망스럽게도 아무 교성도 들리지 않았다. 시간으로 봐서는 미친 듯이 불붙어야 할 타임.

'설마 둘이 손잡고 플라토닉한 사랑이 어쩌고 하는 건 아니겠지?'

별수 없이 투시 마법까지 쓰게 되었다.

'헐~!'

탁대는 눈을 감았다. 누가 그녀를 조신한 독신 공무원이라고 했던가? 그녀는 에스이엑스에 대해서는 두 얼굴의 야성을 발휘하고 있었다.

'저 체위는 말로만 듣던 그?'

HD영상 화질처럼 선명한 건 절대 아니지만 무엇을 하고 있는지는 충분히 알 수 있는 탁대. 저절로 고개가 저어졌다.

물론 개인이 에스이엑스 체위를 어떻게 하든 관여할 바가 아니었다. 하지만 유경애는 개인이 아니었다. 지금 그녀는 금지된 '성매매'를 하고 있는 것이다. 더구나 공무원. 이는 통보만으로도 파면에 이를 수 있는 치명적인 일이었다.

벽에 기대 숨을 고르는 사이에 짧은 교태음이 몇 마디 새어 나왔다.

"아직 방출하면 안 돼."

"누나……."

"이번에는 이렇게 좀 해봐. 이렇게 말이야."

"그렇게 하면 내 허리가 아파요."

"허리 아픈 게 대수야? 내가 용돈 더 줄 테니까 누워봐. 빨리!"

투시 마법을 거두었지만 머릿속에서 계속 야동이 돌아가는 탁대. 동시에 탁대 손에 들린 녹음기도 용량이 늘어나고 있었다.

유경애는 새벽 1시가 다 되어서야 나왔다. 차는 다시 호빠로 가서 남자를 내려놓았다.

유경애가 아파트로 돌아온 건 새벽 1시가 조금 넘어서였다. 탁대도 물론 그때까지 그녀의 그림자가 되어 따라다니고 있었다.

'퍼펙트한 이중생활이라?'

유경애의 이미지 관리는 철저했다.

그러니까 출근에서 근무, 퇴근까지는 검소한 공무원의 표본. 그러나 퇴근 후에는 화려한 밤의 여왕, 불나방으로 변모하는 것이다.

탁대는 차를 돌렸다. 늦긴 했지만 큰 편의점 몇 개에 들렀다. 당연히 용과는 없었다. 아니, 종업원들은 용과가 무엇인지도 알지 못했다.

하지만 행운을 만났다. 집으로 가는 도중, 청과물시장을 지나게 된 것이다. 혹시나 싶어 들렀는데 막 경매를 넘어온 용과가 있었다.

탁대는 여섯 개짜리 한 박스를 구매했다.

하지만 행운은 거기까지였다.

아파트에 들어서기 무섭게,

"용과!"

하며 면피책을 썼지만 혜자는 벼락처럼 눈을 흘길 뿐이었다.

잠깐 눈을 붙인 탁대는 날이 밝기 무섭게 잠에서 깨었다. 뻔한 일이지만 확인이 필요했다. 수사는 감이 아니라 증거로 해야 하기 때문이었다. 조심조심 옷을 갈아입고 나가려할 때 용과가 눈에 밟혔다. 어젯밤의 미안함을 만회하기 위해 용과 껍질을 벗겼다. 안에서 하얀, 깨알 같은 점이 차곡차곡 박힌 흰 과육이 드러났다.

나름 정성껏 테이블 위에 썰어놓고 한 조각을 집어 들었다.

'음…….'

기대를 하고 우물거리던 탁대의 미간이 일그러졌다.

용과!

마치 두 모습을 가진 유경애를 보는 기분이었다. 겉은 화려하고 천국의 맛을 낼 것 같지만 입안에 풍기는 맛은 밍밍 그 자체였다.

푸헐, 외화내빈이라더니…….

그리고 유경애.

그녀는 어제 입었던 겉옷을 그대로 걸치고 나왔다. 시동을 건 차도 역시 왕고물 액센트였다. 이제 탁대의 추측은 현실로 입증이 되었다. 그녀는 완벽한 이중생활을 하고 있는 것이다.

그런데 재미난 일이 벌어졌다.

탁대가 시동을 걸는 사이에 옆 출구에서 나온 남자가 유경애의 벤츠 문을 연 것이다. 손가방을 던져 넣은 그는 앞 유리에 붙은 나뭇잎을 떼어내고 차에 올랐다.

누구?

탁대의 고개가 갸웃해졌다.


의문은 검찰청에서 간단하게 풀렸다. 남자는 유경애의 사촌 오빠였다.

직업은 경매사. 내친 김에 유경애 주변 친인척에 대한 조사에 돌입했다. 조사는 김 검사의 오른팔로 불리는 송무학 수사관이 도와주었다.

"이거 냄새 폴폴 나는데요?"

자료를 뽑아낸 송 수사관이 입맛을 다셨다.

유경애는 치밀했다.

그 자신은 아파트 한 채에 불과하지만 주변 친인척들은 최근 5년 사이에 재산이 쑥쑥 불어나고 있었다. 더 재미난 건 그 친척들의 직업이 변변치 않다는 점이었다.

공직자 재산 등록의 범위는 직계존비속.

여기서 직계존비속이라 함은 배우자, 자녀, 손자, 증손자 등을 말한다. 그러니 사촌이나 팔촌이라면 논외의 문제였다.

"어떻게 할까요?"

지켜보던 김중광이 입을 열었다.

"조금 더 시간이 필요합니다."

탁대는 신중론 쪽이었다. 그건 김중광도 마찬가지였다. 위 부장이 던진 오더 속에는 보이지 않는 부담이 숨어 있었다. 바로 지청 검사 연관 가능성.

"호빠에 가서 남자애들 살 정도로 과감하다? 그런데 어떻게 동료들 평판을 좋게 유지하고 있을까요?"

"가능하죠. 전에 뉴스보니까 어떤 일본인 대기업 간부는 퇴근 후에 여장을 하고 클럽에서 연주를 한다고 하더라고요. 무려 10년도 넘게 그러고 있는데 동료는 물론 가족들까지도 몰랐답니다."

"이야! 대박! 그런 사람들 머리에는 뭐가 들었는지 궁금하단 말이죠."

"원래 진짜 고수들은 소리가 없는 법 아닙니까?"

"하긴 그렇죠. 진짜 악랄한 악당들은 선량한 시민처럼 보이는 경우가 많으니까요."

김 검사가 동의를 했다.

"세무서 배경상 이용 건은 잘 먹히고 있는 것 같으니 며칠만 더 시간을 투자했으면 좋겠습니다. 송 수사관님이 저랑 교대로 고생 좀 해주세요."

탁대가 송무학을 돌아보았다.

"아이고, 그런 건 걱정도 마십시오. 제 전공이니까요."

송무학은 흔쾌히 대답했다.


탁대와 송 수사관은 교대로 유경애를 따라붙었다. 그녀는 변함이 없었다. 낮에는 조신하고 검소한 공무원, 밤에는 화려하고 욕망에 불타는 불나방.

그러다 열흘 때 되는 밤, 마침내 중요한 단서를 잡게 되었다. 사홀에 한 번 꼴로 파라다이스에 들리던 유경애가 평상복을 입은 채 30대의 남자를 만난 것이다.

'양다리인가?'

두 사람이 음식점으로 들어가자 탁대는 슬쩍 그들의 차량으로 접근했다.

투시 마법!

유경애의 차는 몹쓸 쓰레기로 가득했다. 칠칠맞고 게으른 노처녀의 전형을 보는 것 같았다. 다음으로 남자의 가방 안으로 시선을 돌리는 탁대. 조수석에 놓인 체리 상자에 시선이 닿았다.

'체리라?'

무심결에 시선을 옮기던 탁대의 고개가 갸웃거렸다. 체리의 양과 상자의 높이가 살짝 달랐던 것이다.

'읍!'

하마터면 지나칠 뻔한 상자를 투시한 탁대의 눈이 휘둥그레졌다. 체리 아래에 깔린 건 현금. 딱 3천만 원이었다.

잠시 후에 나온 남자가 체리 상자를 꺼내 유경애의 차에다 옮겨 주었다. 그리고 둘은 각자의 길을 갔다. 탁대는 남자를 택했다. 유경애의 신원은 알고 있으니 급한 게 아니었다.

남자는 유흥가 뒤편의 허름한 골목에 차를 세웠다. 그는 휘파람을 불며 내렸다. 기분이 좋은 모양이었다.

탁대는 멀찌감치 차를 대놓고 남자가 들어간 건물로 향했다. 건물은 2층에만 불이 밝혀져 있다. 그렇다면 남자가 들어간 곳은 2층이라는 이야기. 3층짜리 낡은 건물에는 특별한 간판이 없었다. 지하실로 이어지는 계단에 수북한 신문과 박스 쪼가리들. 생전 청소도 안 하는 건물 같았다.

탁대는 우편함에 가득 꽂힌 우편물을 뽑아들었다. 그중에는 2층 것도 몇 장 있었다.

강만선.

이름 하나를 따내게 되었다.

그때였다. 뒤에서 인기척이 들렸다. 탁대는 재빨리 지하 계단으로 몸을 숨겼다.

"배달 잘해라."

2층에서 내려온 사람은 셋이었다. 그중 한 남자는 아주 건장한 체격이었다. 탁대는 빈 박스 뒤에 숨은 채 두 남자가 들고 있는 손가방을 투시했다. 배가 터져라 불룩한 가방 속 물건의 정체는 현금이었다.

배달!

그 말이 찜찜해 한 남자의 차량 뒤를 따라붙었다. 남자는 유흥업소만을 골라 들어갔다. 그 사이에 차를 점검해 보았다. 차량 안에는 카드 단말기와 용지 등이 보였다.

다시 나온 남자의 현금가방은 조금 홀쭉해 있었다. 몇 군데를 더 돌자 현금가방은 아예 비어버렸다.

'카드 단말기 업자가 현금을 배달한다?'

카드깡 업자가 분명했다. 업자들은 카드사에서 받은 매출액의 일부를 챙기고 유흥업소에 돌려주게 되어 있다. 그게 지금 탁대의 눈앞에서 자행되고 있는 것이다.


강만선.

그는 카드깡 업자가 맞았다. 전과도 있었다. 하지만 탁대가 건물에서 본 건 총 네 사람이었다. 별수 없이 송 수사관과 함께 동종 전과자 리스트를 돌렸다.

"그 사람입니다."

면밀하게 리스트를 보던 탁대의 입이 열렸다. 제일 먼저 눈에 들어온 건장한 남자였다.

최광남.

"이 친구 거물인데요? 카드깡 전과가 자그마치 9범입니다."

송 수사관이 남자의 이력을 읽어냈다.

"9범요?"

"제 생각에는 이 친구가 머리 같은데요? 강만선은 그 아래 행동책이고……."

"그럴 수도 있겠군요."

탁대가 고개를 끄덕였다.

탁대는 취합한 자료를 가지고 김중광과 머리를 맞대었다.

"최광남과 강만선이라?"

김 검사의 의중도 최광남 쪽으로 무게가 쏠렸다.

유경애!

최광남!

두 개의 축에,

호빠의 남자종업원.

유경애의 사촌오빠 유중오.

이렇게 범위가 정해지자 수사는 급물살을 타게 되었다.

탁대와 김 검사는 위 부장에게 최종 보고를 올렸다.

"준비가 끝났다고?"

"그렇습니다."

대답은 김 검사가 했다.

"우리 쪽 연관자는?"

"그건 아직 밝히지 못했습니다."

"일단 진행한다?"

"그게 낫지 않겠습니까?"

"시작은 어떻게 할 텐가?"

"우선 세무서장님의 협조가 필요합니다. 내일 당장 관내업소에 대해 대대적인 단속을 벌여달라고 요청할 생각입니다."

"단속 정보가 새어 나가길 바란다?"

"탈세라면 주로 고급 유흥업소 쪽입니다. 세무서 공무원들이 결탁하고 있다면 반드시 정보가 샐 겁니다."

"우리 쪽은?"

"마찬가지 전략으로 가겠습니다."

"우리도 단속반을 띄운다 이거로군?"

"그렇잖아도 교육청과 시청에서 협조 공문이 와 있더군요. 그걸 우리 예정에 짜 맞추고 유흥업소 중심으로 체크하는 것뿐입니다."

"무슨 생각인지 알겠네."

위 부장이 수화기를 들었다. 수사 개시를 알리는 신호탄이었다.


탁대와 김 검사, 청사 현관에 내려설 때 세 명의 검사를 만났다. 퇴근길인 모양이었다.

"송 선배님, 저 오늘 모임 못 갑니다."

김 검사가 키 작은 검사를 향해 말했다.

"왜? 큰 사건도 없잖아?"

"위 부장님 특별단속령이 떨어져서요."

"무슨 단속인데 그래?"

"유흥업소 탈세 합동 단속입니다."

"아니, 그런 건 수사관들 보내면 되지 왜 김 검사가 직접 가나?"

"수사관이 모자라서요. 죄송합니다."

"허어, 위 부장님도 그렇지 김 검사를 너무 부려먹으시는 거 아니야?"

"좋은 시간 되십시오."

"알았으니까 혹시 시간 되면 중간에라도 연락해."

세 검사는 가벼운 걸음으로 현관을 나갔다.

"저 세 분은 문제없죠?"

김 검사가 표정을 바꾸며 탁대에게 물었다.

"글쎄요, 이런 정도로는 표정 읽기 어려워서요……."

탁대가 말끝을 흐릴 때 또 한 명의 검사가 엘리베이터에서 나왔다. 이번에는 차인섭 검사. 부장 검사 승진을 앞둔 고참이었다.

"차 부장님!"

김 검사가 가볍게 목례를 올렸다.

"어, 방 검사."

"퇴근하세요?"

"그래. 그런데 부장이 뭐야? 다른 부장님들 들으면 불경죄에 걸리라고."

"죄송합니다. 하지만 어차피 시간문제 아닙니까?"

"승진이란 게 뚜껑 열어봐야 아는 거지. 아무튼 고마워."

"혹시 오늘 술 약속 있으시면 고급 유흥업소는 피하십시오."

"어? 왜? 단속 뜨나?"

차인섭이 먼저 물었다.

"합동 단속이랍니다. 혹시라도 마주치면 서로 편치 않잖습니까?"

"고마워. 생각해 줘서."

차 검사는 김 검사의 어깨를 쳐주고는 밖으로 나갔다.

"이거 미안하네. 차 선배님은 그런 데 안 갈 분인데……."

"그래요?"

"자칭 타칭 미스터 준법이거든요. 인품이 굉장히 좋은 분이에요."

김 검사는 죄라도 지은 듯 머리를 긁적거렸다.

"그럼 그냥 인사만 하지 그랬어요?"

"그럴 생각이었는데 조 실장님이 유경애도 얌전한 고양이가 부뚜막에 올라간 경우라고 하길래요."

"그럼 우리는 그 고양이나 잡으러 가자고요."

탁대, 김 검사의 등을 밀었다.

부릉!

김 검사의 차가 출발했다. 탁대는 조수석에서 단속반 명단을 보았다. 세무서 직원들의 명단을 보니 유경애는 B조에 있었다. 그 안에서 송 수사관의 이름이 반짝거렸다. 김 검사의 작품인 것 같았다. 그렇다면 유경애 감시는 걱정할 게 없었다.

어둠이 내린 상가.

탁대는 김 검사와 함께 차 안에서 최광남의 3층 건물을 주목하고 있었다.

"맛 더럽게 없는데요?"

저녁 식사로 햄버거와 콜라를 먹던 김 검사가 인상을 찡그렸다.

"다른 거 사다드릴까요?"

탁대가 물었다.

"아닙니다. 솔직히 잠복 중에 먹는 음식, 맛있었던 기억이 없습니다."

"어, 저 차……."

탁대가 콜라를 한 모금 물 때 흰 벤츠가 다가왔다. 유경애가 타던 그 차였다. 탁대는 콜라를 내려놓고 상황을 주시했다.

차에서는 유중오가 내렸다. 그는 주변을 둘러본 후에 건물 안으로 들어갔다.

"주변을 살피는 걸 보니 뒤가 구린 인간이군요."

"구리면 우리야 고맙죠."

김 검사가 말하자 탁대가 맞장구를 쳤다.

오래지 않아 유중오가 나왔다. 이번에는 최광남과 함께였다. 두 사람은 벤츠 앞에서 작별인사를 나누었다.

"유중오, 추격할까요?"

김 검사가 시동을 걸며 물었다.

"저는 여기 남겠습니다."

탁대는 벽 쪽 문으로 내렸다.

"조심하세요."

김 검사는 탁대를 한 번 돌아본 후에 스타트를 했다.

밤 11시 50분.

송 수사관으로부터 업소 단속이 끝났다는 연락이 왔다. 답문을 하려는데 하필 최광남이 건물에서 나왔다. 탁대는 슬쩍 몸을 뺀 후에 도로로 뛰었다. 다행히 손님을 기다리는 택시가 있었다. 하지만!

"죄송합니다. 방향이 달라서요."

하며 승차 거부를 하는 택시 기사.

탁대는 조수석에 올라탄 후에 신분증을 내밀었다.

"중요한 일이니까 저 차 따라가세요."

"아, 예… 예!"

눈치 빠른 기사는 군말 없이 최광남의 차량을 따라붙었다.

"무슨 범인입니까? 살인범? 사기범?"

택시기사가 나불거리기 시작했다.

"그냥 좀 집중하기만 하세요."

"신호 위반해도 되죠? 범인 추격 중이니까 경찰이 봐줄 거 아닙니까?"

"아저씨!"

"이거 협조하면 지난달에 내가 끊은 딱지 좀 봐주는 겁니까? 범인 잡으면 국가유공자죠?"

떠벌거리는 수다를 듣는 사이에 최광남이 멈췄다. 화려한 유흥가가 앞이었다. 택시비는 4천 8백 원. 탁대는 5천 원을 건네주고 내렸다. 그러자 택시기사의 빈정거림이 뒤를 따라왔다.

"에이, 씨… 범인 잡게 도와줬으면 만 원짜리라도 한 장 주지 말이야."

탁대가 돌아보자 택시기사는 급출발을 했다. 참 꼬일 대로 꼬인 심보를 가진 인간이었다.

최광남은 커피전문점으로 들어갔다. 탁대는 사선으로 자리 잡은 건물 현관 안에서 주시했다. 얼마 후에 또 한 대의 차량이 멈췄다. 이번에는 유경애였다.

'또 도킹이라?'

밖으로 나온 탁대는 야구 모자를 구입해 코까지 눌러썼다. 그런 다음에 커피전문점 안으로 진입했다. 최광남과 유경애는 맨 안쪽 창가에 있었다.

커피 한 잔을 주문한 탁대는 번호표를 받아 들었다. 그런 다음 핸드폰을 만지는 척하며 동영상을 눌렀다.

두 사람은 몇 마디 말을 건넨 후에 일어섰다. 커피도 절반이나 남은 상태였다. 커피를 받아든 탁대는 슬쩍 두 사람을 따라 나왔다.

최광남은 오늘도 체리 박스를 준비해 왔다. 그건 유경애에게 넘겨주는 최광남. 흔한 체리 한 상자를 의심할 사람은 어디에도 없어 보였다.

'이 정도면 족쳐 볼 만하겠지?'

탁대는 증거를 담은 핸드폰을 주머니에 넣었다. 그러는 사이에 최광남이 유경애의 귀에 대고 뭔가를 속삭였다. 유경애의 눈매가 팍 굳는가 싶더니 고개를 끄덕거린다.

'뭐야?'

탁대는 몇 걸음 떨어진 차 옆에 서서 딴전을 부리는 척하며 주목했다. 최광남은 유경애를 데리고 걷기 시작했다.

'설마 정부 사이는 아니겠지?'

싶을 때 두 사람이 골목으로 몸을 틀었다. 뭔가 낌새를 차린 탁대, 잰걸음으로 쫓아갔다.

"……?"

골목은 비어 있었다. 탁대는 안에서 갈라지는 또 다른 골목을 향해 뛰었다. 좌우로 가지를 친 골목. 그러나 최광남과 유경애는 보이지 않았다.

'눈치를 깐 건가?'

고개를 갸웃거리며 돌아설 때 탁대의 시선이 무게감에 막혀 버렸다. 순간 왠지 오싹해지면서 생존 본능이 불같이 일어났다. 골목을 막아선 건 네 명의 덩치였다.

'우연이 아니다.'

탁대는 슬쩍 뒤돌아보았다. 뒤쪽에서도 세 명의 남자가 다가오고 있었다. 호리호리하지만 살광은 앞의 덩치들보다 더 강력한 남자들… 그들 사이에 최광남이 보였다.

'들켰군.'

탁대는 그 자리에 멈췄다.

"어디서 본 듯하다 했더니 말이야……."

최광남이 한 발 나서며 말문을 이었다.

"너, 우리 건물에 왔던 놈이지?"

"무슨 말씀이신지……."

탁대, 일단 오리발을 내밀어보았다.

"새끼야, CCTV에서 확인했어. 어디서 생까?"

'CCTV?'

"잡아라. 여긴 시끄러우니까 데려가서 천천히 토킹 어바웃 좀 해보게."

최광남의 말과 함께 덩치들이 다가왔다. 숫자의 우세와 함께 엄청난 덩치들의 압박. 그들은 약간의 주저도 없었다.

'화염······.'

콰앙!

탁대는 덩치들의 등 뒤를 겨냥해 커다란 화염탄을 작렬시켰다.

"뭐야?"

화염풍에 놀란 덩치들이 뒤를 돌아보았다. 순간, 화염은 꼬리를 물며 또 폭음을 일으켰다.

"······?"

최광남은 그 혼란을 강단 있게 바라보았다. 그저 눈살을 찌푸렸을 뿐이다. 덩치들이 어리바리하자 그는 옆의 두 남자에게 신호를 보냈다. 남자 둘이 번쩍이는 나이프를 꺼내 들었다.

"멈춰, 검찰이야!"

탁대는 신분증을 흔들었다. 일이 이렇게 되었으니 감출 수도 없는 신분이었다.

"역시··· 잡아!"

최광남은 사생결단의 표정이었다. 두 남자는 접착 마법을 쓸 사이도 없이 비호처럼 출격했다.

"와아아앗!"

패액!

바람을 가르는 나이프의 싸아한 기세는 오금이 저릴 정도였다. 간신히 첫 공세를 피한 탁대는 돌아서려는 긴 머리 남자를 향해 접착 마법을 날렸다.

'붙어라. 붙어!'

하지만 또 한 명이 있었다. 어찌나 빠른지 탁대가 한 명을 제압하고 돌아보는 사이에, 그는 벌써 탁대의 머리 위에서 날아들고 있었다.

"……!"

일대 위기!

'화염이어!'

이제는 주저할 수도 없었다. 로르바흐가 다시 튀어나와 보살펴줄 수도 없다. 그러니 보는 눈이 있건 말건 화염을 뿜어야만 사는 것이다.

탕탕탕!

막 화염을 튕겨내려던 순간, 허공에 세 발의 총성이 일었다.

"조 실장님!"

김 검사였다. 그는 송 수사관과 또 다른 수사관 세 명을 동반하고 있었다.

"튀어!"

세 불리함을 느낀 최광남이 먼저 도주하기 시작했다. 하지만 그건 그의 의지에 불과했다. 발이 떨어지지 않은 것이다.

"……?"

두 손까지 팔랑거려 보지만 발은 여전히 제자리였다. 그 사이에 수사관들은 등짝이 시커멓게 끄슬린 덩치들에게 은팔찌를 수여했다.

"최광남을 잡으세요!"

탁대는 김 검사에게 소리치고는 미친 듯이 뛰었다.

'유경애……'

탁대의 머리에 든 건 유경애였다. 차가 있는 곳을 알고 있다. 어디로 가든 차를 타려고 할 건 뻔한 이치.

탁탁탁!

골목을 돌아 나오자 유경애의 차량이 보였다. 유경애는 차 안에 있었다. 이미 정황을 알고 있는 건지 서둘러 차를 빼려는 모습이 보였다.

'그렇게는 안 되지.'

후끈 들숨을 마신 탁대는 그녀의 차량을 향해 접착 마법을 작렬했다.

'이게 갑자기 왜 이래?'

돌연 바퀴가 움직이지 않자 당황하는 유경애. 후진 기어를 넣어보고 액셀러레이터도 밟아보지만 차는 소리만 요란할 뿐 나아가지 않았다. 그런 그녀의 눈에 탁대의 모습이 차고 들어왔다. 차량 앞에 버티고 선 탁대. 그녀에게는 차라리 저승사자처럼 보였다.

"유 팀장님!"

탁대는 운전석으로 다가가 그녀를 바라보았다.

"저 알죠?"

"검찰청 조탁대 씨… 무슨 일이죠?"

"미안하지만 그 체리 박스 좀 봐도 될까요?"

"이, 이건 그냥 체리예요."

"알고 있습니다. 체리죠. 그냥 위에만……."

이미 모든 걸 알고 있는 탁대, 그녀를 향해 찡긋 윙크를 날려주었다. 체리 박스는 송 수사관이 다가와 열었다. 박스 안에는 저번처럼

5만 원권 다발 여섯 개가 차곡차곡 쌓여 있었다.

유경애의 얼굴은 완전히 일그러졌다. 엉덩이로 깔아뭉갠 체리처럼!


최광남과 유경애를 확보한 탁대와 김중광. 그 밤으로 용의자 일제 검거령을 내렸다. 유경애의 사촌오빠 유종오가 딸려오고 강만선도 연행되었다.

물론 처음에는 당연히 모든 범행 사실을 부인했다.

"체리에 돈을 넣은 건 제가 유경애 씨를 좋아해서 환심을 사려고……"

최광남이 뱉은 말이다. 그는 생각보다 능청스러운 인간이었다.

"맞아요. 전부터 저 쫓아다녔어요."

유경애도 알고 보니 고단수. 그녀도 같은 맥락으로 말했다.

하지만 탁대와 김중광은 초조하지 않았다. 혐의를 입증할 물증은 곳곳에 있었기 때문이었다.

그 첫 타깃은 유종오였다.

표면상 경매를 한다지만 그의 직업은 백수였다. 법원에서 경매 물건을 받은 경력도 2년 전에 달랑 한 건뿐이었다. 그 직업으로 벤츠를 굴릴 수는 없었다.

더구나 카드 지출을 살펴보니 유흥업소 출입이 잦았다. 가지고 있는 부동산만 해도 무려 15억대. 그 부동산 중에 최근 3년 이내에 매매한 게 두 건이었으니 그는 자금 출처부터 증명해야만 했다.

최광남을 엮는 것도 시간문제에 불과했다.

정황이 조금씩 불리해지자 그는 바지로 내세운 강만선에게 책임을 떠넘겼다. 강만선이 유흥업소를 돌면서 배당금(?) 관리를 해왔기 때문이었다.

"제가 최광남을 맡죠."

강만선 조사를 끝낸 후에 탁대가 나섰다. 최광남을 두려워하는 건지 아니면 몹쓸 의리인지 자기가 주범을 자처하는 강만선. 그 생각을 읽어낸 탁대가 칼을 뽑은 것이다. 물론 한 가지 기대를 거는 것도 있었다.

바로, 부적이었다!

"아, 이거 잡범들 때문에 우리 조 실장님만 고달파지네."

김 검사가 탁대에게 위로의 말을 건네왔다.

"웬걸요. 김 검사님도 고생 많이 하고 있잖아요."

탁대 역시 김중광을 높이 사주었다. 그는 최광남의 사무실에서 나온 거래 장부에 적힌 모든 유흥업소를 뒤져 유령업소 명의의 카드단말기를 적발해 냈다. 그렇게 찾아낸 업소만 해도 무려 1,000여 곳.

그뿐인가? 유령업소에 명의를 빌려준 노숙자 등 거소불명자들을 만나 증거를 확인하는 수사까지 지휘했던 것이다.

"그럼 나는 우리 청 관련자를 찾아보겠습니다."

봉황지청 내부 협조자.

아쉽게도 그 단서는 아직 나오지 않고 있었다. 하지만 그 또한 최광남의 입이 열리면 실타래처럼 풀릴 것으로 기대했다. 이 모든 탈세 범죄의 시작은 최광남이었으므로!

"이어, 김 검사!"

수사 논의가 정리되어갈 때 뜻밖에도 차인섭 검사가 조사실로 들어섰다.

"어, 선배님!"

김 검사가 일어나 깍듯이 맞이했다. 탁대도 가벼운 묵례를 올렸다.

"카드깡 조직을 일망타진했다며?"

"에이, 일망타진은요? 몇 놈 엮어왔는데 아직 할 일이 태산입니다."

"내가 지원 좀 해줘?"

"아이고, 선배님이 해주시면 황공하지요."

"말만 하라고. 내 밑의 이 수사관 보내줄까? 그 친구가 경찰서 형사할 때 카드깡 조직 전문이라던데?"

"인력 딸리면 바로 SOS 치겠습니다. 역시 선배님밖에 없군요."

김 검사는 일단 차인섭의 호의만 접수해 두었다.

"하긴 우리 조 실장이 범인 표정을 보면 심리를 읽어낸다고 했지? 뭐 걱정할 게 없겠구만."

차인섭이 탁대를 향해 고개를 돌렸다.

"그건 언론의 과장보도입니다. 조사할 때마다 죽겠는 걸요."

탁대는 손사래를 치며 부인했다.

"맞아. 그놈의 언론이 사람 잡는다니까. 그저 뭔가 기사 감이 있기만 하면 자기들 입맛대로 써재끼니……."

"그러게요. 이번에는 우리 청 관련자도 있어서 기사 감 제대로 될 거 같은데 걱정입니다."

"……?"

느닷없는 탁대의 말에 김중광의 눈이 휘둥그레졌다. 내부 관련자를 찾기 위해 보안을 유지하던 판이었으니 왜 아닐까?

"내부 관련자?"

차인섭이 김 검사를 바라보았다.

"아, 아닙니다. 탈세액이 장난이 아니다보니 혹시 그럴지도 모른 다는 가능성 수준입니다."

김 검사는 애써 부인을 했다.

하지만!

탁대는 태연하게 말을 이어갔다.

"가능성이 아니라 우리 지청 안에 있습니다. 탈세 협조자!"

그리고 나서 차인섭을 바라보는 조탁대.

"설마? 그럼 수사관들 중에서?"

차인섭이 미간을 찡그렸다.

"그런 것 같습니다."

탁대는 그쯤에서 눈에 준 힘을 풀었다. 동시에 슬쩍 독심 마법을 날렸다.

―다행이군. 내 이름은 나오지 않은 모양이야!

차인섭 검사.

탁대가 혹시나 하고 놓은 덫을 물고 말았다.


"조 실장님!"

차인섭이 나가자 김 검사가 미간을 구겼다. 기분 안 좋다는 뜻이 었다.

"죄송합니다."

"아, 진짜… 갑자기 왜 그러신 겁니까? 용의자 포착 못 했다면서……."

"너무 골똘하다 보니 정신이 나갔었나 봅니다."

"그래도 그렇죠. 차 검사님에게 그러면 그분 휘하의 수사관들 의심하는 거 같잖아요."

"주의하겠습니다."

탁대는 세세하게 설명하지 않았다. 그 전에 거쳐야 할 관문이 있었던 것이다.

사무실로 돌아온 탁대는 물을 한 컵 마시며 부적을 만지작거렸다. 최광남의 압수품 중에서 나온 것. 이제 잠시 후면 거짓말 탐지기와 함께 최광남을 조사할 시간이었다. 거짓말 탐지기, 그걸 액세서리로 동원하는 것이다.

"뭐 도와줄 거 없나?"

자판을 톡탁거리면 어 계장이 물었다.

"아, 있습니다."

"있어?"

어 계장이 반색을 했다.

"혹시 부적 보신 적 있나요?"

"들었지. 옛날에 우리 고모님이 맹신자였어."

"그걸 왜 가지고 다니는 거죠?"

"당연히 귀신을 막고 행운을 부르려는 거지. 더 옛날에는 치료제로 지니고 다니는 사람도 있었다던데?"

"고맙습니다."

"갑자기 부적은 왜?"

"그냥요. 피의자 소지품에서 나온 건데 무슨 심정으로 가지고 다니나해서요."

"하긴 요즘 젊은이들은 부적 대신 문신을 새긴다지?"

"혹시나 저희 집사람이 전화하면 말이나 잘해주십시오."

"왜? 오늘도 밤 샐 거 같나?"

"아니면 좋겠습니다."

탁대, 복도로 나와 거침없이 발길을 옮겼다. 탁대의 머릿속에는 두 개의 단어가 반짝거렸다.

부적과 귀신.

후자가 어쩐지 탁대의 마음을 끌었다.

제6 영상조사실!

김검사와 탁대가 포진한 가운데 송 수사관이 최광남을 데려왔다.

포문은 김 검사가 열었다. 그는 이미 드러난 사실을 증거로 최광남을 압박했다. 여기서 거짓말 탐지기를 등판시켰다. 꿩 잡는 게 매니 혹시라도 뭔가 걸리면 다행이고 그게 아니더라도 심리적 압박이 될 타이밍이기 때문이었다.

거짓말 탐지기는 폴리그래프와 뇌파 탐지기가 있다. 김 검사가 동원한 건 뇌파 탐지기. 무려 95% 이상의 정확성을 자랑하고 있었다.

뇌파 탐지기의 원리는 순수 유발 뇌파와 사건 관련 뇌파. 뇌파는 자신의 경험과 관련된 것에만 반응하기 때문에 참, 거짓을 구분할 수 있는 것이다.

하지만 헛수고였다. 몇 가지 질문은 반응이 왔지만 검찰이 원하는 답은 아니었고 최광남의 뇌파는 특이사항을 만들어내지 않았다.

"거 참, 사람 말 못 믿네."

"이 양반이 그런데!"

최광남이 뻔뻔한 미소를 짓자 김 검사가 테이블을 내려쳤다. 최광남, 완전 뺀질이였다. 눈도 깜빡하지 않는 것이다.

"참으시죠."

옆에서 대화를 받아 적는 척하던 탁대가 김 검사를 진정시켰다.

"보자 보자 하니까 대한민국 검사를 물로 아는 거야? 정황 증거가 다 나왔는데 웬 오리발이야?"

"미안하지만 난 닭따라서 오리발 같은 건 모른다우. 거짓말 탐지기도 그러잖수."

최광남은 코딱지를 파내며 싱글거렸다.

"그런데 왜 우리 조 실장을 습격한 거야?"

"말했잖수? 전에 나 담그려던 놈인 줄 알았다고."

"그게 말이 돼? 조 실장이 신분까지 밝혔다던데?"

"내가 가는귀가 먹어서 말이우."

콧구멍을 파던 손가락을 귓구멍으로 가져가는 최광남.

"이거 아주 빠꼼이구만. 어디 빵에서 못된 것만 배워가지고……."

"그러니 그런 거 배우기 싫어서 죄 안 짓습니다. 사람 도매금으로 매도하지 마시우."

"어이, 최광남이!"

"어허, 아무리 검사시라지만 나이도 어린 사람이… 이거 인권 모독 아닙니까?"

최광남은 오히려 김 검사를 가지고 놀았다.

"오냐, 어디 두고 보자. 머잖아 증거가 나올 테니까."

흥분한 김 검사가 조사실을 나갔다.

탁!

문 닫기는 소리와 함께 탁대는 이어폰을 끼고 음악을 들었다. 걸음을 벽으로 옮겨갔다. 그리고는 그 벽에 기대 고개를 까닥거린다. 최광남의 시선이 흥미롭게 집중되었다.

"같이 들을래요?"

탁대가 이어폰 하나를 빼며 물었다. 최광남은 별 미친놈 다 봤네 하는 눈빛으로 픽 웃었다.

"궁금한 게 하나 있는데요."

탁대는 고개를 까닥거리며 말을 이었다.

"유경애 씨 진짜 좋아합니까?"

"알아서 뭐하시게?"

가소롭다는 듯이 대꾸하는 최광남.

"뭐 본인들이 그렇다면 그런 거지만 감당이 되겠어요?"

"......?"

돌연한 질문에 탁대를 쏘아보는 최광남의 눈길.

"이거 최광남 씨 약 맞죠?"

탁대가 보여준 건 약봉지였다. 최광남의 거처에서 압수한 물건......

"당뇨가 심하시더군요. 그럼 발기가 안 되지 않나요?"

"......"

"더구나 유경애는 젊은 애랑 밤새 달려도 지치지 않는 색골 노처녀……."

"……."

"그러니 최광남 씨 물건으로는 안 된다 이겁니다."

"지엄하신 검찰 나리께서 웬 헛소리신가?"

최광남은 지그시 눈을 감았다. 상대하지 않겠다는 뜻이었다. 하지만 오래지 않아 그 눈이 떠졌다.

"화장실은 가도 되겠지?"

사실, 탁대가 기다리던 말이었다.

"물론이죠."

"땡큐, 친절도 하셔라."

"뭘요. 하지만 조심하셔야 될 겁니다. 저 화장실에 불귀신이 있어서 악랄한 피의자들에게 징벌을 내리거든요."

귀신!

탁대가 귀신작전에 돌입한다는 신호탄이었다.

'미친……'

최광남은 조소를 남기고 화장실로 들어갔다. 그 순간을 기다려온 탁대. 입가에 회심의 미소가 번져 갔다.

이유? 바로 부적 때문이었다. 최광남은 부적신봉자였다.

지갑에도 있었고 양복 상의 주머니에도, 심지어는 차와 사무실 책상에도 있었다.

'부적으로 귀신을 막으려던 최광남… 그런데 지금은 부적이 없으니 어떻게 될까?'

탁대는 회심의 미소와 함께 투시 마법으로 화장실 안을 들여다보았다.

소변은 시원하게 나오지 않았다. 나이 먹은 남자에게 있어 빈뇨는 흔하기도 한 일. 거기다 당뇨까지 겹친 최광남의 소변은 몇 번이고 끊겼다 이어지기를 반복했다.

그러다 바지를 추켜올리려 할 때, 느닷없이 변기에서 불덩이가 펑 하고 피어올랐다.

'으헉!'

놀란 최광남이 엉덩방아를 찧었다.

"왜 그래요?"

탁대는 시치미를 뚝 떼고 화장실 문을 열었다. 최광남은 식은땀이 배인 얼굴로 변기를 보았다. 불은 온데간데없다. 하지만 착각은 아니었다. 자기 물건에 남은 후끈함이 그걸 증명하고 있었다.

"혹시 귀신 불 나왔습니까?"

"거 무슨……."

"아무튼 조심하세요. 우리 검찰청에는 나쁜 피의자 조지는 귀신들이 많으니까요. 여기만 해도 불귀신에 본드 귀신에……."

"그만하고 나가주시우. 마저 볼일 봐야 하니까."

"그러시든지."

탁대는 문을 닫아주었다.

다시 좌변기 앞에 서는 최광남. 왠지 찝찝해지자 용변기로 자리를 옮겼다. 그래도 불안해 힐금 뒤를 돌아보는 최광남. 그런데 이게 웬일인가? 좌변기 앞에서 불길이 요원하게 타지 않는가? 더구나 그 모습은 유경애의 형체와 비슷해 보였다.

'으헉!'

천천히 다가오던 불덩어리는 최광남의 딱 1미터 앞에서 멈췄다.

혼비백산한 최광남은 스르르 뒤로 넘어갔다. 결국 용변기에 엉덩이부터 입수하고 마는 최광남.

"보기보다 부실하시군요. 돈 그렇게 긁어모으면서 보약이라도 한 첩 드시지……."

탁대는 최광남에게 수건을 던져 주었다.

겨우 조사실 의자에 앉은 최광남의 얼굴은 아까와 다르게 변해 있었다. 겁과 의심, 불안이 가득한 표정이었다. 탁대의 노림수가 효과를 본 모양이었다.

"불귀신 만났죠?"

탁대, 불안하게 동공을 굴리는 최광남을 향해 불쑥 질문을 던졌다.

"귀, 귀신은 무슨……."

"그럼 달걀귀신을 만났나? 용변기에 살면서 사람을 주저앉히는……."

"……."

"맞죠?"

"무, 무슨 헛소리를 하는 거요?"

"거기 빠지면 바로 자백하게 되거든요. 귀신이 피의자 몸을 조종해서… 그 왜 빙의라는 거 있잖습니까?"

"이봐!"

궁지에 몰렸다고 생각했는지 최광남이 버럭 소리를 질렀다. 불안한 심경, 그걸 탁대가 놓칠리 없었다.

"아니라고요? 그럼 내가 맞춰볼까요?"

"뭘, 뭘?"

"우선 쉬운 거부터!"

탁대, 눈빛을 바로 하고 최광남에게 포커스를 맞췄다. 꿰뚫을 듯한 시선이 날아오자 최광남의 이맛살이 꿈틀 요동치는 게 보였다. 탁대는 흔들리는 최광남에게 광속구를 퍼부었다.

"우리 검찰청에도 뒤를 봐주는 공무원이 있죠?"

"무, 무슨……."

"검사로군요?"

"……!"

"이번에 부장 승진을 하는군요?"

"……?"

"성은 차 씨!"

"……!"

질문 단계별로 무한 확장하는 최광남의 눈알이 보였다. 미친 듯이 꿈틀거리는 흰자위. 탁대의 순간 독심은 그 불안함을 마구 휘젓고 다녔다.

―젠장할, 어떤 새끼가 차인섭을 분 거야?

차인섭!

노림수가 적중하는 순간, 탁대는 소리 없는 쾌재를 불렀다.

"다음에는 경찰 쪽으로 갈까요?"

또 하나의 덫을 놓은 탁대. 야수처럼 최광남을 쏘아보았다. 순간 최광남,

"앗, 뜨거!"

하면서 의자에서 튀어 올랐다. 탁대가 그 사타구니 안에 작은 불꽃을 먹여준 것이다.

"어이쿠, 저런……. 화장실 불귀신이 붙어왔나 보군요. 하긴 유경애 같은 색골을 애인으로 둔 분이시니 귀신도 그 정력이 부러운 모양입니다."

"하아하아!"

"엇, 불귀신이 최광남 씨 겨드랑이 쪽으로 가는데요?"

"앗, 뜨거!'

탁대의 점지와 동시에 최광남은 괴상한 자세를 취하며 몸서리를 쳤다. 작은 화염이 겨드랑이 속에서 터진 것이다.

거듭되는 불 맛에 완전히 겁에 질린 최광남, 마침내 숨소리까지 불규칙해지기 시작했다.

"다시 말하죠. 이번에는 경찰입니다."

—니미럴, 진짜 이 방에 귀신이 붙었나?

—하지만 봉황서 조 반장은 귀신도 모를 일…….

최광남, 이제 탁대의 말은 귀에 잘 들어오지 않았다. 또 어디서 불꽃이 느껴질까 두려운 것이다.

"아니, 귀신은 알죠."

"……?"

"거기 머리 위를 보세요. 봉황서 조 반장이라고 쓰고 있지 않습니까?"

"……?"

고개를 든 최광남은 심장이 멎을 뻔했다. 실제로 불덩이 모양을 한 자음과 모임이 '조 반장' 이라는 형체를 보이고 있었기 때문이었다.

"우어어어!'

"이제 남은 건 세무서 쪽인가요?"

몸서리를 치는 최광남을 더욱 압박해 들어가는 탁대. 그러자 최광남이 고개를 묻으며 소리쳤다.

"그, 그만! 말하면 될 거 아니야!"

"진작 그러실 일이지."

"대신, 조사실을 옮겨줘. 이 방에서 나가게 해달다고!"

최광남은 처음과는 달리 새된 소리를 내며 울부짖었다.

"그야 어려울 거 없죠."

탁대는 인심을 쓰듯 대답했다.


"유경애입니다. 6년 전부터 월급을 주고 포섭했습니다."

이제는 김 검사와 송 수사관까지 배석한 상황. 최광남은 담배를 물고 자백을 시작했다. 탁대는 '월급' 이라는 말에 주목했다.

월급!

카드깡 조직에서 월급을?

최광남이 유경애를 만난 건 호빠에서였다. 그해 겨울날, 동창회에 다녀오던 유경애는 술에 취해 있었다. 기분도 매우 꿀꿀했다.

세무서 7급 공무원인 유경애. 수입은 별로 부러운 게 없었다. 하지만 그녀는 남편이 없었다. 심지어는 남자도 없었다.

꼴 같지 않은 명품이나 모피 옷을 입고 나온 동창들은 유경애의 염장을 제대로 질렀다. 평소에는 남편이 속 썩인다고 결혼하지 말라던 인간들이 남편 자랑질 대회를 연 것이다.

그날 밤, 유경애는 처음으로 호빠에 들렀다. 물론 알아서 간 것은 아니었다.

좀 분위기 있는 술집. 그런 데서 쪼잔하지 않은 골드미스 유경애를 과시하면서 딱 한 번만 풀려던 스트레스. 그러나 술이 겹친 데다 양주를 마시면서 이성이 날아가 버렸다. 결국 유경애는 23살 대학생이라는 어린 남자 종업원과 원나잇을 하게 되었다.

자그마치 20여 살이나 어린 남자. 그러면서 풋풋한 대학생. 달리 낭비나 사치가 없는 그녀였으니 한 달에 두어 번 정도의 지출은 문제가 없었다.

문제는 남자가 유경애의 직업을 알아버린 것. 그 말이 귀를 건너고 입을 건너다 카드깡 전문업자 최광남의 귀에 들어간 것이다.

최광남은 그녀를 작업했다. 비밀을 지켜주는 동시에 오히려 더 좋은 호빠를 소개해 주는 조건에다 매월 정기적 뇌물까지 약속한 것이다.

유경애로서는 입맛에 딱 맞는 제안이었다. 세무서에 알려지면 사표를 내야 할 신세. 동시에 술맛과 남자 맛을 알아 몸이 달아버린 그녀. 그렇잖아도 어린 애인들 관리하느라 실탄이 조금씩 버거워지던 탓에 기회라면 기회였기 때문이었다.

시나브로 최광남과 동업자가 된 유경애는 돈맛을 보자 오히려 더 대담한 딜을 제의했다. 최광남이 원하는 정보를 주되 매달 받는 대가도 점점 더 많이 요구한 것이다.

유경애는 단속에 나가면 당연히 눈감아주었고, 단속 정보를 빼내주었다. 나아가 가짜 가맹업소를 고발하려는 서류까지 위조해가며 최광남의 후견인 역할을 수행했다. 심지어 국세청에 근무하는 동기를 구워삶아 국세청 내부 시스템 정보까지 멋대로 조회해 최광남에게 전달했다. 그 자신의 부서에서 알게 된 가짜 가맹점들

조차 고발도 하지 않았던 것이다.

이렇게 해서 최광남 일당이 탈세한 액수가 무려 500억대. 그야말로 천문학적인 액수였다.

"다음은 차인섭 검사!"

탁대가 두 번째 질문을 날리자 개가에 흥분해 있던 김 검사가 놀란 눈으로 탁대를 돌아보았다.

"차인섭? 차 선배님 말입니까?"

상황 파악이 안 된 김 검사가 탁대에게 물었다.

"직접 들으시지요."

탁대는 최광남에게 공을 넘겼다. 그게 수순일 것 같았다.

"차인섭 검사는 우리에게 먼저 제의를 해왔습니다."

최광남의 첫 마디는 조사실을 경악 속으로 빠뜨려 버렸다. 현직 검사가 연루된 것만 해도 문제인데 그가 먼저 접근을 했다니?

"3년여 전이었습니다. 우리 애들 둘이 검찰에 소환되었지요. 그때 검사가 바로 차 검사였어요."

"차 검사… 진짜 차인섭이란 말입니까?"

김 검사의 목소리가 격앙되었다. 여전히 믿을 수 없다는 얼굴이었다.

"봉황서에 근무하던 형사 하나가 카드깡에 삐꼼이었는데 차 검사 밑으로 파견을 갔던 까닭이었습니다. 이제 검찰이 본격 나서려나 보다 하고 외국으로 튈 생각이었는데 어라? 애들을 그냥 풀어줘요. 그래서 재수가 좋다했더니 얼마 후에 연락이 왔습니다. 밥이나 한 끼 하자고……."

"차, 차 선배가요?"

"만났더니 증거를 내밀더라고요. 당장이라도 처넣을 수 있다는 말과 함께……."

"그, 그런……."

"그때부터 용돈을 요구했습니다. 하는 수 없이 매월 500씩 품위 유지비로 지원을 했지요. 그리고……."

"……!"

김중광의 눈은 허옇게 뒤집혔다. 그쯤에서 탁대는 슬쩍 조사실을 나왔다. 유경애에게 돈을 준 방법도 나왔고 차인섭에 대한 증거도 나왔다. 그러니 공연히 옆에서 김중광의 무너지는 억장을 보고 싶지 않았다.

"이 위선자 새끼!"

광분한 김중광은 조사실 문을 박차고 나왔다. 그는 단숨에 차인섭의 검사실까지 뛰었다. 탁대는 말리지 않았다.

와당탕쿵탕!

잠시 후에 차인섭 검사실에서 소란이 일었다. 퍽퍽퍽 하는 폭행소리도 나왔다.

"이런 개자식, 얌전한 고양이 부뚜막에 먼저 올라간다더니 하필이면 너야?"

분노가 폭발한 김 검사의 고함이 계속 청사를 흔들었다.

"아놔! 이런 놈을 존경할 선배라고 믿고 따랐다니. 대한민국 검사 개망신이다. 개자식아!"

오래지 않아 차 검사가 질질 끌려나왔다. 멍들고 깨져서 엉망이 된 차인섭의 눈두덩과 입 언저리가 보였다.

'나이쓰!'

탁대는 김중광을 향해 엄지를 세워주었다. 탁대가 해주고 싶은 걸 그가 대신 해준 까닭이었다.

동창회에서 다친 자존심이 긁어먹은 대한민국의 혈세 500억여 원.

하필이면 그걸 뒷받침해 준 범인들이 세무서 직원과 현직 검사, 그리고 경찰서 조 반장. 그 조직에서 유경애가 착복한 돈만 해도 20억여 원. 그 돈으로 가문(?)을 일으키고 영계들과 노닥거렸던 유경애는 다시 한 번 탁대에게 경종을 울렸다.

사건의 대미를 장식한 것도 유경애였다. 모든 범죄 행위를 자백하고 협조하는 조건으로 그녀가 내건 부탁 하나.

호빠에서 사귄 애인 이경민을 한 번만 만나게 해달라는 것이었다. 탁대는 만남 대신 이경민이 조사실에서 남긴 말을 들려주었다.

"아, 그 재수 없는 아줌마년 때문에… 존나 재수 없는 게 밝힐 때부터 알아봤어야 하는 건데……."

유경애, 그 말을 다 듣기도 전에 기절해 버렸다.

좌우지간 조탁대,

입맛 무지하게 쓴 사건이었다.

그러게, 얌전한 고양이들은 왜 부뚜막을 좋아하는 걸까?

왜!


"자, 인간 거짓말탐지기 조 실장을 위해 건배!"

저녁 시간, 양 과장 이하 수사과 직원들이 탁대를 위해 회식을 열어주었다. 아주 깔끔한 일식집이었다.

"조 실장, 한마디 해야지."

첫 잔을 비운 어 계장이 분위기를 잡았다. 직원들의 시선이 탁대에게 몰려왔다.

"여러분이 지원해 준 덕분에 해결된 사건입니다. 다들 고맙습니다."

"거 무슨 말입니까? 혼자 다 해먹으면서……."

구석의 박재인이 악의 없는 농담을 던졌다.

"그러게요. 요즘은 조 실장님 보면 아주 아우라가 보인다니까요. 이젠 거짓말 탐지기도 가뜬히 넘어버리니."

황독대도 가세한다.

"복덩이지 뭐예요? 잘못하면 검사 위에 조 실장님 되겠어요."

노경선이 빠질 리 없다.

"그나저나 그 여자 세무공무원, 아주 호박씨의 달인이었다면서?"

사건에는 늘 후일담이 있게 마련. 얌전한 공무원으로 행세한 유경애였으니 더욱 그랬다. 어찌 궁금하지 않을 것인가? 순진한 노처녀 공무원의 광란의 밤…….

"그래. 나도 궁금해 죽겠다고. 대체 어느 정도야? 듣기에는 마지막까지도 어린 애인에게 목을 맸다며?"

어 계장이 탁대를 재촉했다.

"수사로 확인된 것만 해도 수십 차례 드나든 모양이더라고요. 파트너도 여섯 명인가 그렇고……."

탁대가 안주를 집어 들며 대답했다.

"으아, 여섯 명씩이나? 그 여자, 무슨 해구신이라도 먹었나?"

양 과장, 코를 실룩거리며 놀라움을 감추지 못했다.

"취미도 없고 만나는 남자도 없더군요. 직원들 평으로는 그전에 같이 근무하던 행시 출신 젊은 연하 과장에게 마음이 있었던 거 같은데 그 사람은 곧 재벌가 따님과 결혼해 버려서……."

"허어, 그러니까 중이 고기 맛을 알았구만?"

"단조로운 생활을 하다가 황홀한 세계에 들어가 보니 착각을 했던 거 같습니다. 게다가 호빠 애들이야 돈만 주면 여자를 여왕처럼 모시니……."

"아무리 그렇다고 여섯 명이나? 그럼 완전 중독이잖아요?"

관망하던 노 수사관이 끼어들었다.

"중독이죠. 자기 돈이면 돈 아까워서라도 그만두었겠지만 카드깡 조직에서 매달 상납을 하니까 아까운 줄도 몰랐었나 봅니다. 젊은 애인들에게 선물로 바친 돈도 엄청나더라고요."

"아이고, 나는 그런 복도 없나? 난 그저 담뱃값이면 성실 봉사할 수 있는데."

술병을 든 황 수사관이 너스레를 떨었다.

"예끼, 자네가 무슨 정력이 있어? 그것도 아무나 하는 거 아니야."

양 과장, 바로 핀잔을 날린다.

"에이, 그거야 비아그라 먹으면 되죠. 그 친구들도 다 그렇게 버틴다고요."

"진짜인가?"

황 수사관이 응수하자 양 과장이 탁대를 바라보았다.

"그렇다네요. 무슨 약도 바르고 거기 체조도……."

탁대는 노 수사관을 의식해 디테일한 전달은 하지 않았다.

"어이구, 천하의 조 실장도 노 수사관 눈치를 보네?"

"그러니까 좀 배우세요. 다들 아무 말이나 막 해대니까 성추행이니 희롱이니 하는 소리 듣는 거잖아요?"

양 과장의 말에 노경선이 돌직구를 날렸다.

"하하핫!"

웃음소리와 함께 술이 한 순배 더 돌았다. 그러자 양 과장이 어 계장을 보며 대화를 이어갔다.

"나도 조 실장 덕분에 관심 좀 받고 살지만 그러고 보면 우리 어 계장도 대단해."

"제가요?"

황독대와 대화를 나누던 어 계장이 돌아보았다.

"사실 조 실장 스카웃 제의한 게 어 계장이잖아? 솔직히 그때는 내심 우습지도 않았다네."

"아, 네……."

"그게 말이 되어야 말이지. 우리가 명색이 검찰인데 그까짓 지방 행정직이 와서 뭘 한단 말인가? 그런데 이제 보니 어 계장 혜안도 보통이 아니야. 난 조 실장이 이 정도일 줄 상상도 못했어."

"초짜 9급 때 영장집행 중인 우리 차량에 주정차위반 딱지 뗀 기개 아닙니까? 그런 공무원 흔치 않지요."

"아무튼 받으시게. 비겁한 양동광, 오늘에야 커밍아웃이야. 어 계장 대단해!"

양 과장은 어 계장의 잔이 넘치도록 술을 따라주었다.

밤이 깊어갔다.

―뭐 먹고 싶은 거 있어?

모처럼 일찍(?) 귀가하게 된 밤, 직원들과 헤어진 탁대가 혜자에게 문자를 띄웠다.

답이 오지 않았다.

─골났냐?

다시 한 번 날아가는 문자.

그래도 답은 없었다.

'무슨 일이 생겼나?'

잠시 초조함을 달래다 결국 전화를 거는 탁대.

디로롱동동!

통화음은 나오지만, 혜자는 전화를 받지 않았다.

"마더, 혹시 우리 와이프 거기 들렀어요?"

궁금함에 본가를 체크하는 탁대.

─아까 퇴근길에 들렀다가 갔는데?

"알았어요."

─왜? 연락이 안 돼?

"친구 만나나 보죠. 쉬세요."

─친구? 약속 없다고 하던데?

"알았어요."

탁대는 통화를 마감했다. 그리고 다시 한 번 전화를 시도한다. 그래도 혜자는 전화를 받지 않았다.

'화가 난 게 아니다.'

갑자기 불안감이 쭈뼛 솟구쳤다. 혜자는 임신한 몸. 의사의 주의 사항이 탁대의 머릿속에 반짝거렸다.

"스트레스 받게 하면 산모나 태아에게 다 안 좋습니다."

'젠장!'

조바심이 치솟았다. 오늘은 정시 퇴근이 가능할 줄 알았던 탁대. 하지만 내일부터 또 바빠질 거라 오늘 회식을 하자는 과장 제의를 거절할 수 없었다. 그러니 탁대가 웃고 떠드는 동안 외로움과 고적함은 죄다 혜자 몫이었을 게 뻔했다.

애가 타지만, 대리는 아직도 오지 않았다.

'택시를 탈까?'

싶을 때, 저만치서 다가오는 대리기사가 보였다.

부우웅!

차가 출발했다.

"휘파람 좀 불지 마세요."

기사가 흥얼거리는 콧노래와 휘파람. 다른 때 같으면 아무렇지도 않았을 일이 귀에 거슬렸다. 주차장에 도착한 탁대는 대리비를 지불하고 무작정 뛰었다.

딸깍!

문을 열자, 집 안은 온통 어둠에 휩싸여 있었다. 신발을 보니 혜자의 것이 보였다.

"혜자야!"

한달음에 뛰어든 탁대는 소파에 늘어진 혜자를 보았다.

'기절?'

한순간, 억장이 팍 무너졌다.

"혜자야!"

당황한 채 혜자를 흔드는 탁대. 그러자, 혜자가 게슴츠레 눈을 떴다.

"오… 빠……."

"왜 이래? 아파서 쓰러진 거야?"

"아니, 피곤해서 그런지 나도 모르게 잠이 들었나 봐. 어머, 전화 많이 했었네?"

그제야 전화기를 확인하며 놀라는 혜자.

"그럼 괜찮은 거야?"

"그럼. 요즘 자꾸만 잠이 오네."

혜자는 콧등을 구기며 하품을 해댔다.

"어휴, 난 또 그런 줄도 모르고……."

탁대는 삶은 고사리처럼 그 자리에 늘어져 버렸다. 그러자 혜자의 목소리가 나지막이 새어 나왔다.

"나 딸기 먹고 싶은데……."

"딸기?"

"지금 문자 답하면 안 되겠지?"

혜자는 핸드폰을 든 채 아쉬운 표정을 지었다.

"야, 아가가 먹고 싶다는데 안 되는 게 어디 있냐? 딸기? 알았어."

탁대는 언제 그랬냐는 듯이 벌떡 일어섰다. 걱정했던 혜자가 무사했다. 그 안에서 자라는 아기가 딸기가 필요하단다. 그러니 술 한잔 걸치고 온 죄인 아빠, 긴급 출동해야 하는 게 당연했다.

출동이다, 조탁대.

이번에는 딸기 체포 임무를 띠고!

"아가 잘 보호해. 일하다가 힘들면 좀 쉬고……."

이른 아침, 가방을 챙겨든 탁대가 혜자에게 말했다.

"알았으니까 오빠나 무리하지 마세요."

"나는 무리해도 하나도 힘 안 들어."

"피이, 그러면서 밤이면 버둥버둥 잠꼬대세요?"

"잠꼬대?"

"뭐 노르… 바흐? 그거 무슨 암호예요?"

"……?"

"됐어요. 놀라기는…….."

"아무튼 다녀올게."

탁대는 혜자의 이마에 키스를 하고 아무렇지도 않은 듯 거실을 나섰다. 그리고 주차장에서 서서야 아파트를 올려다보았다.

로르바흐!

잠결에 나온 말인 모양이다. 한두 마디로 혜자가 대마법사의 정체를 알 리는 없었다. 그럼에도 불구하고 기분이 산뜻하지는 않았다. 무엇인가 숨기고 있다는 거. 그 자체가 미안했던 것이다.

'이제 5급과 4급…….'

돌아보니 많이 가까워져 있었다. 동시에 가장 어려운 관문이 남았다.

사무관!

이건 개나 소나 넘볼 직위가 아니었다. 소위 지방에도 사무관을 해야 그 이름을 올릴 수 있는 것. 더구나 검찰에도 사무관 자리는 많지 않았다. 하지만 조바심은 내지 않았다. 드물지만 9급으로 시작해 1급 공무원이 된 사람도 있다. 게다가 탁대는 지금까지 초고속 승진을 한 셈. 4급은 결코 꿈속의 일이 아니었다.

"조 실장, 위 부장님이 찾으시는데?"

사무실에 들어서기 무섭게 양 과장이 말했다. 그의 책상 전화기가 울린 것이다. 복도로 나오니 김중광 검사가 보였다.

"굿모닝입니다."

탁대는 명랑하게 인사를 했다.

"나는 배드 모닝입니다. 너무 웃지 마세요."

김 검사는 피곤한 얼굴로 고개를 저었다.

"밤새웠어요?"

"차 선배 말입니다. 일이 좀 꼬이는데요?"

'차인섭 검사?'

"차 선배가 소명 자료를 제출했어요."

"그런데요?"

뭔가 느낌이 좋지 않은 탁대, 김중광을 돌아보았다.

"깨끗이 인정을 안 하네요."

"최광남 진술 확인하시면 되잖아요?"

"일부는 확인했는데 그걸로는 사법 처리하기에는 좀 약합니다. 그리고……."

"그리고 뭐요?"

"아닙니다. 이따가 얘기하시죠."

김중광이 말끝을 흐렸다. 위 부장의 방이 코앞에 있었기 때문이었다.

"이어, 김 검사, 조 실장!"

차를 마시던 위 부장은 반갑게 두 사람을 맞았다.

"앉게. 차 안 마셨지?"

묻지도 않고 여직원을 채근하는 바람에 그냥 차를 떠안게 된 탁대와 김중광.

"어제 총장님 전화받았네. 잘했다고 칭찬이 자자하시더군."

"별말씀을……."

대답은 김 검사가 대표로 했다.

"세무서 백 서장님도 좋아하시더군. 특별히 자네 둘에게 밥이라도 한 번 사겠다던데?"

이번에는 탁대가 묵례로 답했다.

"수사는 잘 진행되고 있지?"

"예, 유경애와 관련 세무공무원들은 전부 입건 내지 구속을 했고 카드깡 조직도 일망타진했습니다."

김 검사가 대답했다.

"차인섭은?"

차인섭.

그 이름은 위 부장에게도 불편한 존재였을까? 질문 속에서 비장미가 느껴졌다.

"뇌물을 먹은 날짜와 시간이 명쾌한 건 인정하는데 나머지는 부인하고 있습니다. 자기를 죽이려는 모함이라면서……."

"모함? 누가?"

"그게……."

김 검사는 말끝을 흐렸다.

그때였다. 여직원이 초조하게 노크를 하고 들어섰다.

"무슨 일이야?"

위 부장이 묻자,

"공 차장님 긴급 호출이십니다."

하고 간신히 대답하는 여직원.

"곧 간다고 전해."

"그게 아니라… 지금 당장 올라오시라고…….."

"거 참, 그 양반 성질도 급하시다니까."

위 부장은 대화를 중단하고 일어섰다.

"무슨 일이시길래……?"

복도로 나온 탁대가 김 검사를 바라보았다.

"후우!"

김 검사의 입에서 대답 대신 한숨이 새어 나왔다. 뭔가 탁대가 모르는 일이 터진 게 분명했다.

"김 검사님은 아시는군요?"

"아마 차인섭 선배 때문일 겁니다."

"차인섭 검사님이 왜요?"

"어제부터 전방위 압박이 내려오고 있습니다."

"압박요?"

"차 선배… 집안이 빵빵하거든요. 외가 쪽 친척이 현역 여당의원이기도 하고…….."

"아니, 집안하고 뇌물이 무슨 상관있습니까? 집안 좋은 사람은 뇌물 먹어도 된다는 겁니까?"

탁대, 자신도 모르게 목소리가 높아졌다.

"그 양반이 백영규 라인이랍니다. 그러니까 우리 검찰청에서 백영규 라인을 쓸어버리기 위해 표적 수사를 한다고…….."

"말도 안 됩니다. 우린 차인섭 검사님이 관여된 자체도 몰랐잖아요?"

"아무튼 일이 복잡하게 흘러가는 모양입니다."

"뭐가 그렇게 복잡합니까? 범죄 사실 입증하고 기소하시면 되는 거지."

"제 생각도 그렇습니다만……."

"차인섭 검사님, 조사 안 끝났죠?"

"예. 오늘 마무리하기로 했습니다만."

"그거 저한테 맡겨주십시오."

"네?"

탁대의 말에 김중광의 눈이 휘둥그레졌다.

"제가 맡겠다고요!"

조탁대, 바락 오기가 작렬하기 시작했다.

"안 됩니다."

김중광은 탁대의 요청을 거절했다.

"왜요? 제가 해결할 수 있습니다."

"그러시겠지요. 그래서 더 안 된다는 겁니다."

"……?"

"이 일은 제게 맡기십시오. 방 검사도 저와 생각이 같더군요."

"김 검사님!"

"너무 걱정하지 마세요. 저도 그렇게 헐렁한 검사는 아닙니다."

"그런 뜻이 아니라……."

"그럼……."

김 검사는 가벼운 목례를 두고 돌아섰다. 탁대는 그 뒤통수만 바라보고 있지는 않았다. 다시 위 부장 방 앞으로 돌아온 탁대는 위 부장이 돌아오기만을 기다렸다.

'온다.'

위 부장은 30분이 더 넘어서야 모습을 드러냈다. 혼자가 아니라 둘이었다. 그 옆에는 공길두 차장이 동행하고 있었다.

"오, 조탁대 실장!"

공 차장이 반갑게 손을 내밀었다. 탁대는 그 손을 잡고 악수를 나누었다.

"그럼 수고하세요."

공 차장은 위 부장에게 인사를 남기고 계단으로 향했다.

"안 가고 있었나?"

"드릴 말씀이 있어서요."

"작심한 얼굴인 걸 보니 조용한 데가 좋겠군."

위 부장이 담담하게 말했다.

탁!

탁대는 빈 회의실의 문을 닫았다. 먼저 들어선 위 부장은 팔짱을 낀 채 창을 내다보았다. 그의 그림자가 유난히 길게 보였다.

"우리 공 차장님이 나가시는군."

위 부장의 말과 함께 정문을 나서는 공 차장의 차량이 보였다.

"선견지명이 있는 조 실장은 알까? 저 양반이 어딜 가는지?"

"……"

"아마 김세학 의원을 만나러 가실 걸세."

'김세학? 서판국이 아니고?'

"차인섭 검사의 외삼촌 서판국과 아삼류 의원이지. 나도 같이 가자는 걸 사양했지."

"차인섭 검사의 외삼촌 지인을 왜?"

"표면적으로는 국회감사 건 때문에 만나는 거니까 문제될 거 없네. 더구나 차 검사 건이 터지기 전부터 약속된 모양이고……."

"저는……."

"국회가 검찰청도 국정감사를 하지 않나? 좋게 보면 국회의원으로서 직무를 행하는 거라네."

의자를 당긴 위 부장, 여전히 담담하게 말을 이었다.

"나쁘게 보면 갑질이자 압박이지만!"

"그럼 만나지 말아야 하는 거 아닙니까?"

"자연스럽게 받아치는 걸 보니 조 실장 용건도 그쪽이었던 모양이군."

"송구합니다."

"천만에, 송구한 건 나지. 조 실장이 일망타진한 카드깡 조직… 거기에 불미스럽게 연관된 우리 검사… 또……."

위 부장은 거기까지 말하고는 탁대와 시선을 맞추었다. 그의 얼굴에 깊은 시름이 엿보였다. 검사도 쉬운 일이 아니구나. 탁대는 순간적으로 연민을 느꼈다.

"할 말이 차인섭 건인가 보군?"

"그렇습니다."

"말해보시게."

"혐의가 문제가 된다면 제가 한 번 입증해 보겠습니다."

"차인섭 조사를 맡겨 달라?"

"김 검사님께 말씀드렸더니 거절하더군요."

"그 친구, 제법 눈치가 있다니까."

위 부장, 미소도 쓸쓸하게 변했다.

"부장님!"

"이해하게. 혹시라도 자네가 다칠까 봐 그러는 거야."

"제가 왜?"

"외압에 딸려온 옵션 중의 하나가 뭔 줄 아나?"

"모르… 겠습니다."

"바로 조 실장을 이 사건에서 배제시키라는 거야."

"……!"

"천하의 백영규와 송길웅을 잡아넣은 명수사관 아닌가? 그게 두려운 게지."

"그럼 그 서판국이라는 국회의원께서?"

"물론이네. 지금 해외에 있다지만 국회의원 파워는 다르다니까."

위 부장은 의외로 순순히 대답을 해주었다.

"그럼 그분도 뇌물에 연관이 있을 가능성이 있습니다."

탁대는 눈을 부릅뜬 채 의견을 개진했다.

"역시 조 실장다운 생각이군."

"그러니 더욱 저를 투입해 주십시오. 거기까지 한 번 체크해 보겠습니다."

"조 실장!"

위 부장은 다시 담담한 시선으로 돌아가 탁대를 바라보았다.

"예, 부장님!"

"부탁인데 차인섭 건은 그냥 김중광에게 맡기게."

"부장님!"

"자넨 앞으로도 큰일을 해야 할 사람이야. 그러니 이번 똥물은 김 검사와 내가 손에 묻히겠네."

"……."

"차인섭은 걱정하지 말게. 이 정도 외압에 무릎을 꿇을 내가 아니니까."

텅 빈 위 부장의 눈동자. 그는 허언이 아니었다. 탁대 앞에서 체면치레로 한 말도 아니었다.

검찰의 정도는 간다.

탁대는 눈빛에서 그걸 읽었다. 때문에, 걸어 나가는 위 부장에게 묵례를 하는 수밖에 없었다.

But!

길이 완전히 막힌 것은 아니었다. 조사에 참여하지 말라는 것은 공식적인 것. 그러나 조사는 꼭 공식적인 것만 있는 게 아니었다.

'국회의원이면 다냐?'

탁대는 발길을 조사실 쪽으로 돌렸다. 조사실 안에 들어가는 건 허락받지 못했지만 조사실 밖에 서 있는 건 말릴 사람이 없었기 때문이었다.

'투시!'

복도에 멈춘 탁대는 조사실 안을 투시 마법으로 훑었다. 안에는 김 검사와 송 수사관, 그리고 차인섭 검사가 있었다. 아직은 피의자 신분이라기보다 내부 감찰을 받는 형식인 차인섭. 직무는 정지되었지만 검사 대우를 받고 있었다.

'순간 독심!'

탁대는 후끈 마법을 발현 시켰다. 큰 문제없는 거리였다.

—아, 새끼들 사람 피곤하게 만드네.

—어차피 너희는 나 못 건드려. 주제를 알아야지.

차인섭은 교만했다. 성실하게 조사를 받는 게 아니었다.

—보아하니 우리 외삼촌이 손을 쓴 거 같은데 뭘 이렇게 질질 끄냐?

'외삼촌?'

탁대가 원하던 단어가 나왔다. 집중하는 사이에 여직원들 둘이 다가왔다. 그녀들이 인사를 하는 바람에 탁대의 마법이 풀렸다. 두 여직원은 공손히 탁대를 지나갔다.

'다시!'

한 번 더 집중하는 탁대.

—배고프네…….

—점심은 뭘 먹지?

차인섭은 여유롭다.

그러다 조사실 문이 벌컥 열렸다. 송 수사관이었다.

"조 실장님!"

"쉬잇!"

탁대는 얼른 조 수사관의 입을 막았다.

"여긴 왜?"

조 수사관이 소리 낮춰 물었다.

"지나가던 길이에요."

탁대도 벙긋거리는 수준으로 대답했다. 곧 이어 김 검사와 차인섭이 나왔다. 덕분에 탁대와 차인섭의 눈이 딱 마주치고 말았다.

—새끼…….

—나까지 엮어 내다니 제법이었다.

—하지만 소문만큼은 아니로군. 외삼촌은 거론조차 안 되는 걸 보니 말이야.

외삼촌!

탁대는 그 말과 함께 잘 보이려는 척 깊은 인사를 올렸다.

—그래도 알아서 길 줄은 아는군. 암, 그래야지.

차인섭은 오만을 뽐내며 복도를 걸어갔다. 하지만 그는 보지 못했다. 그 뒤에서 고개를 든 탁대의 눈가에 번져 가는 광기. 부패한 공무원을 향해 정통으로 겨눠진 그 광기를…….


점심시간.

탁대는 입구에서 배달원을 기다렸다. 검찰청 안에서 조사를 받는 피의자들. 그들에게는 외부에서 식사를 시켜주는 경우가 많았다.

첫 번째 배달원이 들어섰다.

"어디죠?"

얼굴 인증을 끝낸 배달원에게 탁대가 물었다.

"316호 검사실인데요?"

통과. 탁대가 기다리는 배달원이 아니었다. 탁대가 찾는 배달원은 네 번째 들어왔다.

"5조사실요."

반가운 숫자가 나왔다.

한 층 더 올라선 탁대는 다시 배달원을 기다렸다. 얼마 후에 배달원이 내려왔다.

"5조사실에 누가 있던가요?"

"수사관 아저씨는 나가고 조사받던 분만 있던데요?"

"땡큐!"

탁대는 그 길로 5조사실로 향했다. 5조사실. 최광남이 있는 곳이었다.

"……?"

순댓국을 먹던 최광남은 탁대를 보자 눈이 휘둥그레졌다. 귀신 생각이 나는 모양이었다.

"아아, 그냥 드세요."

"왜?"

불안하게 탁대를 바라보는 최광남. 탁대의 접근 금지를 모르는 그는 그저 불안할 뿐이었다.

"아, 좀 좋은 것 좀 시켜드리지. 허구한 날 순댓국……."

"……."

"그렇죠? 수사에 협조도 잘하고 계신데……."

탁대가 바라보자 최광남은 고개를 끄덕거렸다.

"숨긴 거 있죠?"

넌지시 최광남을 다그치는 탁대.

"뭐… 뭘?"

"있잖아요."

"없어요. 다 말씀드렸잖아요."

"그럼 또 귀신이 나올 텐데……."

"아, 씨… 이제 그만합시다. 우리 식구들 다 딸려왔는데 귀신은 무슨……."

다시 순댓국을 뜨던 최광남은 숟가락에 뜨인 게 불덩어리임을 알자 혼비백산을 했다.

"저 봐. 또 귀신이라니까."

"당신······."

"있죠?"

"······."

"이번엔 거시기에 나와도 난 몰라요."

"히익!"

최광남은 사타구리를 싸안으며 몸서리를 쳤다.

"나만 알고 있을 테니까 말해 봐요. 국회의원 서판국··· 돈 먹었죠?"

"······!"

놀란 최광남의 입에서 순댓국이 줄줄 흘러나왔다.

"얼마 먹었어요?"

"큰 거 한 장씩 두 번······."

최광남은 이빨을 다닥거리며 겨우 대답을 했다.

"2억?"

이번에는 겨우 고개만 끄덕이는 최광남.

"어떻게 먹였어요?"

"그건······."

"화장실 가고 싶어요?"

탁대가 화장실을 돌아보자 최광남은 고개를 저으며 몸서리를 쳤다.

"어떻게요?"

"……."

"어떻게냐니까요?"

"차 검사……."

여기서, 탁대가 슬쩍 녹음을 눌렀다.

"똑바로 좀 말해봐요. 언제 어디서 누가 무엇을 어떻게 왜! 똑똑하신 분이 왜 이래요?"

"차인섭 검사가 기왕이면 좋은 일도 좀 하라길래……."

"더 자세히!"

"서판국 국회의원에게 정치자금으로……."

"어떻게요?"

"술자리에서 인사드리다가 현금으로……."

"어디서요?"

"강남의 요정에서……."

"요정 이름!"

"이노센트……."

"날짜."

"작년 겨울, 제일 추운 날… 한 번… 그리고 지지난 주말에 한 번……."

"누구랑요?"

"차 검사랑… 셋이……."

"그런데 왜 말 안 했어요?"

"……."

최광남이 침묵한다. 탁대의 녹음도 이쯤에서 멈췄다.

"김 검사님에게 직접 말하세요. 그럼 형량 좀 깎아줄지도 몰라요."

"……"

"아니면 내가 합니다."

"……"

"식사하세요."

탁대는 정중한 말을 남기고 돌아섰다. 등 뒤로 최광남이 와들와들 떠는 소리가 들렸다. 귀신, 정말 엔간히 무서워하는 모양이었다. 하는 일은 불법이나 일삼는 주제에.


시간이 흘러갔다.

탁대는 기다렸다.

이제 이미 엎질러진 물. 서판국이 2억을 먹었다는 말이 김중광의 귀에 들어가기만 하면 되었다. 모를 때야 그렇다지만 뇌물 제공자가 입을 여는 한 누구도 덮을 수가 없기 때문이었다.

얼마나 지났을까?

양 과장 책상의 전화기가 울렸다.

"수사과장 양동광입니다."

양 과장은 바로 긴장 모드로 들어갔다. 자기보다 높은 사람에게 온 전화였다.

'김중광 검사가 위 부장에게 보고를 한 건가?'

탁대가 생각할 때 양 과장이 말했다.

"조 실장, 공 차장님이 부르시는데?"

'공 차장?'

탁대는 미간을 찡그렸다. 너무 멀리 갔다. 좋은 일이 아니었다.

'하는 수 없지. 부딪쳐 보는 수밖에.'

마음을 다진 탁대가 문을 나섰다.

"이봐요, 위 차장님!"

공 차장 방 앞에 이르자 안에서 고성이 튀어나왔다.

"저는 아직 차장이 아닙니다."

"그게 중요합니까? 내일 모래면 차장이잖아요?"

"공 차장님!"

"나 잘되자고 이러는 거 아닙니다. 자칫하면 위 부장님하고 김중
광이 다쳐요. 조탁대야 말할 것도 없고요."

탁대는 걸음을 멈췄다. 안에서는 계속 공 차장의 언성이 높아지
고 있었다.

"위 차장님 부하들 아끼시지요? 그거 제가 더 잘 압니다. 그럼 어
느 정도 선에서 끝내셔야죠. 여당의원들이 전부 각을 세우고 있는
데 대체 어쩌시려는 겁니까?"

"무슨 상관입니까? 누구든 죄가 있으면 기소하면 되는 거지요."

"왜 이러세요? 세상에 털어서 먼지 안 나는 사람 있습니까? 지금
총장님까지도 입장이 난처해진 모양입니다. 의원들 움직임이 심상
치 않습니다. 백영규 의원과 송길웅 의원 사건 조사 과정을 공개하
라는 움직임까지 보이고 있습니다."

"공개하라면 하면 되지 않습니까? 우리가 뭐가 떳떳하지 못합니
까?"

"아니, 진짜 몰라서 이러십니까? 문제는 대세 아닙니까? 저들이
인권유린이니 강압수사니 하면서 교도소에 찾아가 투옥자들 만나
면 동조할 재소자 반드시 나옵니다. 자기들에게 유리해지니까요."

"그럼 공 차장님은 빠지십시오. 제가 총대를 메겠습니다."

똑똑!

기다리던 탁대, 그 타이밍에서 노크를 넣었다.


"……!"

탁대가 들어서자 공 차장실은 잠시 침묵에 휩싸였다. 분위기 탓인지 세 사람 다 비슷한 표정이었다.

"부르셨습니까?"

입은 탁대가 먼저 열었다.

"잠깐 나가서 기다리게."

공 차장이 문을 바라보며 말했다.

"아닙니다. 그냥 두십시오."

하지만 위 부장이 막아섰다.

"위 차장님……."

"그렇지 않습니까? 어쩌면 우리 청에서 이 사실을 가장 잘 알고 있어야 할 사람은 바로 조 실장입니다."

위 부장은 한 발도 물러서지 않았다.

"끄응!"

공 차장 입에서 신음이 새어 나왔다.

"앉으시게!"

"괜찮습니다."

위 부장이 소파를 권했지만 탁대는 앉지 않았다. 부장과 차장의 직급이 높아서가 아니라 마음이 불편한 까닭이었다.

"아는지 모르겠지만……."

위 부장은 잠시 말을 끊었다가 바로 이었다.

"카드깡 조직 말일세. 새로운 사실이 나왔네."

"……."

"차인섭 검사는 물론이고……."

"위 차장님!"

설명하는 위 부장을 공 차장이 막아섰다. 하지만 위 부장은 그대로 말꼬리를 물었다.

"그의 후견인이자 현역 국회의원인 서판국 의원의 혐의까지 나왔어."

"……."

탁대는 말없이 귀를 기울였다.

"어쩐지 저들이 부랴부랴 움직이는 게 수상하다 했더니 조 실장 예측이 딱 들어맞았네. 구린 데가 있었어."

"아직 증거가 나오지는 않았다면서요?"

공 차장이 끼어들었다.

"곧 나올 겁니다."

"위 차장님? 설마?"

"죄송합니다. 우리 방 검사가 그 분야에는 베테랑이라서요."

짧은 신경전이 벌어지는 사이에 위 부장의 전화기가 울렸다.

"확인했답니다. 서 의원이 요정에 다녀갔다는 걸."

"위 차장님……."

"이제 제가 정식으로 수사 지휘를 해도 되겠습니까?"

"……."

"그럼 수락하신 걸로 알겠습니다."

위 부장이 일어섰다. 공 차장은 손을 내밀었지만 뭐라고 말을 잇지 못했다. 그저 한숨만 쉴 뿐이었다.

"부장님……."

복도로 나오자 탁대가 우려스러운 눈길을 보냈다.

"왜 그런 눈인가?"

"그게……."

"내가 옷 벗게 될까 봐?"

"……."

"그런 걱정 말고 김중광이나 찾아오시게. 나야 짤려도 변호사는 해먹을 수 있는 사람이니까."

위 부장의 눈빛은 바위처럼 단단했다.


위 부장의 지시가 떨어지자 김중광은 차인섭의 영장을 청구했다. 다행히 받아들여졌다. 증거 인멸의 우려가 있다는 판단 덕분이었다.

하지만, 문제는 지금부터였다.

"서판국 의원은 언제 입국한다던가?"

"일정은 보름이라고 합니다. 오늘이 11일 차니까 나흘 후에 들어옵니다."

위 부장이 묻자 김중광이 대답했다. 옆에는 탁대와 방형기 검사도 합석해 있었다.

"그 안에 증거를 딱 부러지게 갖춰야 할 거야."

"그럼 조 실장이 또 활약을 하셔야……."

방 검사와 김 검사가 동시에 탁대를 바라보았다.

"요정에는 CCTV가 없나보군요?"

탁대가 방검사에게 물었다.

"있지요. 하지만 그쪽 종업원들이 워낙 뺀질이라서 협조하지 않고 있습니다."

"맞아요. 거기 드나든 사람들 중에는 얼굴 들키기 싫은 사람들이 많을 테니까요."

방 검사의 말에 맞장구를 치는 김 검사.

"그럼 수색영장을 발부하시면······."

다시 의견을 제시하는 탁대.

"혐의가 마땅치 않습니다. 단순히 범죄 혐의자가 들렀다는 이유만으로 수색영장을 발부하는 건 과잉 수사의 문제가 될 수 있습니다."

방 검사가 대답했다.

"그럼 제가 뭘 알아내야 하는 거죠?"

탁대가 김 검사를 바라보았다.

"요정 주인을 소환하겠습니다. 그때 실력 좀 발휘해 주세요."

"그거라면······."

"그것도 문제는 있습니다. 요정 주인도 지방에 갔다는데 3일 후에야 돌아온다고 하더군요."

방 검사가 수첩을 보며 말했다.

"그럼 딱 하루밖에 여유가 없다는 거로군?"

위 부장이 걱정스러운 표정을 지었다.

"하루면 충분합니다."

탁대가 나섰다. 사력을 다하면 하루까지도 필요 없는 탁대였다.

"좋아. 그럼 만반의 준비를 하자고."

위 부장이 사안을 정리했다.

"그런데… 곧 인사 발표 아닙니까? 언제 뚜껑이 열린답니까?"

일어서려던 김 검사가 위 부장을 바라보았다.

"왜? 자네도 승진할 거 같나?"

"그건 아닙니다만……."

"그럼 잿밥에 관심 끄고 증거물이나 잘 챙겨. 서판국이 입국해도 소환에도 응하지 않으려 할 거야. 얼마 후면 임시회잖아?"

"그렇군요. 또 불체포 특권이 어쩌고저쩌고 하면서 시간 벌고 뒤로 역공작 신공을 펼치겠군요."

"당연하지. 아마 서판국은 더할 거야. 차인섭을 통해 우리 청 검찰의 생리를 꿰고 있을 테니……."

"차인섭이 이 개자식……."

흥분한 방 검사의 입에서 욕설이 튀어나왔다.

"나가봐. 공 차장님이 눈치 줘도 모른 척하고."

"그러죠."

탁대와 방 검사, 김 검사는 나란히 묵례를 하고 위 부장 방을 나왔다.


요정 주인은 이틀 후에 소환되었다.

주인은 여자였다. 나이는 서른여섯 살. 늘씬한 키에 눈매가 도드라진 미녀였다. 그녀가 청사에 내리는 순간, 탁대는 김 검사 방에 있었다.

"도착했습니다."

창밖을 내다보던 송무학이 말했다.

"드디어 개봉박두인가?"

김중광은 깍지 낀 손을 뻗어 우두둑 관절 꺾는 소리를 냈다.

"조 실장님, 정신 바짝 차려야겠는데요? 완전 미스 코리아급이에요."

"송 수사관!"

송무학이 농담을 건네자 김 검사가 주의를 주었다. 농담할 사안이 아니었다.

"조 실장!"

잠시 후에 위 부장이 들어섰다.

"요정 주인이 도착했다고?"

"예, 부장님!"

대답은 김중광이 대신해 주었다.

"만반의 준비 갖췄겠지?"

위 부장이 탁대를 돌아보았다.

"최선을 다하겠습니다."

"기왕에 일을 벌이겠다니 퍼펙트하게 밀어붙이시게."

"예."

탁대가 대답하자 위 부장이 오른손으로 탁대의 어깨를 감쌌다. 말없는 격려를 타고 위 부장의 뜨거운 응원이 건너왔다. 탁대는 가볍게 묵례를 하고 복도로 나왔다.

'나는 공무원이다.'

'국가와 국민의 뜻에 따른다.'

'개똥철학의 초심으로!'

김 검사의 반 발자국 뒤에서 걷는 탁대의 눈에 비장미가 스쳐 갔다.

채가은.

피조사자의 경력은 화려했다. 한때는 미스코리아 대회에 나가기도 했고 모델로 활동하기도 했었다. 그러나 큰 빛을 보지 못하자 고급 요정의 마담으로 데뷔했다. 그때부터 승승장구한 그녀는 고작 4년 만에 20억에 달하는 요정의 주인이 되었다.

뒷말도 무성했다. 스폰서가 재벌이라느니, 정계의 대물 정치인이라느니 하는 게 그것이었다. 탁대는 머릿속에 바글거리는 정보를 지웠다.

누구든 상관없었다. 그가 양귀비면 뭘 하고 클레오파트라면 무얼 할 것인가? 죄가 있다면 그 죄를 밝혀내는 것. 탁대의 길은 오롯이 그것뿐이었다.

"어머, 이분!"

제6 조사실에 들어서는 탁대를, 채가은은 바로 알아보았다.

"영광이네요. 공무원의 아이콘 조탁대 씨!"

그녀가 요염한 미소로 손을 내밀었다. 탁대는 잡지 않았다.

"김중광 검사입니다. 몇 가지 간단한 조사 때문에 모셨으니 편하게 계십시오."

김 검사가 친절하게 말했다. 그러자 채가은이 바로 응수를 했다.

"그럼 압수한 제 빽 좀 주시겠어요? 그 안에 제 약이 있어서……."

"약… 이요?"

김 검사가 고개를 들었다. 조사실로 불려온 사람들은 소지품을 보관당한다. 특히 핸드폰이 그렇다. 하지만 약 같은 것은 시간에 맞춰서 먹어야 하는 경우도 많아서 검사에게 보고가 올라오게 마련인데 듣지 못했던 것이다.

"시가렛 말이에요."

담배!

김 검사와 탁대, 시작 전부터 한 방 제대로 먹었다. 만만히 볼 수 없는 상대였다.

"기왕이면 불까지 붙여주면 긴장이 화끈하게 풀릴 거 같은데……"

채가은은 담배를 문 채, 하필이면 탁대를 바라보았다. 하는 수 없이 탁대는 담배에 불을 당겨주었다.

"이제 시작할까요? 제가 좀 바빠서……"

채가은이 재촉을 했다. 조사실 안은, 완전히 주객이 전도되어 있었다.

"진행하세요."

분위기를 잡아준 김 검사가 일어섰다. 그 사이에 채가은은 다리를 꼬았다. 그렇잖아도 다리가 훤하게 드러나던 차에 이제는 아예 속옷까지 희끗거리고 있었다.

"잠깐만요."

문으로 가는 김 검사를 탁대가 불러 세웠다.

"여 수사관을 들여보내서 문 앞에서 참관하게 해주세요."

예정에 없던 일. 하지만 채가은을 돌아본 김 검사는 탁대의 뜻을 간파하고 바로 실행에 옮겼다. 혹시라도 성추행이 어쩌고 하면서 걸고넘어지면 머리 아플 일이었다.

"어머, 실망이네요. 오붓할 때 국민공무원에게 작업 좀 걸어볼까 했더니……."

노경선이 참관인으로 들어서자 채가은은 실망한 듯 다리를 풀었다. 그 사이로 또 속옷이 희끗거렸다. 조탁대, 이제 출격할 시간이었다.

"손님 중에 정치인들 있죠?"

탁대, 부드럽게 포문을 열었다.

"글쎄요, 원래 물장사는 손님 지갑에 관심이 있지 직업에는 관심이 없어서……."

채가은은 입술을 모아 연기를 뿜었다. 그 연기가 탁대 얼굴에 정통으로 날아왔다.

"지지난 주 주말 손님들 기억하시죠?"

"어떤?"

"정치인입니다. 아, 검사도 있었군요."

"조탁대 씨, 이번 주말에 시간 있어요?"

채가은이 턱을 괴며 물었다.

"채가은 씨!"

"방송에서 봤을 때부터 무지 궁금했어요. 조탁대 씨는 과연 미인계에 넘어갈까 안 넘어갈까? 거액을 주면 받을까? 안 받을까?"

'미인계?'

그 말을 듣는 순간, 탁대의 임기응변이 발휘되기 시작했다.

"꽃도 파시는군요?"

"어머, 그럴 리가요? 성매매는 불법 아닌가요?"

채가은은 몸을 배배 꼬며 담배를 재떨이에 비볐다.

"조크는 이쯤하고 진지하게 갑시다."

탁대가 슬쩍 주의를 환기시켰다.

"그럴까요? 저도 곧 근무 시간이라……."

채가은도 등뼈를 바로 잡았다. 확실히 손쉬운 상대는 아니었다.

"이 사람 아시죠?"

탁대가 내민 건, 서판국이 아니라 최광남의 사진이었다. 투명 유리벽 너머에서 진행 상황을 지켜보던 방 검사와 김 검사가 고개를 갸웃거렸다. 그들이 원하는 건 최광남이 아니기 때문이었다.

"잘 모르겠는 데… 왜요?"

"카드깡 업자입니다. 채가은 씨 가게도 거래가 있었던 걸로 압니다."

"아, 그 사기 카드단말기 업자?"

채가은이 정색을 했다.

"그 사람이 요정에서 접대를 했더군요. 지지난 주에 말입니다. 잘 생각해 보십시오."

"죄송해요. 우리 가게가 워낙 퀄리티가 있기 때문에 카드업자 정도는 제가 상대하지 않아서……."

"수준이 되어야 인사를 올린다 그거로군요?"

"그게 장사꾼의 생리 아닌가요? 돈 되는 곳에 올인하라!"

다시 채가은이 연기를 뿜어낼 때 탁대가 사진 두 장을 던져놓았다. 서판국과 차인섭이었다.

"현역 국회의원과 현직 검사. 이 정도 인물들이라면 인사를 드리겠군요."

"……!"

허를 찔린 채가은의 표정이 하얗게 굳어갔다.

"이분들 여기 와서 뭘 했습니까?"

탁대, 틈을 주지 않고 윽박지르기 시작했다.

"그야 술을……."

"아가씨들 불렀죠?"

"……."

순간, 탁대는 보았다. 채가은의 표정이 미묘하게 뒤틀리는 걸. 그 틈을 타고 탁대의 순간 독심이 발현되었다.

'읽어라. 이 여자의 마음을!'

─이 인간, 대체 뭘 알고 싶은 거야?

─그 일은 나밖에 모르고 있는 건데…….

그 일!

탁대의 머리 깊은 곳에 작은 빛이 움트기 시작했다. 실타래의 끝이 보인 것이다.

"약 하나 더 먹어도 되겠어요?"

채가은이 담뱃갑을 들어보였다. 뭔가 궁리를 하려는 것이다. 탁대는 기꺼이 불을 당겨주었다. 실타래를 풀어줄 여자. 그러니 우대하는 게 마땅했다.


"어휴, 저 여자 보통이 아니네요."

잠시 휴식을 취하기 위해 복도로 나오자 노경선이 한숨을 쉬었다.

"왜요?"

탁대는 시치미를 뚝 떼고 물었다.

"보는 사람 없으면 조 실장님께 육탄 공세라도 벌이겠어요. 남자가 코앞에 있는 데도 보란 듯이 가랑이를 벌렸다 오므렸다……."

"그러니까 노 수사관님이 저 좀 잘 보호해 주세요."

"수사관 생활 몇 년 만에 저런 여자는 처음 봐요. 그 작년에 집창촌 아가씨들 조사할 때도 저러지 않던데……."

"저런 배포니까 저 나이에 요정 주인이 된 거죠."

"어휴, 진짜 같은 여자지만……."

노경선은 계속 몸서리를 쳤다.

그때였다. 복도 끝의 계단에서 송 수사관이 모습을 드러냈다.

"조 실장님, 김 검사님 어디 계세요?"

"나 여기 있는데 왜?"

조사실에 딸린 참관실에서 김 검사가 나왔다.

"인사 발령 뚜껑 열렸습니다. 조금 전에요."

"그래? 위 부장님은?"

"차장으로 승진하셨어요."

"이야, 잘됐네."

"그런데 그게……."

인사발령을 전하던 송 수사관의 표정이 갑자기 푹 내려앉았다.

"왜? 설마 차인섭이 부장 검사된 건 아닐 테고?"

"위 부장님이 다른 지청으로 발령이 났습니다."

"뭐야?"

"게다가……."

송 수사관은 더듬더듬 뒷말을 이었다.

"김 검사님도 서울지청으로……."

"내가 서울청으로?"

콰앙!

탁대와 김중광은 거의 동시에, 머리를 관통하는 천둥 벼락을 느꼈다. 한마디로 쓰나미급의 청천벽력이었다.

'뒤통수를 맞았다!'

탁대, 우뚝 선 발이 부르르 떨기 시작했다.

# 5장
그가 가면, 길이 된다!

설상가상(雪上加霜)!

탁대에게 또 하나의 치명타가 날아들었다.

문기찬!

백영규의 비서관이던 그가 옥중에서 자살을 한 것이다.

검찰수사관의 강압 수사! 죽음으로 백 의원님의 결백을 주장한다.

죄수복을 찢어 만든 줄로 목을 매달아 죽은 문기찬이 남긴 마지막 유서였다. 숨죽이던 정치권이 일거에 들고 일어섰다.

영웅의 두 얼굴―실적을 위해 비과학적 수사로 인권 유린.

백영규 의원 로비 사건, 조탁대 수사관의 각본이었나?

언론사마다 별의별 기사가 넘쳐났다. 화제의 주인공은 국민영웅으로 칭송받는 공무원의 아이콘. 그러니 무엇이든 끼적거리기만 하면 관심을 받았기 때문이었다.

황당한 건 탁대였다. 국가를 위해, 국민의 이익을 위해 일한 그가 졸지에 공적으로 몰리는 분위기였다. 그 기회에 편승한 국회의원들은 탁대를 국회로 불러냈다. 안방에서 권세를 부리겠다는 속셈이었다. 더 우스운 건 야당조차 반대하지 않았다는 것. 야당 역시 송길웅이라는 걸출한 리더를 잃었으니 탁대를 곱게 보지 않고 있었다.

정치권의 집단 이기주의.

그 거대한 쓰나미가 탁대를 노리고 있었다.

"조 실장……."

위 부장은 자기 방에서 탁대에게 우려 어린 시선을 보냈다. 공무원은 오직 인사발령장 한 장에 움직이는 것. 그러니 위 부장이라고 해서 기고 날 재주가 없었다.

"제 걱정은 마십시오."

탁대는 의연히 말했다. 두 거물 의원의 유죄를 입증하는 데 있어 한 치의 부끄러움도 없었던 탁대. 그러니 국회가 아니라 그보다 더한 곳에서 부른다고 해도 꿀릴 게 없었다.

"자네 볼 낯이 없군."

"부장님은… 아니 차장님은 최선을 다하셨습니다. 나아가 제 가슴 속에 최고의 검사님으로 자리하고 있고요."

"정치권이 단체로 돌아버린 게 틀림없어. 그렇지 않고서야 어찌

이토록 치졸한 작태를……."

위 차장은 고개를 저었다.

"별일 없을 겁니다. 새 부임지에서 멋진 차장님 되시기 바랍니다."

"기죽지 말게나. 나도 도울 방법을 찾아보겠네. 그리고 여기 남은 후배들에게 자네 부탁을 할 거고."

"차장님……."

"어떤 의원 놈이든 자네 건드리면 재미없을 거야. 내가 검찰에 있는 한은 그게 누구든 탈탈 털어줄 테니까."

"말씀만으로도 천군만마입니다."

"힘내게!"

위 차장이 탁대의 손을 잡았다.

김중광과의 작별도 크게 다르지 않았다. 그동안 밤낮으로 손발을 맞춰온 김 검사. 그는 탁대를 껴안은 채 한동안 말을 잇지 못했다.

"다행입니다."

그가 떨어지자 탁대가 먼저 운을 뗐다.

"다행이라뇨? 뭐가 말입니까?"

여전히 상기된 김 검사가 목청을 높였다.

"그래도 김 검사님은 다칠 가능성이 없어졌으니까요."

"조 실장님!"

"서울에 가도 멋진 검사님이 되실 거죠?"

"그야 당연하죠."

"범죄든 비리든 싹 쓸어주십시오. 광화문과 여의도가 반짝반짝

빛이 나도록…….”

“아, 진짜 이 개새끼들… 무슨 인사를 이 따위로…….”

격앙된 김 검사의 눈에서 눈물이 배어났다. 하지만 그도 공무원. 발령장을 받았으니 빼도 박도 못할 일이었다.

위 차장이 갔다.

김중광도 갔다.

기타 일부 검사와 수사관들도 발령장을 따라 떠나갔다.

그리고 신임 검사장이 왔다. 취임사를 밝히고 두 차장, 부장검사들 인사를 나눈 검사장은 제일 먼저 탁대를 불러들였다.

“자네가 조탁대 수사관인가?”

신임 검사장 은경술이 던진 첫 마디였다.

“예!”

두 차장이 배석한 가운데 탁대가 대답했다.

“간단히 보고는 받았네만 자네 입으로 직접 듣고 싶네. 문기찬이 수사에 불법은 없었겠지?”

“하늘에 맹세코!”

탁대는 잘라 말했다.

“이 사건은 나도 전부터 주목하고 있던 건데 어째 깔끔하게 넘어간다 싶었네. 그런데 하필이면 내 코앞에서 터지고 마는군.”

“…….”

“내일 국회에 출두해야 할 걸세. 마음의 준비를 하고 있게. 성실히 응하지 않으면 더 난리를 칠 테니 협조하는 게 국민들 시선에도 좋을 거야.”

“예…….”

"그리고 아마 대검에서 전체 수사 과정에 대한 조사가 있을 걸세. 자료 협조 요청이 오면 잘 협조하게나."

"알겠습니다."

"마지막으로, 미안하게 생각하네."

"……?"

말뜻을 이해하지 못한 탁대가 고개를 들었다.

"새벽에 위 차장이 찾아왔었네. 그 친구 내 직속 후배인데 자기 목숨을 걸고 자네를 보장한다고 하더군. 위 차장만큼은 아니어도 가능한 외압으로부터 자네를 보호해 줄 테니 기죽지 마시게."

'위 차장님이?'

탁대의 가슴에 숨 막히는 감동이 스쳐 갔다. 그의 인품을 믿고 있었지만 이렇게까지 챙겨줄 줄은 몰랐던 탁대였다.

"두 분 차장님도 명심하세요. 이 사건은 검찰의 명예가 달린 겁니다. 휘하 검사와 직원들에게도 단호하게 말하세요. 누구든 내 허락 없이 외부인사에게 사적으로 관련 정보를 제공하거나 조 수사관에게 불리한 말을 퍼트리면 책임지고 옷 벗겨주겠다고!"

은경술의 눈에서 불꽃이 튀었다. 탁대는 잔뜩 세웠던 경계의 칼을 내려놓았다. 은경술은 생각보다 지조 있는 검사였다.

하지만!

검찰 밖의 분위기는 여전히 북새통이었다. 특히나 일부 인터넷 언론들이 문제였다. 기사의 재확장으로도 모자라 댓글까지 기사화해서 연일 융단폭격을 해댔다.

그나마 고동길 기자를 중심으로 의식 있는 언론과 신문사에서 탁대에게 안전망을 쳐주며 사건을 희석시켰다. 일방적인 매도 분위기 속에서 고동길의 기사는 큰 방패가 되었다.

'고 기자님……'

탁대의 콧망울이 한 번 더 시큰해졌다. 어려울 때마다 탁대의 두 날개가 되어주는 표강일과 고동길. 탁대는 새삼 고마움을 느꼈다.

탁대는 자료철을 넘겼다. 이어 한 장 한 장 문구까지 살폈다. 혹시라도 수사 과정이 완전공개가 되었을 때 문제가 되는 문구가 있나 해서였다.

그때였다.

두 명의 낯선 남자가 수사과에 들어섰다.

"어떻게 오셨죠?"

사건 파일을 살피던 노경선이 물었다.

"조탁대 씨?"

두 남자는 다짜고짜 탁대에게 다가섰다.

"그런데요?"

"같이 좀 가줘야겠습니다."

한 남자가 신분증을 내밀었다. 대검찰청 감찰팀 소속 검사였다.

"이봐요. 당신들 누군데?"

뭔가 낌새를 차린 어 계장이 다가왔지만 또 다른 남자가 그 어깨를 밀어버렸다. 그리고 신분증을 흔들었다. 어 계장의 얼굴이 하얗게 질리는 게 보였다.

"가시죠!"

"이유는요?"

"가보면 압니다."

탁대가 물었지만 남자는 무뚝뚝하게 대답했다.

"핸드폰!"

또 다른 남자가 손을 내밀었다.

"아내가 임신 중입니다. 시간이 걸리는 일이면 문자라도 보내게 해주십시오."

탁대가 말했다.

"안 됩니다."

남자는 단호히 거부했다. 그러자 어 계장이 핏대를 올렸다.

"이봐요. 대검이면 답니까? 조 실장 와이프가 임신이라고요. 갑자기 충격 받아서 유산이라도 하면 당신들이 책임질 거요?"

그 말과 함께 모든 직원들이 남자를 노려보았다. 남자는 그제야 핸드폰을 내밀었다. 탁대는 혜자에게 문자를 찍었다.

―급한 지방 출장이 있어서 연락 못 해. 끝나면 바로 전화할게.

거기까지 찍고 잠시 주저하다 '사랑해' 하고 덧붙였다. 전송을 누르자 남자는 다시 핸드폰을 압수해 갔다.

"조 실장님!"

대검 차량이 출발하자 방 검사가 현관에서 뛰어나왔다. 때늦게 소식을 들은 모양이었다.

"먼저 가세요. 저도 출두 명령받았으니 곧 갈 겁니다. 그리고 걱정 마세요. 대한민국은 조 실장님 편입니다!"

방 검사, 계단에 걸려 나뒹굴면서도 끝내 그 말을 마쳤다. 탁대는 창밖으로 손을 내밀어 화답했다. 당연하죠. 나는 죄인이 아니니까요. 탁대는 의연하게 앞만 바라보았다.


"가혹 행위가 있었습니까?"

"없었습니다."

"인격모독적인 발언이 있었습니까?"

"없었습니다."

"백 의원 지역구 사무실에 찾아갔다고 들었습니다. 왜 정식으로 소환하지 않고 사적으로 만난 겁니까?"

"마침 그곳을 지나다 기회가 닿게 되었습니다. 문기찬 씨도 특별히 거부하지 않았습니다."

"문기찬의 죽음에 대해 암시 같은 거 있었습니까?"

"없었습니다."

"수사 과정에서 윤천수 검사, 권태술 차장과 마찰을 빚은 걸로 알고 있습니다. 원래 팀과 마찰이 잦은 편입니까?"

"두 사람이 범죄자를 비호했기 때문이지 제가 마찰을 일으키는 트러블메이커는 아닙니다."

"아, 진짜……."

맨 뒤에 선 검사가 기어이 짜증을 쏟아냈다.

"미꾸라지 한 마리가 검찰 망신 다 시킨다니까."

미꾸라지!

그 말만은 참을 수 없었다.

"고상진 검사님!"

탁대는 그 검사의 신분증을 보며 말을 이었다.

"제가 미꾸라지라면 그 미꾸라지가 거둔 성과를 즐긴 건 누구입니까? 스스로의 얼굴에 침 뱉는 발언은 삼가주시기 바랍니다."

탁대, 눈매에서 불꽃이 튀어나갔다. 개고생을 하면서 개가 올려줬더니 고작 한다는 말이 미꾸라지라니?

"뭐야?"

고상진 검사가 핏대를 올렸지만 다른 검사들이 그를 진정시켰다. 유리 너머에서 최고위층들이 지켜보고 있는 것이다.

"이번에 또 다른 국회의원 뒷조사를 하고 있다던데 사실입니까?"

취조 검사가 다시 말을 이어갔다.

"……."

검사의 송곳 같은 질문에 탁대가 잠시 말을 멈췄다. 동석한 검사와 수사관들의 시선이 탁대에게 쏠려왔다.

"왜 대답을 못 하는 겁니까?"

"조사 받는 사안이 문기찬 자살사건으로 알고 있는데요?"

"묻는 말에 대답이나 하세요."

검사는 반말보다 모욕적인 언성의 존댓말로 탁대를 다그쳤다. 윽박지르지만 않을 뿐, 그 역시 탁대를 미꾸라지로 보는 건 예외가 아니었다.

"뒷조사가 아니고 혐의점이 있어 수사 중이었을 뿐입니다."

"독특한 수사기법을 사용한다고 하던데 설명을 부탁합니다."

"……?"

"조탁대 씨!"

"별거 아니고 그냥 표정 분석입니다. 얼굴 근육이나 눈빛, 혹은 입술이나 귓불 색깔 등으로……."

탁대는 당당하게 설명했다. 이 질문이 나올 것 같아 준비해 둔 터였다.

"그런 게 가능합니까? 교묘한 자극으로 피의자의 인격을 모욕해 자백을 받는 게 아니고요?"

"네깟 놈이!"

"……?"

탁대가 엉뚱한 말을 하자 검사들의 눈빛이 확 구겨졌다.

"방금 검사님이 한 생각입니다. 틀렸습니까?"

"……?"

"아니, 여기 계신 모든 검사님들의 생각이겠지요."

"……!"

탁대를 윽박지르던 검사의 이마에 송글 식은땀이 맺혔다. 탁대를 비웃던 마음을 들킨 것이다.

"다는 모르지만 순간순간 느낌이 올 때가 있습니다. 그걸 조합해서 피의자들의 자백을 받은 것뿐입니다."

탁대는 겸허히 말했다. 검찰이라는 조직이 가지고 있는 특수성. 그걸 하루아침에 바꿀 수는 없는 노릇이었다.

얼마나 지났을까? 세 명의 검사와 두 명의 수사관이 서로 눈빛을 주고받더니 조사실을 나갔다. 따로 전략을 논의할 시간이 필요한 모양이었다.

'새벽 1시…….'

벽의 시계를 보자 혜자 걱정이 되었다. 다른 일 같으면 어 계장이나 직원들이 연락을 해줄 수도 있지만 대검에 불려온 상황. 문자를 보내긴 했지만 그 후로 핸드폰을 보지 못한 탁대는 마음이 편치 않았다.

"조탁대 씨!"

잠시 후에 팀장 검사가 혼자 들어왔다.

"돌아가세요. 오늘 조사는 여기까지입니다."

검사가 핸드폰을 던져 주며 말했다. 봉황지검 조사실의 조사 영상과 서류, 그리고 직접 대면 조사까지 마친 그들이었지만 딱히 불법 조사를 찾아내지 못한 것이다.

'아!'

어두운 밖으로 나오자 다리가 후들거렸다. 의연하게 대처한 탁대. 하지만 대검찰청이 주는 압박은 보통 일이 아니었다.

'일단 전화부터……'

전화기에는 부재중 전화부터 문자까지 수십 통이 와 있었다. 서둘러 패턴암호를 해제한 탁대는 순차대로 확인을 해 내려갔다. 그러다, 한 문자에서 눈이 딱 멈췄다.

―조탁대 씨? 119 구조대입니다. 아내 반혜자 씨가 봉황병원 응급실에 있습니다. 빠른 연락 바랍니다.

'혜자가 응급실에?'

탁대의 눈에 쌍불이 켜졌다. 놀란 탁대는 도로로 뛰었다.

"택시, 택시!"


탁탁탁!

병원 앞에 내린 탁대는 뒤도 보지 않고 뛰었다.

"여기 응급실이 어디예요?"

로비에 들어선 탁대가 물었다.

"그쪽으로 돌아가서 오른쪽으로 나가세요."

야간 당직직원이 통로를 가리켰다. 탁대는 그쪽을 향해 미친 듯이 달렸다. 통로를 돌아서자 응급실 문이 보였다.

'혜자야!'

간호사의 안내로 구석에 누운 혜자를 바라본 순간, 탁대는 숨이 터억 막히는 걸 느꼈다. 혜자가 거기 있었다. 수액을 꽂은 채 하얗게 늘어진 몸으로.

"어떻게 된 거죠?"

탁대는 후들거리는 다리를 세운 채 간호사에게 물었다.

"임신 중인 건 아시죠?"

"네……."

"갑자기 복통이 왔나 봐요. 119 구급대가 싣고 왔는데 방금 전에 진정이 되어서 잠이 들었어요."

'복통…….'

"큰 문제는 없는 것 같으니 깨어나면 모셔가세요."

간호사는 수액의 투하속도를 조절하고는 데스크 쪽으로 가버렸다.

"혜자야!"

탁대는 늘어진 혜자의 손을 잡았다. 그 위로 기어이 참았던 눈물이 한 방울 떨어졌다. 대검에서는 그렇게 냉철하고 당당하던 탁대였지만 혜자를 보는 순간 왈칵 감정이 북받친 것이다.

"오빠……."

눈물 때문이었을까? 아니면 사랑하는 사람의 기척을 느낀 걸까? 혜자가 살며시 눈을 떴다.

"그냥 있어……."

"언제… 왔어? 출장은?"

"응, 끝났어."

"미안해. 갑자기 배가 아파서… 참으려고 했는데…….."

"바보야, 참긴 왜 참아? 그리고 네가 왜 미안해? 지켜주지도 못한 내가 미안하지."

탁대는 혜자를 당겨 가만히 끌어안았다.

"아무튼 오빠가 오니까 좋다. 금방 다 나은 거 같아."

"그렇지?"

"또 가는 거 아니지?"

"그럼. 오늘 밤은 아무 데도 안 가."

탁대는 땀으로 범벅이 된 혜자의 등을 토닥거렸다. 그 사이에도 아기가 많이 자란 걸까? 그녀의 배가 좀 더 볼록하게 반원을 그리고 있었다.

'아가야…….'

그 배를 쓰다듬으며 탁대는 생각했다. 아빠는 비겁하지 않겠다고. 그리고 국민을 보살필 시간에 제 밥그릇에 돈 퍼 담을 궁리나 하는 인간들의 부패하고 더러운 실상을 밝히겠노라고.

그것이 설령 국회의원이라고 해도.

아니, 그보다 더한 직함이라고 해도.

'절대 굴하거나 타협하지 않을 거야. 너에게 맹세코!'

혜자를 거실에 들여놓은 탁대는 맹세와는 달리 혜자가 잠들자 바로 집을 나왔다. 새벽 1시 40분. 제대로 밟으면 강남의 요정 이노센트가 문을 닫기 전에 도착할 수 있었다.

'포기하지 않아.'

부릉!

조탁대, 엔진이 터져라 힘차게 시동을 걸었다.

밟았다.

곳곳에 무인단속기가 있었지만 신경 쓰지 않았다. 그까짓 벌금이라면 수백만 원이 나와도 상관없었다.

그 일.

탁대는 채가은이 남긴 말을 곱씹었다. 그 직후에 인사 발령이 터지면서 담당검사가 바뀌었다. 이어 문기찬 사건으로 인해 탁대는 수사업무에서 완전히 배제되었다. 그대로 두면 서판국은 당연히 혐의를 받지 않을 게 뻔했다.

다행히 요정은 파장 전이었다. 아가씨들이 나와서 마지막 손님을 배웅하느라 바빠 보였다. 탁대는 차 안에서 요정을 주목했다. 망원경 렌즈 속으로 입구의 모습이 가지런히 담겨왔다.

얼마나 지났을까? 마침내 채가은이 모습을 드러냈다. 그날처럼 요염한 복장의 채가은은 지배인과 함께 차에 올랐다. 약간의 사이를 두고 종업원들이 퇴근하기 시작했다.

얼마 후에 어린 남자 종업원이 나와 입구의 전등을 소등했다. 탁대는 그제야 차에서 내렸다.

"영업 끝났습니다."

탁대가 들어서자 아까 그 종업원이 목청껏 소리쳤다. 안에 남은 사람은 신참 종업원 둘이 전부였다.

"검찰이야!"

탁대가 신분증을 들이밀었다. 느닷없는 검찰의 등장에 신참들은 바짝 얼어붙었다. 바로 탁대가 바라던 풍경이었다.

"CCTV 어디 있나?"

일부러, 거만하게 물었다. 기선을 제압하기 위함이었다.

"그, 그런 거 없는데요?"

여드름이 난 종업원이 버벅거리며 대답했다.

"다 알고 왔어. 허투루 나오면 공무집행 방해로 체포할 테니까 순순히 말해."

"그, 그럼 부장님에게 여쭤보고……"

여드름이 전화기를 꺼내들었다. 순간, 탁대가 버럭 소리를 지르며 테이블을 내려쳤다.

"긴급 사건이야. 하나만 확인하면 되니까 빨리 안내해!"

긴급 사건!

그 말이 먹혔는지 종업원들은 서로의 얼굴을 바라보았다. 그러다 여드름이 입을 열었다.

"이쪽으로 오세요."

여드름이 안내한 곳은 골방이었다. 그 안에 놓인 책상 위에 녹화 장치가 있었다.

"이 날짜 것 찾아서 돌려."

탁대는 서판국이 다녀간 주말 날짜를 적은 메모를 내밀었다. 여드름은 조금 헤맸지만 오래지 않아 그 날의 영상을 찾아냈다.

'여기 있군.'

화면에 서판국이 보였다. 그는 거드름을 피우며 최광남과 차인섭에 앞서 들어섰다. 그를 환영하는 채가은도 보였다.

'가방……'

탁대는 최광남이 들고 있는 가방을 주목했다. 그리고 나올 때… 가방의 주인이 바뀌어 있었다. 가방이 서판국의 손에 들려 있는 것이다.

'역시 그랬군.'

하지만 의문은 여전히 풀리지 않았다. 채가은이 말한 그 일. 화면으로 봐서는 그 일이란 게 감이 오지 않았다.

"너 이름 뭐야?"

탁대가 잔뜩 긴장한 여드름을 몰아붙였다. 온갖 거물을 상대해 본 탁대. 어리바리한 신참 술집종업원 하나 닦달하는 건 일도 아니었다.

"이, 이상훈요."

"이 사람 2차 갔지?"

탁대, 일단 찔러보았다.

"그, 그건……."

"갔어? 안 갔어?"

탁대는 촌각의 여유도 주지 않고 다그쳤다.

"그, 그건… 모르지만 알 수는 있어요."

"뭐야? 지금 말장난해?"

"그게 아니라 지배인님 책상에 놓인 달력을 보면……."

그길로 여드름을 앞세워 골방을 나왔다.

여드름의 말은 사실이었다. 지배인은 아가씨들의 2차를 암호로 체크하고 있었다.

'수1.'

"그 사람 모신 아가씨인데요, 2차 간 거 맞아요. 수는 그 아가씨 이름이거든요."

여드름이 울상을 지으며 말했다.

"아가씨 전화번호."

"잠깐만요."

여드름은 자기 핸드폰을 검색해서 번호를 건네주었다.

"좋아. 믿어보지."

"저기……."

탁대가 홀 쪽으로 나오자 여드름이 징징거리며 말을 이었다.

"저희가 말했다고 하시면 안 돼요. 그럼 우리 죽어요."

"걱정 말고 저기 불이나 꺼라. 연기 나오잖아."

탁대는 태연하게 골방을 가리켰다. 종업원들은 허둥지둥 골방으로 뛰었다. CCTV 장비가 불타고 있었다. 여드름은 앞 소파에 놓인 담요를 휘둘러 불길을 잡았다. 하지만 녹화기와 테이프 등은 다 타버린 후였다. 물론, 그 불은 탁대의 화염 마법이 빚어낸 작품이었다.

밖으로 나온 탁대는 '수'라는 아가씨에게 전화를 걸었다.

"아, 진짜 짜증나게……."

요정 근처에서 소주로 입가심을 하던 수는 툴툴거리며 나왔다. 편의점 앞에 서 있던 탁대가 피로회복제를 내밀었지만 받지 않았다.

"검찰이 왜요?"

수는 까칠하게 각을 세우며 물었다.

"서판국 알지?"

"그게 누군데요?"

"지지난 주 자기 파트너!"

"으악!"

별안간 수가 몸서리를 쳤다.

"왜?"

"그 인간, 아무한테도 말하지 말라고 신신당부를 하더니……."

'뭔가 있군.'

탁대, 수의 반응에 독심 마법을 발현시켜 버렸다.

—아, 그 변태…….

—사진 지웠어야 하는 건데…….

당황한 수가 조바심을 내자 탁대가 핸드폰을 뺏어들었다.

"여기 서판국 사진 있지? 그거 조사에 필요해서 확인해야 하니까
열어 봐."

넘겨짚은 유도심문을 아가씨가 물었다.

"내가 찍는 거 봤… 대요?"

"그것도 모르겠어?"

"아, 잠자는 줄 알았는데……."

수가 화면을 열어 사진을 한 장 띄웠다.

'풋!'

긴장의 순간, 그럼에도 탁대는 치밀어 오르는 헛웃음을 참을 수
가 없었다. 볼일을 끝내고 완전 알몸으로 엎드려 잠의 삼매경에 빠
진 서판국이 거기 있었다. 게다가 그 몸에 걸친 속옷의 꼬락서니
는…….

"징그럽게 강제로 뺏어서 입었어요. 뭐 젊은 여자 속옷을 입고
자면 재수가 좋다나 뭐라나… 아, 소름 끼쳐."

수는 제 몸을 배배 꼬며 몸서리를 쳤다.

"됐어. 가봐."

사진을 전송받은 탁대가 턱짓을 했다.

"진짜요?"

"그래."

"나 안 잡아가는 거죠?"

"그렇다니까."

탁대가 거듭 말했다. 나중에는 몰라도 지금은 상이라도 주고 싶은 마음이었다. 이제 남은 건 구치소로 가서 최광남을 한 번 더 만나는 일뿐이었다.

"마더!"

신새벽, 탁대는 마더에게 전화를 걸었다.

─웬일이야? 무슨 일 있니?

마더라는 이름을 가진 여자는 확실히 달랐다. 전화를 통해서도 뭔가 전해오는 게 있는 모양이었다.

"별일 없어요. 부탁 좀 하려고요."

─말하렴.

"제가 오늘 국회에 출석하게 되었어요."

─그건 아는데 어제도 지방 출장 가서 연락이 안 되었다며?

"혜자가 갑작스런 통증으로 119에 실려갔대요."

─뭐? 어느 병원에?

마더가 바로 반응했다. 그 옆에서 동환의 목소리도 들려왔다. 자신의 일보다 더 생각해 주는 마더와 동환. 탁대는 마음이 든든했다.

"지금은 괜찮아져서 제가 집에 데려다 놨어요."

─너도 집이야?

"중요한 조사 때문에 다시 나왔어요. 그러니 혜자 좀 부탁해요."

—탁대야. 무슨 일 있는 거 아니지?

"네. 제 걱정은 마세요."

—그럼 집 걱정 말고 너나 잘 챙겨라. 며늘아기는 내가 지키마.

"고마워요. 마더!"

—몸조심하고. 넌 이제 혼자가 아니라는 거 명심해!

"네!"

명쾌한 대답을 끝으로 전화를 끊은 탁대. 서둘러 전화번호를 뒤지기 시작했다. 국회에 출석할 시간이 얼마 남지 않은 것이다.


봉황지청 앞은 왁자지껄했다.

국회에 출두하기 위해 나서는 길, 극비 보안에 붙인 일이었지만 취재진까지 몰려왔다. 탁대는 다시 한 번 실감했다. 세상에 비밀은 없다는 걸.

조직에는 비밀 킬러가 있다.

말하자면 비밀을 팔아먹는 부류의 인간들이다. 그들은 그 비밀을 탐지하고 비밀을 과시하는 즐거움으로 조직생활을 한다. 그걸 능력이라고 생각하는 것이다.

"조 실장님, 마해종입니다!"

미 기자가 수사관들에게 가로막힌 채 손을 흔들었다. 수많은 취재진들 가운데 고동길은 보이지 않았다.

"문기찬 관련 건으로 국회에 출두한다고 들었습니다. 소감을 밝혀주세요."

"가혹행위나 인권유린 조사가 실제 있었습니까?"

기자들은 뭐라도 하나 건질까 하고 아우성을 쳤다.

"가지."

은경술 신임지검장이 먼저 차에 올랐다. 탁대는 조수석에 동승했다. 국회에서는 검찰총장이 기다리고 있을 것이다

부웅!

지검장의 관용차가 출발하자 취재진들도 같이 뛰었다.

"한마디만 해주세요!"

"국회에서는 뭐라고 답변하실 겁니까?"

기자들이 소리쳤지만 탁대의 귀에는 들리지 않았다. 마 기자는 그 아우성 사이에 우뚝 서서 경례를 붙이고 있었다. 그는 탁대를 믿었다. 하늘이 지금 무너진다고 해도.

가만히 시선을 돌리는 탁대에게 또 다른 풍경이 들어왔다.

〈조탁대 실장님 걱정하지 마세요. 우리가 있습니다!〉

젊은 학부모가 든 피켓이었다.

'고맙습니다.'

콧날이 시큰해질 때 저만치에서 또 다른 피켓이 눈에 띄었다.

〈외압반대─국회 이기주의 셧아웃!〉

피켓은 거의 100미터마다 보였다. 국민들이 릴레이 시위에 동참한 것이다.

〈검찰은 목숨 걸고 조탁대를 지켜라.〉

〈뇌물 로비에 무릎 꿇으면 대한민국 미래 없다.〉

"조 실장……."

뒷좌석의 은 지검장이 가만히 입을 열었다.

"네……."

"개인적으로 국회에 여섯 번째 출석인데 오늘이 가장 흐뭇하군."

"……."

"결과가 어떻게 나오든 위너는 자네일세."

"……."

탁대는 오직 정면만 주시했다. 네거리를 돌 때 또 다른 피켓이 보였다.

〈국회의원 없는 대한민국에 살고 싶어요!〉

이번에는 어린아이를 데리고 선 학부모였다. 탁대는 창을 열고 아이를 향해 손을 흔들어주었다.

"엄마, 조탁대 실장님이에요!"

탁대를 알아본 아이가 소리쳤다.

"실장님, 힘내세요!"

엄마도 경중경중 뛰며 손을 흔들었다.

차가 너무 밀리는 통에 천천히 네거리를 돌았다. 그러자 피켓 행렬이 확 눈을 차고 들어왔다. 수많은 인파가 들고 있는 피켓이 저 멀리 국회의사당까지 찬란하게 피켓 꽃을 피운 것이다.

"내려야겠습니다. 길이 완전히 막혔습니다."

지검장 수행원이 말했다. 경찰이 여럿 나와 있지만 차는 뚫릴 기세가 없었다.

"그러지. 우리 위대한 국회의원 나리들, 지각 같은 걸 용인할 분들이 아니니까."

수행원이 내리자 탁대도 내렸다.

"조탁대다!"

누군가 여의도가 떠나가도록 소리쳤다. 그게 신호가 되었다.

"조탁대, 조탁대!"

인도에 도열한 인파들이 피켓을 흔들며 탁대를 연호하기 시작했다. 아니, 피켓이 아니었다. 그건 정말 봄날 만발한 벚꽃축제 때보다 화사하게 핀 꽃이었다.

국민들이 마음으로 피워낸······.

"조 실장!"

검찰청에 보이지 않던 고동길이 거기 있었다. 시민단체 곽 간사도 보였고 마 피디도 있었다.

"국민은 조 실장 편입니다. 쫄지 말고 신념대로 하세요!"

곽 간사가 소리쳤다. 그 뒤로 찡긋 윙크를 날리는 고동길의 눈길······.

탁대는 그걸 확인하고 담담하게 발길을 재촉했다. 따뜻한 성원이, 그들이 불러주는 이름 하나가 탁대의 마음으로 들어와 보람이 되었다.

조금 착잡하던 심정이 눈처럼 녹아내렸다. 오해나 무시 따위··· 상관없었다. 탁대는 공무원으로서 할 일을 한 것. 그걸 알아주는 국민이 한 사람만 있다고 해도 사명을 다해야 하는 것이다.

"조 실장!"

인파의 끝자락에서 탁대는 반가운 얼굴을 보았다. 위 부장과 김중광 검사였다.

"우린 여기서 응원할 테니까 허튼 정치공작 벌이는 인간들 확 뭉개 버리고 오라고."

위 부장이 탁대의 등을 두드렸다. 마음이 좀 더 편해졌다.

*　　*　　*

"검찰총장 출석했나요?"

국회 진상조사 소의원회의 기세는 하늘을 찌를 것 같았다. 국익을 위한다는 이유로 비공개회의를 결정한 편협한 국회의원들이 자기 방에서 위세를 뿜었다.

"예!"

검찰총장이 증인석에서 대답했다.

"다음 봉황지검장."

"네."

"그리고 조탁대 수사관!"

마지막으로 탁대가 호명되었다.

"예!"

탁대는 묵직하게 대답했다. 탁대의 시선은 아까부터 한 사람에게 고정되어 있었다. 카드깡 조직에 연관된 서판국 의원. 뻔뻔스럽게도 그가 위원장직을 맡고 있었다.

'서판국……'

탁대는 개기름이 번들거리는 그를 보며 소리 없이 중얼거렸다.

'위선자여, 국민이 너를 심판하리니!'

"조탁대!"

조사는 조사가 아니었다. 그저 쥐잡기에 불과했다. 국정조사권이라는 막강한 권한을 가진 국회의원들. 더구나 그들의 안방이었다. 그들은 여야 할 것 없이 언성을 높이며 탁대를 윽박질렀다.

"피의자가 결백을 주장하며 자살을 했는데 그래도 가혹수사가 아니라고!"

"대체 무슨 짓을 했길래 보좌관이 목숨을 끊어?"

국회의원들의 호통이 장내에 메아리를 이루며 떠돌았다.

"수사과정에 대해서는 이미 자료를 제출했습니다만!"

"닥쳐. 당신은 어제 부임한 사람이 뭘 안다고 나서?"

지검장이 방어에 가담하자 여당 의원이 책상을 내려쳤다. 닥치고 우리 입맛에 맞는 답이나 내놓아라. 그들의 속셈은 오직 그것이었다.

"조탁대 수사관!"

또 다른 여당의원은 아예 넥타이를 풀어 제쳤다.

"봉황시 9급 행정직 공채 출신 맞지요?"

이번에는 경어를 쓴다. 탁대는 오히려 그게 더 귀에 거슬렸다. 마음에도 없는 존댓말이기 때문이었다.

"맞습니다."

"합격 성적을 보니 하위권으로 겨우 붙었군요. 그렇죠?"

"……."

인격 모독이다.

"대답하세요."

"예."

"그런데 어떻게 이렇게 승승장구 승진을 할 수 있었습니까?"

"주어진 직무에 충실한 결과일 뿐입니다."

"화물차로부터 어린이들을 구하고 무너지는 교량에서 시장을 구한 거 말입니까?"

"제 업무의 일부였습니다."

"조 수사관, 당신 로봇입니까?"

"사람입니다."

"그럼 그게 말이 됩니까? 당신은 말이야 약삭빠른 머리를 쓴 게 틀림없어. 뭔가 수작을 부리지 않고는 이런 일이 있을 수 없다 이 말이야!"

의원의 치졸한 본색이 드러나기 시작했다.

"존경하는 의원 여러분, 안 그렇습니까? 제가 판단하기에 조탁대 수사관은 최면이라든가 하여간 사이비적인 불법행위를 하고 있는 게 틀림없어요. 송길웅 의원님과 백영규 의원님도 그런 사악한 수법에 걸려 희생양이 된 겁니다. 아멘!"

"……."

탁대, 어이가 없이 말이 나오지 않았다.

"검찰총장, 당장 조탁대 수사관이 개입한 전체 사건에 대해 재수사를 지시하시오. 저건 사탄이 대한민국을 말아먹으려고 보낸 악마가 틀림없어요."

"의원님!"

"아니면 당신도 사표내!"

아멘 의원은 검찰총장을 향해 서류뭉치를 집어던졌다.

"저도 오 의원님 안건에 동의합니다."

탁대 오른편의 의원도 기염을 토하기 시작했다. 경쟁적이다. 잘 하면 한 건 올릴 수 있는 사안. 그러니 독 안에 든 쥐 같은 탁대를 향해 총공세를 벌이는 의원들이었다.

"우선 조탁대 수사관은 봉황시의 행적에서도 원성이 높았습니다. 조 수사관이 재직한 감사과 서류를 받아보니 강압적으로 조사한 경우가 많더군요. 오직 특진을 위해 물불을 가리지 않았다는 증거가 아닙니까? 인정합니까? 조탁대 수사관."

"저는 정해진 법적 절차에 따라 양심에 의해 임했을 뿐입니다."

"정해진 절차? 찢어진 입이라고 함부로 말하고 있군. 너 지금 국회를 무슨 껌딱지로 아는 거야?"

그의 인격도 거기까지였다. 그들은 마치 누가 누가 더 양아치인가 키를 재는 것만 같았다.

"문기찬 보좌관을 만나는 과정도 불법이야. 당시 주무 검사인 윤천수의 말에 의하면 당신은 검사의 수사 지시도 받지 않고 멋대로 행동했어. 다른 조사 과정 또한 담당조사관이 아니면서 참관한 적이 한두 번이 아니고!"

"죄송하지만 그건 수사관행상 늘 있어오던……."

"지검장, 당신은 입 다물어!"

흥분한 의원의 침이 탁대 얼굴까지 날아왔다. 마음 같아서는 접착 마법을 발현시켜 전체의 입을 막아버리고 싶었다. 어쩌면 이렇게들 한결같을까? 그들은 오직 정치권의 이익만을 대변하는 쓰레기로 변해 있었다.

"검찰총장, 언제부터 검찰이 검사 중심이 아니고 일개 수사관이 설치는 조직이 되었나? 이 따위라면 검찰 해산하고 수사관 밑으로 들어가지 그래?"

기세가 오른 의원은 총장을 닦아세우기 시작했다.

"죄송합니다."

"죄송이고 뭐고 필요 없어요. 조탁대 수사관이 참여한 모든 사건에 대해 정밀 재조사를 실시하시오. 아니면 우리가 특검을 발동하든지 해서 파헤칠 테니까!"

"이미 재판이 끝난 사건들이라 법리적으로 있을 수 없는……."

"법리? 지금 국민들이 전부 들고 일어서는 거 몰라요? 국민들 원성이 들리지도 않냐고요?"

적반하장도 이런 적반하장이 없었다. 국회의원들이 지금 국민을 들먹이고 있는 것이다. 하지만 검찰총장과 지검장은 구석에 몰린 쥐꼴이었다. 자리가 자리, 정부 구조가 그러니만큼 어쩔 도리가 없었다.

검찰 수뇌부의 분위기를 지켜본 서판국 의원장이 오 의원에게 슬쩍 눈짓을 던졌다. 그러자 그가 다시 용수철처럼 튀어 올랐다.

"아무튼 조탁대가 개입한 모든 수사는 원점에서 재수사하세요. 억울하게 옥살이를 하는 백 의원님, 송 의원님은 물론이고 엊그제 벌어진 카드깡 조직 수사까지. 말이 났으니 말이지 나한테 제보가 들어왔는데 카드깡 조직 수사도 법에 허용되지 않은 무슨 최면 같은 걸 쓴 거 같다더군요. 검찰, 지금이 중세입니까? 창피한 줄 아세요!"

카드깡 재조사!

그 단어가 나오자 탁대는 서판국에게 순간 독심을 걸었다. 아까부터 노리던 일이었다.

—굿 타이밍. 이 정도면 분위기에서 끼워 넣었으니 야당 의원들도 태를 걸지 못할 일.

—그렇게 되면 우리도 송길웅 사건에 대해 딴죽을 걸 수 있으니…….

결국 치졸한 속내의 일단이 튀어나왔다. 서판국은 단 한 방에 모든 실리를 챙길 요량이었다.

"조탁대!"

천박한 기염을 토한 오 의원이 탁대를 호명했다.

"예."

"할 말 있으면 해봐요. 뭐라고 할지 한 번 들어나 보자고."

오 의원이 노려보는 가운데 탁대가 증인석에서 일어섰다. 오만방자한 의원들도 시큰둥한 시선으로 탁대를 바라보았다. 좌중을 슬쩍 둘러본 탁대가 결국 입을 열었다.

"미천한 저에게 기회를 주시니 고맙습니다."

탁대는 그대로 말을 이어갔다.

"제 수사법이 문제가 된다면 유감으로 생각합니다만 국민 앞에 맹세코 가혹행위나 인권 무시를 한 적은 없습니다. 결백하거나 무고한 피의자에게 죄를 덮어씌운 적도 없습니다. 그리고……."

탁대는 국회의원들을 바라보았다.

"괜찮다면 제 수사기법을 이 자리에서 공개하고 싶습니다만……."

"수사기법?"

돌연한 제의에 여야의원들이 웅성거리기 시작했다.

"다들 그게 궁금하신 거 아닙니까?"

"보고에 빠뜨린 기법이 있단 말이오?"

즐기기만 하던 서판국이 물었다.

"보는 것이 믿는 것이다. 때로는 백 마디 말이나 자료보다 한 번 보는 게 명쾌할 수 있습니다."

"그렇다면 당장 제출하시오. 우리가 확인할 테니까."

오 의원이 소리쳤다.

"1분이면 됩니다만……."

탁대는 그냥 버텼다. 의원들 얼굴에 가득 피어오른 궁금증을 읽어낸 까닭이었다.

"공개해 봐요. 대체 뭘 가지고 그러는 건지."

맨 끝에 앉은 야당의원이 탁대의 미끼를 물었다. 그러자 서판국도 동의했다. 어차피 비공개로 주재하는 회의. 더구나 지금까지 닭 잡듯 몰아붙였으니 별다른 게 나오리라고는 상상치 않고 있었다.

그 방심을, 탁대가 찔렀다.

"거기 직원님, 영상 화면을 좀 준비해 주세요."

탁대는 진행을 돕던 직원에게 요청했다. 그가 화면을 틀자 탁대는 핸드폰의 파일 두 개를 건네주었다.

당당하게! 비장하게!

치익!

약간의 화면 고름 뒤에 음성 파일이 나오기 시작했다.

─똑바로 좀 말해 봐요. 언제 어디서 누가 무엇을 어떻게 왜! 똑똑하신 분이 왜 이래요?

파일은 최광남을 조사하는 탁대의 목소리였다.

"참고로 제가 카드깡 조직의 주범 최광남을 조사하는 장면입니다."

탁대는 친절하게도 상황 설명까지 덧붙였다.

"카드깡?"

의원 몇이 술렁거렸지만 파일은 계속 진행모드로 나갔다.

─차인섭 검사가 기왕이면 좋은 일도 좀 하라길래…….

─더 자세히!

―서판국 국회의원에게 정치자금으로…….

서판국!

실명의 이름이 나오자 국회의원들 눈이 휘둥그레졌다. 물론, 서판국은 눈알이 쏟아질 지경이었고.

―어떻게요?

―술자리에서 인사드리다가 현금으로…….

"어디서요?"

―강남의 요정에서…….

―요정 이름!

―이노센트…….

"집어치워!"

순간, 오 의원이 책상 위의 노트북을 집어던졌다. 탁대는 가볍게 피해냈다.

"꺼, 끄라고!"

의원들이 직원을 향해 아우성을 쳤다. 직원은 그 명령을 따르려 했지만 몸이 말을 듣지 않았다. 그 자리에서 조금도 움직일 수 없는 것이다. 그 사이에도 파일은 계속 돌아갔다.

―날짜.

―작년 겨울, 제일 추운 날… 한 번… 그리고 지지난 주말에 한 번…….

―누구랑요?

―차 검사랑 서판국 의원이랑… 셋이…….

"이건 모함이야!"

부글거리던 서판국이 몸을 일으켰지만 꼼짝하지 않았다. 그 역시 탁대가 접착 마법으로 엉덩이를 붙여 버린 것이다. 동시에 다른 의원들도 전부 입이 붙어버렸다.

"파일이 하나 더 남았으니 경청해 주시면 고맙겠습니다."

후끈 위엄을 뿜어낸 탁대가 마침내 영상 파일을 열었다.

'크헉!'

서판국의 눈과 코, 그리고 입에서 액체가 울컥 터져 나왔다. 망측한 알몸으로 침대에 누운 자태는 차마 민망하기 그지없다. 더구나 대충 걸친 여자의 속옷이라니…….

"어제 제가 제보받은 자료들입니다. 급히 오느라 제출하지 못했는데 존경하는 의원님들께서 궁금해하시니 이 자리에서 제출합니다. 참고로……."

탁대는 당혹감에 어쩔 줄 모르는 국회의원들을 향해 담담하게 뒷말을 이었다.

"이게 제 수사기법의 하나입니다. 저를 믿고 사회 각계각층에서 보내주시는 성원… 그리고 그분들이 모아주는 자료!"

그 말과 함께,

탁대는 집중하던 마법을 풀었다.

"으헛!"

서판국을 포함해 모든 의원들이 휘청거렸다. 어떻게든 탁대를 막으려다 몸이 붙어버린 그들. 앞으로 달리던 관성에 따라 몸이 쏠린 것이다.

와당탕!

몇몇은 넘어지고 또 몇몇은 주위의 물건들을 떨어뜨렸다. 그러나 위대한 국회의원들이 그대로 물러설 리 없었다.

"경위, 저놈 체포해. 국회 모독이야!'

서판국이 거품을 물며 버둥거렸다. 당혹스럽기는 경위들도 당혹스러웠다. 그들이 보기에 체포할 사람은 탁대가 아니라 서판국이었기 때문이었다.

"체포하라고. 어서!'

서판국이 악을 쓸 때 몇몇 보좌관들이 문을 박차고 들어섰다.

"의원님!'

한 보좌관이 서판국에게 다가가 귀엣말을 전했다. 그러자 서판국이 휘청 무너졌다.

"의원님!'

비명은 여기저기서 섞여 들려왔다.

"정회, 정회합시다!'

의원들은 허둥지둥 회의장을 빠져나갔다.

"무슨 일인가?'

은 지검장이 경위에게 물었다. 그러자 복도에서 들어온 경위 하나가 설명을 해주었다.

"방금 인터넷에 서판국 의원의 카드깡 조직 뇌물 혐의와 성상납 의혹 변태 사진이 올라왔습니다. 지금 아주 난리법석입니다.'

"오, 하느님."

은 지검장은 안도의 숨을 내쉬었다.

"조탁대, 조탁대!'

국회에서 나오자 아까보다 더 많은 인파들이 탁대를 환호로 맞아주었다. 그들 앞에 고동길이 보였다.

"조 실장!'

고동길이 탁대를 향해 엄지를 세워주었다. 탁대는 그 뜻을 알고 있다. 탁대가 회의장에서 공개한 자료들. 국회로 오기 전에 그걸 고동길에게 제공했기 때문이었다. 본래 수사원칙에는 어긋나는 일이었지만 어쩔 수 없는 선택이었다. 탁대는 국민들의 연호를 받으며 의사당을 떠났다.

　하지만 서판국은 정반대였다. 그의 차량은 여의도 도로에서 멈추게 되었다. 국민들이 던진 계란과 오물 때문이었다. 심지어는 그가 좋아한다는 속옷들도 무더기로 날아들었다.

　"변태비리 서판국은 자폭하라!"

　"서판국에겐 콩밥 대신 여자 속옷을!"

　서판국은, 경찰 2개 중대가 출동하고서야 겨우 국민의 포위망을 벗어났다. 그렇다고 해도 결국 검찰에 소환되었음은 물론이었다.


＊　　＊　　＊


　"오빠!"

　집으로 돌아오자 혜자가 반색을 했다.

　"나 좀 안아줄래?"

　탁대는 지친 몸으로 두 팔을 벌렸다.

　"오빠!"

　혜자는 말없이 탁대를 품었다. 그리고 오랫동안 있었다. 그녀의 손은 그저 등에서 토닥거릴 뿐이다. 한참이 지나자 몸에 원기가 돌았다.

　"고마워."

탁대는 혜자와 이마를 맞대며 말했다. 그러자 등 뒤에서 마더의 기침 소리가 들려왔다.

"큼큼!"

"마더!"

"미안. 나이 먹으니까 투명인간 모드도 쉽지 않네?"

마더가 얼굴을 붉히며 웃었다.

"죄송해요. 계신 줄 모르고……"

"네가 왜 죄송해? 적어도 우리나라에서는 너한테 그런 말 들을 사람 없다."

"맞아요."

혜자도 마더에게 맞장구를 쳤다.

"어디 보자. 부부간 포옹이 끝났으면 내 차례지?"

마더가 혜자를 바라보았다. 혜자는 미소로 대답을 대신했다.

"어이구, 장한 우리 아들… 내가 어떻게 이런 아들을 다 낳았을까?"

마더는 탁대의 얼굴을 문지르며 웃었다.

"마더도 인터넷 봤어요?"

"당연하지. 그거 안 본 사람이 있으려고?"

"걱정 많이 했죠?"

"아니, 나는 이제 네 걱정 안 해. 넌 네 앞가림 잘하잖아."

"마더……"

"잘했다. 내 아들. 국회에서도 기죽지 않고 부패한 국회의원들 몰아붙였다며?"

"아, 그, 그건……"

"나쁜 인간들. 정치도 제대로 못하는 주제에 감히 누구한테 누명을 씌우려고 그래. 상을 줘도 부족할 판에……."

"아버지는요? 집에 가보셔야 하잖아요?"

"걱정 마라. 네 아버지 여기 있다."

어느 틈에 집에 들어선 동환이 환하게 대답했다.

"그럼 저녁부터 먹어야겠네요. 뭐 시켜드릴까요?"

탁대가 마더를 보며 물었다. 그러자 동환이 호탕하게 소리쳤다.

"시켜라. 오늘은 이 아버지가 다 책임진다. 우리 아들과 며느리, 그리고 뱃속의 아기와 대한민국을 위해서!"

동환의 손에서 두툼한 지갑이 흔들리고 있었다.


서판국!

그의 수사는 서울지검에서 맡았다. 그렇잖아도 탁대를 문제 삼는 정치권이었으니 봉황지검에서 나설 수가 없었다. 탁대는 자신이 수집한 모든 증거를 넘겨주는 선에서 중심에서 벗어났다.

서판국은 빼도 박도 못했다. 국회에서 들은 귀가 많았고 나아가 인터넷에 증거가 공개된 마당이었다. 가증스럽게도 그 자리에 있던 의원들은 증인 출석에 비협조적이었다. 귀가 안 좋아 못 들었다느니 하는 치졸한 이유에서였다.

그래도 서울지검에도 인물이 있었다. 바로 방형기 검사의 1년 선배 우장배 검사였다. 그는 탁대의 말에 귀를 기울였고 뜻하지 않은 개가까지 올렸다. 알고 보니 문기찬의 자살 배후에 서판국이 있었던 것이다.

경위는 이랬다.

서판국은 물밑에서 자신을 정계로 이끌어준 백영규의 규명 운동을 하고 있었다. 하지만 워낙 혐의가 뚜렷해 반전을 꾀하기 어려웠다. 그러다 한 뉴스를 보고 단서를 얻었다. 공금유용으로 궁지에 몰린 직장 간부가 자살하자 동정여론 때문에 오히려 그를 다그친 회사가 비난을 덮어쓰게 된 것이다.

서판국은 요로를 통해 자신을 대신해 줄 인물을 찾아냈다. 그리고 그에게 거금 3억을 약속했다. 그는 문기찬을 만나 희생양이 될 것을 강요했다. 그렇잖아도 암울한 미래와 잘난 가책으로 우울증에 걸리기 직전의 문기찬. 양심이랍시고 그 제의를 받아들였던 것이다.

서판국은 지역구민들과의 만남을 갖던 중에 전격 체포가 되었다. 그를 따르는 일부 지지자들이 소란을 피웠지만 별문제가 되지 않았다. 서판국은 다양한 죄목으로 기소가 되었다. 문기찬 옥중 자살 사건은 그렇게 매듭이 지어졌다.

이제 탁대에 대한 오해는 풀렸다. 간혹 이상한 시선을 보내던 사람들도 사라졌다.

하지만 검찰청에는 여전히 어색한 분위기가 흐르고 있었다. 조직은 탁대를 물과 기름처럼 대했다.

"신경 꺼. 조 실장은 자기 일만 하면 돼."

어 계장은 탁대를 응원해 주었다. 노경선과 황독대도 그랬다. 탁대도 그러려니 했다. 워낙 큰 사건이 쓸고 갔다. 그러니 다들 긴장하는 게 당연할지도 몰랐다.

이른 오후, 방 검사 방에서 나온 탁대는 계단참으로 향했다.

'응?'

그러다 위에서 도란거리는 소리에 탁대는 걸음을 멈췄다.

"조탁대?"

"그렇다니까."

계단참 위에서 직원들의 목소리가 들려왔다.

"그 친구 계륵 아니야? 이제 와서 내칠 수도 없고 품을 수도 없고."

"그러게. 우리 부장님도 그러시더라고. 그 친구가 여기 있는 한 대박 아니면 쪽박이라고."

'대박 아니면 쪽박?'

그 말은 탁대의 귀를 뚫고 들어왔다.

"난 누가 뭐래도 내 수사에는 조탁대 안 부를 거야. 우리가 명색이 검사인데 검찰청 분위기가 이게 뭐야?"

"나도 마찬가지야. 검사는 뭐 고스톱쳐서 딴 줄 아나?"

잠시 주저하던 탁대는 그대로 계단을 올랐다.

"그 친구 대검 같은 데로 보낸다는 말도 있던데 사실이야?"

"부장님 몇 분이 지검장님께 말씀드리고 있는……."

한참 대화에 열중하던 검사들이 입을 닫았다. 느닷없이 탁대가 나타난 것이다. 탁대는 그들을 향해 가벼운 목례를 남기고 남은 계단을 마저 올랐다. 다 올라서 돌아보니 검사들은 간 곳이 없었다.

'대검?'

탁대는 목안에 맴도는 그 말을 가만히 밀어 넣었다.


"어 계장님!"

사무실이 조금 한가해지자 탁대는 어 계장에게 다가갔다.

"응? 왜?"

"얘기 좀 할 수 있을까요?"

"나랑?"

"네."

"해봐."

"여기서 말고요."

탁대가 웃자 어 계장은 그 의미를 알아차렸다. 탁대는 빈 회의실로 자리를 옮겼다.

"마셔!"

조금 늦게 들어온 어 계장이 자판 커피 한 잔을 내밀었다.

"좋은데요?"

한 모금 넘긴 탁대가 말했다.

"그렇지? 역시 나른한 오후에는 커피 한 잔이 최고지. 그런데 왜?"

"계장님 말대로 오후가 되니까 나른해져서요."

"……?"

"계장님은 그럴 때 있었나요? 갑자기 나른해질 때……."

"돌리지 말고 말해. 나랑 그럴 사이 아니잖아?"

어 계장이 커피를 마시며 웃었다.

"검찰청 분위기가 좀 이상해서요."

"어떻게?"

"뭐라고 말해야 할까요? 맥 풀린 것처럼 나른해졌다고 할까요?"

"조 실장을 바라보는 시선이?"

"제 착각인가요?"

"아니, 제대로 보았네."

어 계장은, 솔직히 인정했다.

"제가 잘못한 건가요?"

"천만에, 자네는 잘했네. 정말 최고였어."

"그런데 왜⋯⋯."

"시기심이지."

'시기심?

"조 실장도 알 거 아닌가? 원래 검사나 판사, 의사 이런 사람들이 프라이드가 하늘을 찌르고도 남아요."

"⋯⋯."

"그런데 조 실장이 온 후로 스포트라이트가 살짝 옮겨지기 시작한 거지. 자기들이 아니라 조 실장에게로."

"⋯⋯."

"생각해 보시게. 같은 검사끼리라도 기분 안 좋을 판에 일개, 미안하네. 일개 행정직 공무원 출신 아닌가?"

"저는 그냥 열심히 수사를 도왔을 뿐입니다."

"암, 열심히 했지. 더구나 목숨까지 바쳐 가면서⋯⋯."

"계장님⋯⋯."

"이질감 느끼나? 아니지. 어쩌면 소외감까지도 느낄지도 모르겠군."

어 계장은 남은 커피를 털어 넣으며 말을 이었다.

"게다가 조 실장도 귀가 있으니 떠도는 말도 들었을 테고."

"⋯⋯."

"그 말 들었겠지. 자네를 다른 곳으로 보내려는 움직임이 있다는 거."

"네……."

"사실이네!"

"……?"

너무나 당연한 듯 말하는 어 계장의 말에 탁대가 고개를 들었다.

"일부 못난 간부들 사이에 그런 움직임이 있는 게 사실이네. 자네가 너무 뜨거운 감자라서 안고 있기 어렵다고."

"역시… 그렇군요."

"배신감이 크겠군. 조 실장은 온몸을 다해 수사에 협조한 죄밖에 없는데 이제는 내부에서도 부담스러워하는 존재가 되었으니."

"……."

"우선은 나를 탓하게. 자네를 천거한 건 내가 첫째였으니."

"탓하지 않습니다."

"솔직히 말해서 우리 지청에서는 자네를 구원해 줄 사람이 없네. 나나 양 과장님은 검사가 아니라 한계가 있고 방형기 검사는 그럴 파워가 없어."

"계장님……."

"말난 김에 끝까지 짚어보세. 도울 사람이 있다면 위 차장님인데 이미 다른 지검으로 가셨으니 그분 또한 여기 일에 왈가왈부할 수 없지."

"……."

"하지만 자네가 누군가? 도와줄 사람이 한 사람쯤은 있겠지."

"누구?"

"표강일 사장님!"

"……?"

느닷없이 튀어나온 이름에 탁대는 입을 다물지 못했다. 검찰청에서까지 그 이름을 듣게 될 줄은 몰랐다. 하지만 표강일에게까지 부담을 안기고 싶지 않은 탁대였다.

"시장 후보 등록이 지척 아닙니까? 그렇잖아도 눈코 뜰 새 없이 바쁘실 텐데… 그분께는 말하지 말아주십시오."

탁대는 담담하게 심경을 엿보였다.

"저런, 미안하지만 이미 늦었네."

'늦어?'

어 계장은 은은한 미소를 머금은 채 말을 이었다.

"사실 어제 그분에게서 먼저 전화가 왔었네. 아마 오늘 안으로 조 실장에게도 연락이 올 거야."

연락?

표강일이?


"어서 오시게!"

그날 저녁 탁대는 표강일을 만났다. 갑작스레 수사 협조 요청이 뚝 끊어진 상황. 그러니 남는 건 시간뿐이었다.

"오늘은 뭘 시킬까?"

미리 자리를 잡은 표강일이 뭉긋한 미소로 탁대에게 물었다.

"늦기까지 했으니 사장님이 시키시는 대로 먹겠습니다."

"그럼 공평하게 주방장에게 맡기겠네."

표강일이 웃었다.

테이블을 장식한 건 홍어회였다. 문을 열자 냄새가 먼저 코를 차고 들어왔다. 술은 막걸리가 놓여졌다.

"괜찮겠나?"

"네. 한 잔 올리겠습니다."

"고맙네."

표강일이 잔을 내밀었다.

"일단 건배하세."

탁대에게 한 잔을 부어준 표강일이 잔을 들어 올렸다. 탁대는 잔을 두 손으로 들어 모서리를 살짝 부딪쳤다.

"어이쿠, 이거 진미로군. 제대로 삭았어."

한 점을 맛 본 표강일이 코를 막으며 웃었다. 홍어는 꽤 잘 삭혀진 상태였다.

"우리 주방장이 눈썰미가 보통이 아니야. 오늘 분위기에 아주 제격이 아닌가?"

"네……."

탁대는 그 속내를 모른 채 슬쩍 맞장구를 쳐주었다.

"쭉 마시게. 술도 탁하고 홍어 맛도 탁하지만 속에 들어가면 더러운 걸 확 밀어내 줄 걸세. 이게 보기보다 변비에 특효더라고."

표강일이 또 한 잔을 권했다. 홍어 맛으로 가득하던 혀끝이 씻겨 내려갔다.

"혹시 홍어 처음인가?"

"아닙니다. 더러 먹어보기는 했지만 이건 좀 다르군요."

"그럴 걸세. 사실 웬만한 가게에서야 홍어라고 해야 다 수입산일 테니까 제 맛이 날 리 없지. 홍어라는 게 그저 저 흑산도에서 건진 놈을 짚에 싸서 푹 삭혀야……."

"사장님은 애호가시군요."

"속 모르는 사람들은 냄새가 안 좋네, 비위가 상하네 하지만 이게 영양도 만점이거든. 한 번 맛보면 혀에도 착착 붙는 게 꼭 조 실장 같지."

"⋯⋯?"

"요즘 사람들이 경박해서 사람의 가치를 알아야 말이지. 그저 보기 좋고 먹기 좋은 것만 탐하지. 정작 좋은 게 뭔지도 모르면서 말이야."

탁대는 또 한 점의 홍어를 우물거리며 귀를 기울였다. 표강일의 말에 포커스가 조금씩 좁혀지기 시작하는 것 같았다.

"밴댕이 엘리트를 때문에 힘들지?"

막걸리로 입을 씻어낸 표강일이 탁대를 바라보았다. 여전히 따뜻한 눈매였다.

"괜찮습니다."

"힘들 때는 힘들다고 말해도 괜찮아. 조 실장을 탓할 사람은 아무도 없으니까."

"⋯⋯."

"본시 지도층이라는 인간들의 본성이 그렇지. 뭐든지 자기중심이어야 하는 거야. 남들에게 묻어가는 거, 아주 못 견뎌하거든."

표강일의 화두는 점차 탁대의 입장 쪽으로 가까워지고 있었다.

"실은 어제 김성곽이를 만났네."

'김성곽?'

고개를 돌리고 막걸리 한 모금을 물던 탁대가 호흡을 멈췄다.

"기왕 이렇게 되었으니 감출 게 뭐 있겠나? 조 실장 이야기를 했네."

"제 이야기를요?"

"근간 연락이 올 거야. 조 실장에게 걸맞은 자리를 추진하라고 했으니."

"사장님!"

탁대의 눈이 휘둥그레졌다. 표강일과 김성곽. 그 두 사람이 만나 탁대 이야기를 했다는 건 무얼 뜻하는가?

"설마 저를 놓고 딜을?"

탁대의 목소리가 파르르 떨었다. 누구보다 탁대를 걱정하는 표강일. 그러나 시장 입후보가 코앞에 닥친 상황. 그 상황에서 표강일이 김성곽에게 던질 카드는 그리 많지 않았다.

"아마, 조 실장 짐작이 맞을 걸세."

"사장님!"

"내가 시장 출마를 포기하기로 했네."

"……!"

탁대, 머리에 엄청난 울림이 일어났다. 윤천수가 총을 쏘던 그 밤에, 트럭에 부딪치던 충격 못지않게 큰 울림이었다.

"그건 안 됩니다. 사장님 꿈이 아니었습니까?"

"이미 합의가 된 사안이네."

"고작 저를 살리기 위해……."

탁대의 목소리가 파르르 흔들렸다.

"고작이라니? 어디서 망발인가?"

그러자 표강일이 바로 위엄을 뿜었다.

"조 실장으로 말하자면 개인적으로는 내 생명의 은인이자 희망을 잃은 공무원 집단의 아이콘이기도 하네. 다시는 그런 식으로 말하지 말게!"

"……."

"조 실장은 앞으로 더 큰일을 할 사람이야. 하지만 검찰 조직에서는 저들의 못난 꼴을 봤으니 더 있어도 나래를 펴지 못할 걸세. 그럴 바에는 원래의 자리로 돌아가서 차후를 노리는 게 좋아."

"하지만 사장님이……."

"걱정 마시게. 나도 내 살길은 뚫어놨으니까."

"네?"

"시장은 김성곽이에게 양보하고 나는 총선에 나가기로 했네. 그러면 되겠나?"

표강일이 묵직한 미소로 말했다. 탁대는 그 미소에 압도되어 할 말을 잃었다.

총선이란다. 총선!

낙담이 희망으로 바뀌는 순간이었다.

『9급 공무원 포에버』 9권에 계속…

글삶 장편 소설
FUSION FANTASTIC STORY

# 세상을 다 가져라

## [세상을 다 가져라]

**문피아 선호작 베스트 작품 전격 출간!
현대판타지, 그 상상력의 한계를 넘어서다!**

권고사직을 당한 지 2년째의 백수 권혁준.

우연히 타게 된 괴상한 발명품으로 인해
과거로 회귀한다!

그런데
과거로 온 혁준의 손에 들려 있는 것은 바로
**최신형 스마트폰!**

*"까짓 세상, 죄다 가져 버리겠다 이거야."*

**백수였던 혁준의 짜릿한 인생 역전이 시작된다!**

Book Publishing CHUNGEORAM

유행이 아닌 자유추구 -
**WWW.chungeoram.com**

# 야차전기

FANTASTIC ORIENTAL HEROES

임영기 新무협 판타지 소설

『무정도』, 『등룡기』의 작가 임영기.

## 2015년 봄, 야차가 강림한다!

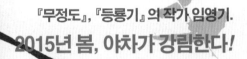

"오 년 후에 백학무숙을 마치게 되면
누나를 찾아오너라."
가문의 멸망.
복수만을 꿈꾸며 하나뿐인 혈육과 헤어졌다.
하지만 금의환향의 길에 벌어진 엇갈림…

**모든 것이 무너진 사내 화용군!**
**재처럼 타버린 위에**
**삼면육비(三面六臂)의 야차가 되어 살아났다!**

# 악이여, 목을 씻고 기다려라!

Book Publishing CHUNGEORAM

유행이 아닌 자유추구 -
**WWW. chungeoram.com**